[美]海明威等 著

老人与海

張愛玲 译

北京出版集团公司
北京十月文艺出版社

青马（天津）文化有限公司
出　品

目 录

老人与海

〔美〕海明威 著
Ernest M. Hemingway

译者序

我对于海毫无好感。在航海的时候我常常觉得这世界上的水实在太多。我最赞成荷兰人的填海。

捕鲸、猎狮，各种危险性的运动，我对于这一切也完全不感兴趣。所以我自己也觉得诧异，我会这样喜欢《老人与海》。这是我所看到的国外书籍里最挚爱的一本。

海明威自一九二几年起，以他独创一格的作风影响到近三十年来世界文坛的风气。《老人与海》里面的老渔人自己认为他以前的成就都不算，他必须一次又一次地重新证明他的能力，我觉得这两句话非常沉痛，仿佛是海明威在说他自己。尤其因为他在写《老人与海》之前，正因《过河入林》一书受到批评家的抨击。《老人与海》在一九五二年发表，得到普利泽奖金，舆论一致认为是他最成功的作品。现在海明威又得到本年度的诺贝尔文学奖金——世界写作者最高的荣誉。虽然诺贝尔奖金通常都是以一个作家的毕生事业为衡定的标准，但是这次在海明威著作中特别提出《老人与海》这本书，加以赞美。

老渔人在他与海洋的搏斗中表现了可惊的毅力——不是超人

的，而是一切人类应有的一种风度，一种气概。海明威最常用的主题是毅力。他给毅力下的定义是：“在紧张状态下的从容。”书中有许多句子貌似平淡，而是充满了生命的辛酸，我不知道青年的朋友们是否能够体会到。这也是因为我太喜欢它了，所以有这些顾虑，同时也担忧我的译笔不能达出原著的淡远的幽默与悲哀，与文字的迷人的韵节。但无论如何，我还是希望大家都看看这本书，看了可以对我们这时代增加一点信心，因为我们也产生了这样伟大的作品，与过去任何一个时代的代表作比较，都毫无愧色。

张爱玲

一九五四年十一月

他是一个老头子，一个人划着一只小船在墨西哥湾大海流打鱼，而他已经有八十四天没有捕到一条鱼了。在最初的四十天里有一个男孩和他在一起。但是四十天没捕到一条鱼，那男孩的父母就告诉他说这老头子确实一定是晦气星——那是一种最最走霉运的人——于是孩子听了父母的吩咐，到另一只船上去打鱼，那只船第一个星期就捕到三条好鱼。孩子看见那老人每天驾着空船回来，心里觉得很难过，他总去帮他拿那一卷卷的钓丝，或是鱼钩和鱼叉，还有那卷在桅杆上的帆。帆上用面粉袋打着补钉，卷起来的时候，看上去像永久的失败的旗帜。

老人瘦而憔悴，颈后有深的皱纹。面颊上生着棕色的肿起的一块块，那是热带的海上反映的阳光晒出来的一种无害的瘤。顺着脸的两边，全长满了那肿起的一块块。他的手因为拉绳子，拖曳沉重的鱼，有纹路很深的创痕。但是没有一个伤痕是新的，都是古老的，像一个没有鱼的沙漠里被风沙侵蚀的地层一样。

他的一切全是老的，除了他的眼睛，眼睛和海一个颜色，很愉快，没有战败过。

“山蒂埃戈，”那孩子对他说，他们把小船拉到岸上，正从那里爬上去。“我又可以跟你一同去了。我们赚了点钱。”

老人教了这孩子怎样打鱼，孩子爱他。

“不，”老人说。“你现在这条船运气好。你跟着他们吧。”

“但是你记得有一次你八十七天没打到鱼，然后我们接连三个星期，天天捉到大鱼。”

“我记得，”老人说。“我知道你不是因为疑心我运气坏所以离开了我。”

“是爸爸叫我走的。我是一个小孩，我得要听他的话。”

“我知道，”老人说。“这是很正常的。”

“他没有多少信心。”

“他没有，”老人说。“可是我们有。是不是？”

“是的，”孩子说。“我请你到露台酒店吃杯啤酒，行不行，然后我们把东西拿回去。”

“有什么不行呢？”老人说。“大家都是渔夫。”

他们在露台上坐着，许多渔夫都取笑那老人，他并不生气。另有些年纪大些的渔人向他看看，觉得很难过。但是他们并不露出来，他们很客气地谈论着那潮流与他们垂钓的深度，还有这一向天气一直这样好，还有他们的见闻。今天收获好的渔人都已经回来了，把他们的马林鱼宰杀了，把鱼平放在两块木板上，一头一个人抬着，蹒跚的走到鱼房里，在那里等着冰车把鱼运到哈瓦那的市场去。捉到鲨鱼的人把它们送到那小海湾另一边的鲨鱼厂去，用滑车把它们吊起来，把肝拿掉，鳍割掉，皮剥掉，肉切成一条条预备腌。

东面有风来的时候，有一股气味从海港那一边的鲨鱼厂里吹过来。但是今天只有微微的一点气味，因为转了北风，然后风息了，露台上很愉快，晒着太阳。

“山蒂埃戈，”孩子说。

“嗳。”老人说。他拿着酒杯，在那里想许多年前的事。

“我去弄点沙汀鱼给你明天吃，行不行？”

“不。去打棒球吧。我还能够划船，罗琪里奥可以撒网。”

“我很想去。如果我不能够跟你一块儿打鱼，我想给你做点什么别的事。”

“你请我吃了杯啤酒，”老人说。“你已经是个大人了。”

“你第一次带我到船上去的时候，我几岁？”

“五岁，你差一点送了命，那天还没到时候，我就把鱼拖上来，他差点把船弄碎，你记得吗？”

“我记得那尾巴拍拍砰砰地打着，划船人的座位也破了，还有你用木棒打他的声音。我记得你把我丢到船头去，那儿堆着湿淋淋的一卷卷的钓丝，我可以觉得整个船在那里抖，还有你用木棒打他的声音，就像砍树一样，我混身都是那甜甜的血腥气。”

“你真的记得这些么，还是我告诉你的？”

“自从我们第一次一块儿出去，样样事情我都记得。”

老人用他那日炙的、有自信心的眼睛爱怜地望着他。

“你如果是我的孩子，我就带你出去碰碰运气，”他说。“但是你是你父亲你母亲的孩子，你现在这条船又运气好。”

“我去弄点沙汀鱼好么？我还知道有一个地方可以弄到四个饵。”

“我今天的还剩在那里。我把它们用盐腌了起来放在盒子里。”

“让我去给你弄四只新鲜的。”

“一只，”老人说。他从来没有失去希望和信心。但是现在它们变得更清新有力了，就像一阵风刮起来一样。

“两只，”孩子说。

“两只，”老人同意了。“不是你偷来的吧？”

“我不是不肯偷，”孩子说。“但这是我买的。”

“谢谢你，”老人说。他竟能够这样谦虚——他太单纯了，以至都没有奇怪自己什么时候才达到这样谦虚的地步。但是他知道他很谦虚，他也知道谦虚并不丢脸，而且也无伤他真正的自尊心。

“明天一定收获好，有这潮水，”他说。

“你预备到那里去？”孩子问。

“老远的，等风转了向再回来。我要天亮前就出去。”

“我来试着叫他也到远处去打鱼，”孩子说。“那么假使你钓着一条真正大的，我们可以来帮你的忙。”

“他不喜欢到太远的地方去打鱼。”

“是的，”孩子说。“但是有些东西他看不见的，我看得见，譬如有一只鸟在那里捉鱼，那我就可以叫他去钓鲯鳅。”

“他的眼睛这样坏？”

“他差不多瞎了。”

“这很奇怪。他从来也没有去捕龟，那最伤眼睛了。”

“可是你在蚊子海岸那边捕了许多年海龟，你的眼睛还是好的。”

“我是个奇怪的老头子。”

“可是你现在对付一条真正的大鱼，力气够不够？”

“我想够的。而且还有许多诀窍。”

“我们来把东西拿回去吧，”孩子说。“我好去拿网，再去弄沙汀鱼。”

他们把用具从船上拾起来。老人扛着桅杆，孩子拿着木箱，箱子里装着一卷卷编得硬硬的棕色钓丝，还有鱼钩，鱼叉，和鱼叉的柄。装饵的盒子搁在小船的船尾，和木棒放在一起，木棒是用来制服大鱼的，把那鱼已经拖到船边的时候，用木棒打它。没有人会偷老人的东西，但是帆和粗钓丝还是拿回家去的好，因为怕露水，而且，虽然他很确定本地人没有一个会偷他的东西，老人总觉得不必把鱼钩和鱼叉丢在船上，引诱人家。

他们一同沿着路走上去，来到老人的小屋里，门开着，他们走进去。老人把那裹着布帆的桅杆倚在墙上，孩子把箱子和其他的工具搁在旁边。桅杆差不多有小屋里唯一的这间房一样长。小屋是用一种棕树结实的嫩叶造成的。小屋里有一张床，一张桌子，一张椅子，泥地上有一个地方可以用炭来烧饭。纤维坚强的棕树叶子，压扁摊平了，组成棕色的墙，墙上挂着一张基督圣心的彩色画，还有一张是考伯的圣处女。这些都是他的妻子的遗物。从前有一张他的妻的着色照片挂在墙上，但是他把它拿下来了，因为看着它使他太寂寞，现在它在墙角的木架上，在他的干净衬衫底下。

“你有什么吃的？”孩子问。

“一锅黄米饭，就着鱼吃。你可要吃一点？”

“不。我回家去吃。你可要我生火？”

“不。我等一会再生火。或者我说不定吃冷饭。”

“我把网带回去，行不行？”

“当然。”

并没有网这样东西，孩子也记得他们那时候把它卖了。但是他们每天总要假造着，来这么一套。也并没有一锅黄米饭和鱼，孩子也知道。

“八十五是个吉利的数目，”老人说。“我明天要是钓到一个一千多磅重的，你乐意不乐意？”

“我去拿网，再去弄沙汀鱼。你坐在门口的太阳里，好不好？”

“好。我有昨天的报，我来看看棒球的新闻。”

孩子不知道昨天的报是否也是假的。但是老人把它从床底下拿了出来。

“泊利戈在酒窖里给我的。”

“我拿到了沙汀鱼就回来。我来把你的同我的都放在冰上，我们早上可以一人一半。我回来的时候你可以告诉我棒球的新闻。”

“洋基队不会输的。”

“但是我怕克利夫兰的印第安队。”

“我的孩子，你要对洋基队有信心。你想想那伟大的狄玛奇奥。”

“底特律的虎队和克利夫兰的印第安队我都怕。”

“当心点，不然你连辛辛那提的红队和芝加哥的白袜队都要怕起来了。”

“你研究研究它，等我回来的时候告诉我。”

“你想我们可要买一张彩票？尾数要它是八十五，明天是第八十五天。”

“我们可以买，”孩子说。“但是你那八十七天的伟大的纪录呢？”

“同样的事情不会发生两次的。你想你可以买到一个八十五吗？”

“我可以定一张。”

“一张。那是两块半钱。我们可以跟谁借呢？”

“那很便当。我两块半钱总借得到的。”

“我想我也许借得到。但是我总想避免借钱。先是借钱，后来就要讨饭了。”

“老头子你穿得暖和点，”孩子说。“你要记得现在是九月了。”

“正是大鱼来的月份，”老人说。“五月里是谁都可以做个渔夫，不稀奇的。”

“我现在去拿沙汀鱼，”孩子说。

孩子回来的时候，老人坐在椅上睡熟了，太阳下去了。孩子把床上那条旧军毯拿起来，摊在椅背上，盖住老人的肩膀。是奇异的肩膀。虽然非常老了，仍旧壮健，颈项也强壮，老人睡熟的时候头向前倾，颈上的绉纹就没有那样明显。他的衬衫已经补过这么许多次，简直和那帆差不多了，补钉被太阳晒得褪成各种不同的颜色。但是老人的头部是非常衰老的，眼睛一闭着，脸上就没有生命。报纸摊在他的膝盖上，他的手臂把它压牢在那里，不被晚风吹去。他赤着脚。

孩子把他留在那里，他再回来的时候，老人还在睡着。

“老头子醒醒吧，”孩子说，他把一只手放在老人的膝盖上。

老人张开眼睛，在那一刹那间，他是从很远的地方回来。然后他微笑了。

“你手里拿着什么？”他问。

“晚饭，”孩子说。“我们要吃晚饭了。”

“我不大饿。”

“来吃吧。你不能打鱼而不吃饭。”

“我试过了。”老人说，一面站起来，拿起报纸把它折叠起来，然后他开始来叠毯子。

“你还是把毯子围在身上吧，”孩子说。“只要我活在世上一天，决不让你打鱼不吃饭。”

“那么你活得长长的，好好当心你自己，”老人说。“我们吃什么？”

“黑豆和米饭，煎香蕉。还有点炖肉。”

孩子从露台酒店，把饭菜装在一个双层的金属品食盒里带了来。两副刀叉和匙子装在他口袋里，每一副外面裹着一张纸巾。

“这是谁给你的？”

“马丁。那老板。”

“我得要谢谢他。”

“我已经谢过他了，”孩子说。“你用不着去谢他。”

“我下回把一条大鱼的肚肉给他，”老人说。“他给我们东西可是已经不止一次了？”

“我想是的。”

“那我除了肚肉一定还要多给他一点。他对我们非常体贴。”

“他送了两份啤酒来。”

“我最喜欢听装的啤酒。”

“我知道，但这是瓶装的，哈杜依啤酒，我把瓶送回去。”

“你真好，”老人说。“我们该吃了吧？”

“我刚才已经在叫你吃了，”孩子柔和地告诉他。“我想等你预备好了再把食盒打开。”

“我现在预备好了，”老人说。“我只需要一点时候洗刷洗刷。”

你在那里洗呢？孩子想。村庄里的蓄水，沿着这条路走下去要隔两条街。我得要给他弄点水在这里，孩子想，还要肥皂和一条好毛巾。我为什么这样粗心？我得要给他另外弄件衬衫，还有一件外衣冬天穿，还要一双随便什么鞋子，和另外一条毯子。

“你这炖肉真不错，”老人说。

“你讲棒球的事给我听。”孩子请求他。

“在美国联赛里就推洋基队了，我早就说过，”老人快乐地说。

“他们今天输了，”孩子告诉他。

“那不算什么。伟大的狄玛奇奥又恢复了往日的雄风。”

“他们这一队里也还有别人。”

“那自然啰。可是有了他就两样了。在另外那个联赛里，在布鲁克林和费城两队里面，我还是宁愿要布鲁克林队。可是我又想起狄克·西斯勒，在老球场里那样有力地一记记打过去。”

“从来没有人打过像他们那样的球。我看见过的人里是他打得最远了。”

“你可记得那时候他常常到露台酒店来？我想要带他去打鱼，可是我胆子太小，没敢问他。后来我叫你问他，你也胆子太小。”

“我知道。我们真不该那样。他也说不定会跟我们去的。那就够我们快乐一辈子的。”

“我很想带伟大的狄玛奇奥去打鱼。”老人说。“他们说他父亲是一个渔夫。也许他从前也跟我们一样穷，那他就会懂得的。”

“伟大的西斯勒的父亲从来没穷过。他（那父亲）像我这样年纪的时候就在大联赛里打球了。”

“我像你这样年纪的时候，在一条专跑非洲的方帆的船上当水手，我晚上在海岸上看见过狮子。”

“我知道，你告诉我的。”

“我们谈非洲还是谈棒球？”

“我想还是棒球，”孩子说。“你讲给我听伟大的约翰·杰·麦格劳的事。”他把“杰”说成“乔塔”。

“他从前有时候也到露台酒店来，但是他喝醉了就粗野起来，说话很凶，脾气坏。他心心念念除了棒球还有赛马。至少他是一天到晚口袋里都装着马的名单，并且常常在电话上说马的名字。”

“他是个伟大的经理，”孩子说。“我父亲认为他是最伟大的一个。”

“因为他到这里来的次数最多，”老人说。“假使杜洛歇继续着每年到这里来，你父亲一定认为他是伟大的经理。”

“谁是真正的最伟大的经理呢，鲁克还是迈克·冈沙列兹？”

“我觉得他们俩不分上下。”

“最好的渔夫是你了。”

“不。我知道有别人比我好的。”

“到那儿去找呢？”孩子说。“有许多的渔夫，也有几个伟大的。但是只有一个你。”

“谢谢你。我听你这样说我真快乐。我希望不会来一条大鱼，大到那么个地步，我对付不了他，那样就显得我们是在吹牛了。”

“没有这样的鱼，只要你仍旧那么强健，像你说的那样。”

“我也许不像我自以为的那么强健，”老人说。“但是我知道许多诀窍，而且我有决心。”

“现在你就该去睡了，早上才有精神。我来把东西送回露台去。”

“那么祝你晚安。我早上来叫醒你。”

“你是我的闹钟。”孩子说。

“年纪是我的闹钟，”老人说。“为什么老头子都是早上醒得这样早？是不是要这一天长一点？”

“我不知道，”孩子说。“我就知道年轻的男孩子醒得晚，睡得沉。”

“我会记得的，”老人说。“我到时候会叫醒你。”

“我不喜欢让他来叫醒我。好像我比他低一级。”

“我知道。”

“老头子，希望你睡得好。”

孩子出去了。他们刚才吃饭，桌上并没有点灯。老人脱掉长裤，在黑暗中上床。他把裤子卷成一卷当作枕头，中间塞着报纸。他把毯子裹在身上，睡在垫在床上钢丝上的旧报纸上面。

他很快就睡熟了，他梦见非洲，在他还是个孩子的时候；还有些长长的金色的海滩，和那白色的海滩，白得耀眼，和那崇高的海岬，和棕色的大山。他现在天天晚上住在那海岸上，在他的梦里他听见海涛的吼声，看见土人的小船破浪而来。他睡梦中嗅到甲板上焦油和碎绳的气味，他也嗅到非洲的气味，早晨陆地上吹来的风带来的。

他通常都是一嗅到陆地上吹来的风就醒了，穿上衣服就去把孩子叫醒。但是今天夜里那陆地上吹来的风来得非常早，他在梦里也知道是太早，就继续做梦，看见群岛的白色尖顶从海中突出来，然后他梦见加那利群岛的各个海口和碇泊所。

他现在不再梦见风暴了，也不梦见女人，也不梦见什么大事，或是大鱼，或是打架，或是角力，也不梦见他的妻。他现在只梦见各种地方，还有海滩上的狮子。它们像年轻的猫一样在黄昏中游戏，他爱它们就像他爱那孩子一样。他从来不梦见那孩子。他就这么醒过来了，门开着，他向门外望了望月亮，把卷着的裤子摊开来，穿上去。他在小屋外面溺了泡尿，然后沿着路走上去叫醒那孩子。他在清晨的寒冷中颤抖着。但是他知道抖一会就会暖和的，而且他不久就要划船了。

孩子住的房子，门没有上闩，他开了门，静静地走进去，赤着脚。孩子在第一间房里睡在一张小床上，月亮就要落下去了，月光照进来，老人可以很清楚看见他。他温柔地握住一只脚，一直握着它，直到那孩子醒过来，翻过身来向他望着。老人点点头，孩子就从床旁边一张椅子上把他的长袴拿下来，坐在床上把袴子套上去。

老人走出门去，孩子跟着他出来了。他还瞌睡，老人把手臂搁在他肩膀上，说："我很抱歉。"

"那有什么呢？"孩子说。"活总是要干的。"

他们顺着路往下走，到老人的小屋去；一路上，在黑暗中，有许多赤着脚的人在那里移动，扛着他们船上的桅杆。

他们走到老人的小屋里，孩子拿了篮子，里面装着一卷卷钓丝，还有鱼叉鱼钩；布帆卷在桅杆上，老人把桅杆扛在肩膀上。

"你要喝咖啡么？"孩子问。

"我们把工具放在船上，再去喝咖啡。"

他们到一个大清早做渔夫们生意的地方，用听头炼乳的洋铁罐喝咖啡。

"老头子你睡得怎么样？"孩子问。他现在渐渐醒过来了，但是他仍旧很难摆脱睡意。

"我睡得很好，玛诺林，"老人说。"今天我很有信心。"

"我也有，"孩子说。"现在我得去拿你同我的沙汀鱼，还有你的新鲜的饵。我们的工具他自己带来。他从来不要别人帮着拿什么。"

"我们是两样的，"老人说。"你才五岁的时候，我就让你拿着东西。”

“我知道，”孩子说。“我马上就回来。再喝杯咖啡。我们在这里可以赊账的。”

他走开了，赤着脚踏在珊瑚石上，走到冰房里去，饵贮藏在那里。

老人慢慢地喝他的咖啡。他一天就吃这么点东西，他知道他应当吃掉它。他久已对吃喝感到厌倦了，现在他出去从来不带午饭。他有一瓶水放在船头上，除此以外他这一整天什么都不需要了。

孩子现在拿了沙汀鱼回来了，还有那两个饵，包在报纸里，他们沿着路下去，向小船走去，他们可以觉得脚底下踏着沙，沙里嵌着石子，他们把小船抬起来，让她溜到水里去。

“老头子，祝你运气好。”

“祝你运气好，”老人说。把他桨上缚着的绳子套在船边的桨架上；桨在水里一戳，他的身子就向前一冲，他开始划到海港外面去了，在黑暗中。月亮已经落到山背后去了，别处的海滩上另有别的船出发到海中去，老人虽然看不见他们，却可以听见他们的桨落到水里和推动的声音。

有时候有一只船上有人说话。但是这些船大都是静默的，只有桨落在水里的声音。他们出了海湾口外就散布开来了，每人都向海洋里他希望能够找到鱼的地方划去。老人知道他是要到海口外很远的地方去，他把土地的气味丢在后面，划出去，划到清晨的海洋的气息中。他看见墨西哥湾海草在水中发出磷光，那时候他正划到海上，渔夫们称为“大井”的地方，因为那里突然深至七百呎，各种鱼类聚集在那里，因为潮流冲到海底的削壁上，激起了漩涡。许多虾集中在这里，还有那种可以作饵的鱼，最深的洞里有时候有一群群的乌贼鱼，它们晚上升上来，离海面很近，一切漫游的鱼都吞吃它们。

在黑暗中，老人可以觉得早晨渐渐来到了，他一面划着船，听见飞鱼离开水面时发出颤抖的声音，它们在黑暗中飞去，它们那僵硬的翅膀嘶嘶响着。他非常喜欢飞鱼，因为它们是在海洋上主要的友伴。他为鸟雀忧愁，尤其是那种纤小黯黑的燕鸥，老是在那里飞着，找着，差不多永远找不到。他想："鸟的生活比我们苦，除了那些专靠打劫为生的鸟，和那些有力气的大鸟。为什么他们把鸟造得这样纤弱灵巧，像这些海燕一样，而海洋何以这样残酷？她是仁慈的，而且非常美丽。但是她可以变得这样残酷，而且说变说变；那些飞鸟落下去觅食，发出小小的悲哀的鸣声，它们是太纤弱了，在海上生活是不适宜的。"

他脑子里的海永远是"海娘子"，在西班牙文里，人们爱她的时候总是这样称她。有时候爱她的人也说她的坏话，但是他们说话的口气里总好像她是一个女人。有些年轻的渔夫——他们用浮标做钓丝的浮子，而且还有小汽艇，那是他们在鲨鱼肝上赚了钱的时候买下来的——他们称她为"海郎"，那是男性的。他们说到她的时候是将她当作一个竞争的对手，或是一个地方，甚至于当作一个仇敌。但是，老人总想着她是女性的，她可以给人很大的恩宠，也可以不给；假使她做出野蛮的恶毒的事情，那是因为她无法控制自己。月亮影响她，就像月亮影响女人一样，他想着。

他稳定地划着船，并不费力，因为他并没有超出他通常的速度，而且，除了潮流上偶然起些漩涡之外，海面上是风平浪静的。他让潮流替他做三分之一的工作，天刚刚亮的时候，他发现他在短短的时间内已经远出海口外了，他并没有敢抱这样的奢望。

我在这些深井工作，已经有一个星期了，什么也没有捉到，他想。今天我到一群群鲣鱼和大青花鱼聚集的地方去，也许它们里面有一条大鱼。

天还没有完全亮，他已经把饵放下水去，船顺着潮水漂流着。一个饵放到四十哼下。第二个是七十五哼，第三第四个放在那蓝色的水里一百哼下，和一百二十五哼下。每一个饵都是头朝下，钩子上直的一部份戳在作饵的鱼里，缚了起来，缝得牢牢的；钩子突出的一部份——弯曲的部份，和尖子——完全盖满了新鲜的沙汀鱼。每一条沙汀鱼从两只眼睛里穿进去，它们穿在那铁钩上像半只花圈一样，在一条大鱼看来，这钩子没有一部份不是香甜美味的。

那孩子给了他两条新鲜的小鲔鱼，又叫大青花鱼，悬在最深处的两根钓丝上，像秤锤一样。另外两根钓丝上他放了一条青色的大鲹鱼和一条黄色年幼的梭鱼，都是已经用过了的，但是还没有坏，又有极好的沙汀鱼给它们加上香味和吸引力。钓丝总有一枝粗大的铅笔那么粗，每一根都系在一根烤干的木棍上，只要那饵被什么东西一拉或一碰，那木棍就往下一坠；每一根钓丝有两卷绳子，长达四十哼，这绳子还可以接上其余的备而不用的绳子，所以假使必要的话，一条鱼可以拉出三百哼以上的钓丝。

现在这人守望着船边那三根木杆是否往下坠，他轻柔地摇着，使钓丝上下都是笔直的，各个在它适当的深度里。天很亮了，随时太阳会升起来。

太阳淡淡地从海中升起来，老人可以看见别的船，在水面上低低地浮着，离岸很近，散布在潮流上。然后阳光明亮些了，水上亮得耀眼；然后，太阳整个地从海里出来了，平坦的海面把日光反射到他眼睛里，使他感到锐利的痛楚，他摇着船，不去向它。他朝下面的水里看，注视着钓丝，钓丝毕直向黑暗的水中穿进去。他把钓丝弄得比谁的都直，所以在那黑暗的水流中，每一个水平上都有一个饵在那里等着，正在它要在那里的地方，等着任何游鱼。别人就让那饵顺着潮水漂流着，有时候渔夫以为它是在一百哼，其实是在六十哼。

但是我总是把它们弄得非常准确，他想。不过我现在运气不行了。但是谁知道呢？也许今天。每天都是新的一天。运气好当然更好了。但是我宁可准确。那么运气来的时候你是有准备的。

现在太阳上去已经有两个钟头了，向东方望去，眼睛不那么痛了。现在看得见的船只有三条，看上去全非常矮，离岸很近。

我这一辈子，看了早晨的太阳总是眼睛痛，他想。然而眼睛还是很好。太阳落山的时候我可以毕直向太阳里望进去，不会眼前发黑，其实傍晚的时候光线还强些。但是早晨总是痛。

正在这时候，他看见一只军舰鸟，长长的黑翅膀，在天空中盘旋着，就在他前面。他两翅向后掠着，倾斜着翅膀很快地落下去，然后又在空中盘旋。

“他得到了一点什么了，”老人自言自语。“他不光是在那里寻找。”

他缓缓地稳定地划着，向那鸟盘旋着的那块地方划去。他不慌不忙地，仍旧使他的钓丝上下毕直。但是他划得比潮流的速度稍微快一点，好把钓丝带紧些，他这打鱼的方式也是对的，不过如果不是想利用那只鸟，他用不着这样快。

那鸟在空中飞得高些，又盘旋起来，翅膀一动也不动。然后他突然下降，老人看见飞鱼从水中喷射出来，绝望地在水面上掠过。

"鲯鳅，"老人自言自语。"大鲯鳅。"

他把桨搁下来，从船头拿出一根小钓丝。上面有一只铁丝导杆和一只不大不小的钩子，他装上一条沙汀鱼作饵。他让它在船边溜下去，然后把它缚在船尾一只铁栓上。然后把他另一根钓丝也装上饵，把它丢在那里，让它盘绕着躺在船头的阴影里。他又去划船，注视着那长翅的黑鸟，那鸟现在又在那里工作着了，在水面低飞着。

他正在那里望着，那鸟又落下来了，倾斜着两翅往下飞，然后他狂乱地徒然地扇着翅膀，追逐着飞鱼。老人可以看见水面上稍稍突出一块，那是大鲯鳅掀起的波浪，鲯鳅成群地尾随着逃走的鱼。在鱼群的飞跃下，鲯鳅在下面的水里穿过，飞鱼落下来的时候适当其冲。他想这里有一大群鲯鳅。它们分布得很广，飞鱼是很少机会逃走的。轮不到那只鸟。飞鱼太大了，他衔不住，而且它们飞得很快。

他看见那些飞鱼一次又一次地冲出来，和那只鸟徒劳无功的动作。这一群我捉不住它们了，他想。它们游得太快，太远。但是或者有一条落在后面，被我碰上了；也许我的大鱼就在它们附近。我的大鱼总得在那儿的。

陆地上的云气现在堆得像山一样高，海岸只是一条长长的绿线，背后是灰蓝色的山。水现在成了深蓝色，这样深，差不多是紫的。他向水里望下去，看见黝暗的水里潜浮着红色的海藻，还有太阳反映出来的奇异的光彩。他守着他的钓丝，使它们毕直垂到水里去，直到看不见为止；他看见那么许多海藻，觉得很快乐，因为有海藻就有鱼。现在太阳高了些，太阳照在水里发出那奇异的光，是好天气的征兆，陆地上云的式样也同样地表示天气好。但是那鸟现在差不多看不见了，水面上什么都看不出，只有几摊黄色的马尾藻，被太阳晒褪了色；还有一个大水母，有着紫色的、胶质的、虹晕的气泡，它浮到船的近旁。它翻了个身，然后又坐正了，它愉快地漂浮着，像一个水泡一样，它那些长长的有毒的紫须拖在它后面一码远。

“坏水怪，”老人说，“你这婊子。”

他轻轻地倚在桨上，向水中望去，看见那些小鱼，和那拖着的长须同一个颜色，鱼在长须中间游着，在那漂流着的气泡小小的阴影中游着。它们不会中毒的。人类就不然，有时候老人钓鱼的时候有些长须绊在一根钓丝上，就黏在上面，腻搭搭的，紫色的，他的手和手臂上就会一条条地红肿起来，就像接触了毒藤和毒橡树一样。不过这种坏水怪的毒性发作得快，像一条鞭子似地打下来。

那发虹光的气泡是美丽的。但是它们是海中最虚伪的东西，老人爱看那些大海龟吃它们。那些乌龟看见了它们，就迎面向它们游过来，然后把眼睛闭起来，完全缩到壳里去，吃掉它们，连长须都吃掉。老人爱看乌龟吃它们，他也喜欢在暴风雨后在海滩上践踏它们，他脚底生着老茧，脚踩上去，他爱听它们发出那迸碎的声音。

他爱绿色的乌龟和“鹰喙”，它们体态优雅，动作迅速，而且非常值钱。他对红海龟则有一种友善的藐视，那些呆木木的大傻瓜，动辄缩到它们的甲胄里去，那样懦怯，它们的求爱方式又那样奇怪，它们快乐地闭着大眼睛吃着大水母。

他虽然在捕龟船上工作了许多年，他对乌龟并没有神秘的观念。他替一切乌龟觉得难受，就连那大龟背，和这小船一样长，有一吨重，他也觉得它们可怜。大多数的人都对乌龟残酷，因为一只乌龟被屠杀开剖后，它的心还继续跳动好几个钟头。但是这老人想，我也有这样一个心，我的脚和手也像它们的。他为了滋补，给他自己长力气，他吃那白色的蛋。他五月里连吃了一个月，使他九月十月里强壮起来，可以对付真正大的大鱼。

他每天还喝一杯鲨鱼肝油，许多渔夫贮藏工具的一座小屋里有一大桶鱼肝油，一切渔人要吃都可以去吃。大多数的渔人都恨那滋味。但是也不比黑早起身更坏——每天那时候都得起来——而且这鱼肝油可以抵制一切的风寒和流行感冒，对于眼睛也有益。

现在那老人抬起头来，看见那鸟又在那里盘旋着了。

“他找到了鱼了，”他自言自语。没有飞鱼冲破水面，作饵的鱼也并没有被冲散。但是老人正在那里望着，就有一条小鲔鱼跳到空中，翻了个身，头向下，又掉到水里去。那鲔鱼在太阳里银光闪闪，他落下去回到水里之后，又有一条接一条全都跳起来，它们四面乱蹦，搅着水，一跳跳得老远地追着那饵。它们包围着它，把它向前推动着。

假使它们游得不太快，我就可以下手了，老人想，他看着那一群鱼把水都搅白了，那鸟现在飞下来啄食那作饵的鱼，那群鲔鱼在惊恐中把那条鱼挤到水面上来。

“这鸟非常有用，”老人说。正在这时候，船尾那根钓丝绷紧了——那条绳子绕了个圈子踏在他脚底下，所以一踏紧了他就觉得了。他把桨搁下来，把钓丝牢牢握着，开始把它拉上来，他可以感觉到那小鲔鱼颤抖的挣扎。他越往上拉，他颤抖得越厉害，他可以在水里看见那条鱼的青色背脊和身体两旁的金色，他随即把他一甩甩过船舷，甩到船里去。他在阳光中躺在船尾，他身体很结实，式样像一颗枪弹，他愚笨的大眼睛瞪视着，同时他那灵巧的，动作迅速的尾巴颤抖地很快地敲打着船板，把他最后的一点生命就这样敲掉了。老人由于恻隐之心，在他头上打了一下，然后把他踢到船尾的阴影中，他的身体还在那里震颤着。

“大青花鱼，”他自言自语。“用他作饵再好也没有了。他大概有十磅重。”

他不记得他从什么时候起，没有人在旁边的时候就自言自语。从前他没有人在旁边的时候曾经唱过歌，有时候他夜里孤独地在有养鱼池设备的渔船上或是捕龟的船上掌舵，他也唱歌。没人在旁边的时候他开始自言自语，大概是在那孩子离开他之后。但是他不记得了。他和孩子捕鱼的时候，他们除了必要的时候大都不说话的。他们晚上谈话，或是遇到坏天气的时候，被风暴封锁住了。大家都认为在海上不说废话是一种美德，老人也一直认为是如此，而且遵守着这规矩。但是现在他常常想到什么就说什么，既然也没有人在旁边，不会引起别人的不快。

“假使别人听见我自言自语，他们一定以为我疯了，”他自言自语。“但是我既然没有疯，我不管，我说我的。阔人在船上有收音机和他们谈话，而且还把棒球的新闻报告给他们听。”

现在不是想棒球的时候，他想。现在这时候只能想一桩事。我就是为这件事而生的。他想，也许在这一群鱼附近有一条大的。刚才那些大青花鱼来吞饵，我只捉了一条落了单的。但是它们出海很远，游得又快。今天出现在海面上的一切都游得极快，都向东北走。可会是因为这个时辰？还是一种天气的征象，是我认不出的？

他现在看不见岸上的绿色了，只有那青山的顶，望过去是白的，就像上面有积雪，还有那些云，看着像山背后另有崇高的雪山。

海水非常深暗，日光在水中映出七彩的倒影。太阳高了，海藻的亿万细点现在完全消灭了，老人只看见那蓝色的水里映出大而深的七彩倒影。老人的钓丝毕直垂入水中，水有一英里深。

鲔鱼又都下去了。渔夫们把那一种鱼笼统地全称为鲔鱼，只有在贩卖它们或是物物交易，用它们去换饵的时候，才分清楚各种不同的鲔鱼，使用正确的名字。太阳现在很热了，老人觉得它晒在颈后，他一面划着船，觉得背上的汗往下流。

他想，我可以顺着水漂流着，睡一觉，把钓丝绕一圈在大脚指上，钓丝一动我就醒了。但是今天是八十五天了，我今天打鱼应当成绩好。

正在这时候，他望着他的钓丝，看见有一只突出的青色木杆猛然往下坠。

“是了，”他说。“是了，”他把桨搁好，小心地，免得撞动那只船。他伸手去拿那根钓丝，把它轻轻地捏在右手的拇指与食指之间。他觉得绳子另一端并没有东西在那里拉着，也没有重量，他轻轻捏着那钓丝。然后，又来了。这次是试探性地一拉，并不是结结实实拉着，也不沉重。他确实知道了这是什么。一百寻下，一条马林鱼在那里吃钩子尖上和钩子中段的沙汀鱼——那手工锻炼成的铁钩穿着一条小鲔鱼，鱼头上戳出的一部份，上面也盖满了沙汀鱼。

老人细致地握着钓丝，然后轻柔地用左手把它从杆上解下来。现在他可以让钓丝从他手指里滑过去，而那鱼不会觉得紧张。

离岸这样远，又是这个月份，一定是条大鱼，他想。吃吧，鱼。吃吧。请吃吧。这些沙汀鱼多新鲜呀，而你在那六百呎底下黑暗中的冷水里。你在那黑暗中再兜一个圈子，再回来吃吧。

他觉得那轻微的细致的拉曳，然后有一次拉得重些，一定是有一条沙汀鱼的头很难从钩子扯下来。然后什么也没有了。

“来来，”老人自言自语。“再兜一个圈子。你闻闻看。这沙汀鱼可爱不可爱？好好地吃它们吧，不时还可以吃吃那条鲔鱼。硬硬的，冷的，可爱的。鱼，别怕难为情。吃吧。”

他等候着，把钓丝捏在拇指与食指之间，看守着它，也守着其余的钓丝，因为那鱼也许会游来游去。然后那同样的细致的拉曳又来了。

“他会吞饵的，”老人自言自语。“上帝帮助他吞饵。”

然而他并没有吞饵。他去了，老人什么都不觉得了。

“他不会走的，”他说。“耶稣知道他不会走的。他在那里兜圈子。也许他曾经上过钩，他还有点记得。”

然后他觉得钓丝上有一种轻柔的接触，他快乐了。

“他刚才不过是在那里兜圈子，”他说。“他会吞饵的。”

他觉得那轻柔的拉曳，他快乐得很，然后他觉得那边猛烈地一拖，沉重得使人不能相信。是这条鱼的重量。他就让这根钓丝滑下去，下去。下去，两卷备而不用的绳子，第一卷已经被拉下去了。它从老人手指间轻轻地滑下去，他的拇指捏得并不紧，但是他仍旧可以感到那巨大的重量。

“多么大的鱼呀，”他说。“他现在把它横衔在嘴里，带着它走了。”

然后他会转个弯，把它吞下去，他想。他没有说出来，因为他知道你假使把一桩好事说出来，也许这事就不会发生。他知道这是多么大的一条鱼，他想像着他把那条鲔鱼横衔在嘴里，在黑暗中游开去。就在这一刹那，他觉得他停止移动了，但是那重量仍旧在那里。然后那重量增加了，他又把钓丝多放了些出去。他把拇指和食指压紧了一会，重量更增加了，毕直往下面沉下去。

“他吞了饵了，”他说。“现在我来让他好好地吃掉它。”

他让那钓丝从手指间滑下去，一方面把左手伸下去，拾起这预备着的两卷绳子松着的一头，接到隔壁那根钓丝备而不用的两卷绳子上。现在他有了准备了。他除了现在用着的这卷绳子之外，还有三卷四十哼长的绳子预备好在那里。

“再多吃一会吧，”他说。“好好吃掉它。”

把它吃下去，让那钩子的尖端戳到你心里去，杀死你，他想。乖乖地浮上来，让我把鱼叉戳到你身上。好吧。你准备好了吗。你这顿饭吃得时间够长了吗?

“现在！”他自言自语，他两只手一齐来，重重地打下去，收进一码钓丝，然后他两只手臂轮流甩着，一次一次打在绳子上，用尽手臂的力量，把身体的重量也倚在上面。

一点用也没有。那鱼仅只缓缓地游开去，老人无法把他提起一吋。他的钓丝很结实，是专为捕捉大鱼而制的，他把那绳子背在背上，拉得那样紧，甚至有水珠从绳子里跳出来。然后那绳子开始在水中发出一种迟缓的嘶嘶声，老人仍旧握着它，他振作精神靠在座板上，身子向后仰着，预料那鱼要往外拉。船开始缓缓地移动起来，向西北驶去。

那鱼稳定地移动着，它们在平静的水中缓缓航行。别的钓饵仍旧在水里，但是也不能够把它们怎样。

“但愿我有那孩子在这里，”老人自言自语。“这条鱼像拉纤似地把我这船拉着走，我就是拴纤的短柱。我可以使钓丝固定，使他拉不动。但是他可以把它挣断。我一定要尽我最大的力量不让他跑掉，他挣扎得厉害的时候我就把绳子放长些。幸而他只是航行，并没有往下面去——感谢上帝。”

假使他决定往下面去，我怎么办呢？我不知道。假如他潜入海底，死了，我怎么办呢；我不知道。但是我会想办法的。我能做的事情很多。

他把钓丝背在背上，注视着那绳子在水中的斜度，小船稳定地向西北移动着。

老人想，这条鱼要累死了。他不能永远这样下去。但是四小时后，那鱼仍旧稳定地向海外游去，拖着那条小船，老人仍旧背上背着钓丝，那绳子结结实实地绷在他身上。

“我正午钓到他的，”老人说。“而我到现在还一次都没看见过他。”

在他钓到这条鱼之前，他把草帽重重地往下一拉，现在他额上被那草帽割伤了。同时他也口渴，他跪下来，小心地避免猛拉那根钓丝，他尽可能地向船头爬去，伸出一只手来拿到了水瓶。他打开它，喝了点水，然后他靠在船头上休息。桅竿没有竖立起来，帆也没有张挂起来，他就坐在那桅竿和帆上休息着，他努力不去思想，仅只忍受着。

然后他回过头去看看，他发现陆地已经看不见了。这也没有关系，他想。我回去可以依照着哈瓦那灯火的红光。太阳落山前还有两个钟头，也许在这之前他会浮到水面上来。假使他不，也许他会和月亮一同上来。假使他仍旧不，也许他会和太阳一同升上来。我的手脚并不抽筋，我自己觉得很强壮。是他嘴里钩着一只钩子。但是这条鱼真了不起，这样拉着船跑。他一定是紧紧地闭着嘴衔着那铁丝。我希望我能看见他。我希望我能看见他一次，至少我可以知道我的对手是什么样子。

那天晚上，整夜地，据老人观察星象所得，那条鱼从来没有改变他的路线和方向。太阳下去以后就很冷，老人的汗冰冷地在他背上干了，在他手臂上，在他衰老的腿上。装饵的盒子上盖着的一只口袋，他白天把它摊在太阳里晒干了。太阳下去以后，他把那口袋系在颈上，使它挂在他背上，他小心地把它塞到钓丝底下去，那钓丝现在绷在他肩膀上了。钓丝下面垫了个口袋，他又想出一个办法，弯着腰靠在船头上，这样他差不多可以说是很舒服了。

我不能把他怎样，他也不能把我怎样，他想。如果他老是这样下去，他是拿我没有办法的。

有一次他站起来，在船边溺了泡尿，看看星，核对他的航程。钓丝在水中像一道磷光，从他肩膀上毕直射出去。它们现在移动得比较慢，哈瓦那的红光不大亮了，所以他知道那潮流一定把他们带向东面去了。如果我看不见哈瓦那强烈的灯光，我们一定是更往东走了，他想。因为假使这鱼的路线始终不变，我应当还有好几个钟头都可以看见那亮光。不知道今天棒球大联赛的结果怎样，他想。如果打鱼能够带一个收音机，那该多好。然后他想，应当永远想着这桩事，想着你眼前所做的事。千万不要做出愚蠢的事来。

然后他自言自语："但愿我有那孩子在这里。可以帮我的忙，也可以让他见识见识这个。"

一个人年老的时候不应当孤独，他想。但这是无法避免的。我一定要记着吃那条鲔鱼，在他腐烂之前吃掉他，吃了长力气。你记着，无论你怎样不想吃，早上一定要吃他。记着，他对自己说。

夜里有两只海豚到船边来，他可以听见它们在那里打滚，喷水。他可以听得出雌雄的分别，雄的喷水的声音和雌的叹息似的喷水声。

“它们是好的，”他说。“它们玩耍、讲笑话、彼此相爱。它们也和飞鱼一样，都是我们的兄弟。”

然后他开始怜悯他钓着的这只大鱼。他想，他是奇妙的，古怪的，谁知道他年纪有多么大了。我从来没钓着过一条鱼力气有这样大，也从来没有一条鱼行动这样奇异。也许他太聪明了，他不肯跳起来。他如果跳起来，或是疯狂地冲过来，我就糟糕了。但是他也许从前屡次上过钩，他知道应当用这个办法来抵抗。他当然不知道他的敌人只是一个人，而且是一个老头子。但是他是个多么伟大的鱼呀，假使他的肉好，在市场上该卖多少钱！他吞饵的作风像一条雄鱼，他拖曳的本领也像一条雄的，他在战斗中也没有表示惊恐。不知道他究竟可有什么计划，还是他和我一样地准备拼命？

他记得那次他钓着一对马林鱼中的一条。雄鱼总让雌鱼先吃，那上钩的鱼——一条雌的——疯狂地，惊惶失措地，绝望地挣扎着，不久就精疲力尽了，那雄的一直和她在一起，他在钓丝上面游过去，陪着她一同在水面上转圈子。他离开她那样近，老人很怕他会用尾巴将钓丝斩断，他那尾巴尖利得像镰刀一样，大小和式样也像镰刀。老人用鱼钩来钩她，用木棒打她，她那长唇像一把剑似的，边缘上粗糙得像沙纸，他握住那嘴，用木棒打她的头顶，打得她的颜色差不多变成镜子背面的颜色，然后，由孩子在旁边帮助着，把她拖到船上来，雄鱼仍旧在船边游着。然后，老人正把钓丝除下来，把鱼叉装上柄，那雄鱼在船边高高地跳到空中，为了要看看那雌鱼在那里，然后他张开他的淡紫色翅膀——那是他的胸鳍——一条条淡紫色阔条纹全看得见，他到深海中去了。他是美丽的，老人记得，而他一直在旁边。

这是我在鱼类之间所看见的最悲哀的一件事了，老人想。孩子也悲哀，我们请她原谅我们，随即宰割了她。

“但愿那孩子在这里，”他自言自语，他靠在船头刨圆的木板上，从他肩膀上背着的钓丝上他可以感到那大鱼的力量，那一股子劲是稳定地朝他拣定的目标移去。

他一旦上了我的当以后，就不得不选择一个办法，老人想。

他挑选居留在辽远的黑暗的深水里，没有罗网陷阱和欺诈的地方。我挑选到人迹不到的地方去找到他。现在我们遇在一起了，自从正午起就遇在一起了。我是没有一个人帮助我，他也没有一个人帮助他。

也许我当初不该做一个渔夫，他想。但是我是注定为这件事而生的。天亮以后我一定要记着吃那条鲔鱼。

离天亮还有点时候，有个什么东西吞吃了他后面的一只饵。他听见那木杆折断了，那钓丝开始在船舷上飞快地往外溜。他在黑暗中解开他那插在鞘里的小刀，他将那大鱼所有的重量都压在他的左肩上，身体向后仰，就着船舷的木头上把那钓丝割断了。离他最近的一根钓丝他也割断了，在黑暗中他把备而不用的两卷绳子松着的一头系牢了。他只用一只手，巧妙地工作着，他打结的时候把一只脚踏牢在绳子上。现在他有六卷绳子预备在这里。他切断的每一个饵上有两卷，被鱼吞了的饵上也有两卷，这些绳子全接在一起了。

他想，天亮以后我来想法子往后挪，凑到那四十㖊的饵那里，把它也割断了，把备而不用的两卷绳子也接起来。这么样一来，我丢了两百噚卡塔伦的好绳子，钩子和导杆。那都可以再买的。但是往那儿再去找这条鱼？万一我钓着了别的鱼，倒让他乘机逃走了。我不知道刚才吞饵的是条什么鱼。可能是一条马林鱼或是一条阔嘴鱼，或是一条鲨鱼。我还没来得及揣摩他，就不得不把他打发走了。

他自言自语：“但愿我有那孩子在这里。”

但是你没有那孩子在这里，他想。你只有你自己，你现在还是设法挪到最后那根钓丝那里，不管光线暗不暗，把它割断了，接上那两卷备而不用的绳子。

他照这样做了。在黑暗中很困难，还有一次，那鱼耸动了一下，把他拖倒了，脸朝下，眼睛下面割破了一个口子，血顺着他的面颊流下来，但随即停住了。还没有流到下颏上，已经凝结起来，干了，他又设法往回挪，挪到船头上，靠在那木头上休息着。他把那口袋掖掖好，小心地把那钓丝挪到他肩膀上一块新的地方，他用两个肩膀抵住它，小心地揣度着那条鱼拉曳的力量，然后又用手测量着那船在水中航行的速率。

不知道他为什么那样歪了一歪，他想。一定是那条铁丝从他那高山似的背脊上溜下来了。他的背脊决不会像我的背这样痛。但是他总不能永远拖着船跑，不管他多么伟大。现在凡是可能引起麻烦的东西全都清除掉了，我又预备下了极长的钓丝；此外还要什么呢？

“鱼，”他轻轻地自言自语，“我到死都不离开你。”

大概他也到死都不离开我的，老人想，他等着天亮。现在正是黎明前的时候，很冷，他紧倚紧偎着那木头取暖。他能够熬多少时候，我也能够熬多少时候，他想。在黎明中，钓丝伸展出去，没入水中。小船稳定地移动着，太阳最初露出的一点边缘，是在老人的右肩上。

“他是朝北走，”老人说。潮流会把我们扭转向东，他想。我希望他会跟着潮流转弯。那就表示他是疲倦了。

太阳再升了些起来，老人发觉那鱼并没有疲卷。只有一个好征兆。钓丝的斜度表示他是在较浅的水里游着。那并不一定表示他会跳跃。但是他也许会。

“上帝让他跳吧，”老人说。“我的钓丝够长的，可以对付他。”

也许我可以把绳子稍微抽紧一点．他觉得痛，就会跳了，他想。现在是白天了，让他跳出水面，使他脊骨旁边的胞囊里吸满了空气，那他就不能沉入海底去死在那里。

他试着把钓丝抽紧，但是自从这条鱼上了钩，钓丝已经紧张得快要迸断了，他身体向后仰着，拉着绳子，感到那绳子的粗糙；他知道他没法拉得再紧了。我千万不要猛拉，他想。每次猛拉一下，那钩子割破的创口就裂得更大些，等他跳起来的时候，他也许会把钩子挣脱。反正现在我已经觉得好些了，太阳出来了，今天难得的，我可以用不着朝太阳看。

钓丝上面黏着黄色的海草，但是老人知道这只有给那鱼增加了拖累，他很高兴。这就是那种黄色的墨西哥湾海草，夜间发出磷光来，那么亮。

“鱼，”他说，“我爱你而且非常尊敬你。但是今天天黑以前我会杀死你。”

但愿如此，他想。

一只小鸟从北方向小船飞来。他是一种善鸣的鸟，在水面上飞得很低。老人可以看出他非常疲倦。

那鸟飞到船尾上，歇在那里。然后他绕着老人的头飞了一圈，歇在钓丝上，他在那里比较舒服。

“你几岁？”老人问这鸟。“这是你第一次出门吗？”

他说话的时候，那鸟向他望着。他太疲倦了，也不去审视那根钓丝，他那细致的脚抓住了钓丝，身体前仰后合地晃动着。

“这钓丝很稳，”老人告诉他。“太稳了。昨天夜里并没有风，你不应当疲倦到这样。现在的鸟真是一代不如一代了！”

那么些个老鹰飞到海上来找它们。但是这话他没有对鸟说，鸟反正也不懂他的话，而且这鸟很快地也就会尝到老鹰的滋味了。

“好好地休息一下吧，小鸟，”他说。“然后你就投身进去，碰自己的运气，也像任何人或是鸟或是鱼一样。”

他借着说话来鼓舞自己，因为晚上他的背脊僵硬起来了，现在实在痛得厉害。

“鸟，你要是不愿意走，就在我家里住着吧，”他说。“现在倒是起了一阵小风，但是我不能够扯起帆来带着你走，抱歉得很。但是我有个朋友和我在一起。”

正在这时候，那鱼突然一歪，把老人拖倒在船头上，要不是他振作精神多放出一些钓丝，简直差一点把他拖下水去了。

钓丝这么一动，鸟就飞了，老人甚至于也没看见他走。他小心地用右手摸了摸钓丝，他注意到他的手在那里出血。

“总是有什么东西弄痛了他了，”他自言自语，他把钓丝往后拉，看他能不能把那鱼翻个身。但是拉到将要绷断的程度，他就又稳定地握住了钓丝，鱼向那边挣，他向这边拉，身体向后仰着，维持平衡。

"鱼，你现在觉得痛苦了，"他说。"天晓得，我也一样痛苦。"

他回过头去找那只鸟，因为他很愿意有他作伴。鸟不在那里了。

你没有停留多久，老人想。但是你去那地方还更艰苦，一直要飞到岸上方才平安。我怎么会让那鱼突然这么一拖，把我割伤了？我一定是老糊涂了。也许我是在那里看那只小鸟，在那里想他。现在我要注意我的工作，然后我一定要吃那条鲔鱼，那么我可以长点力气，不至于精疲力尽。

"但愿我有那孩子在这里，再还有一点盐。"他自言自语。

他把钓丝的重量挪到左肩上，小心地跪下来，在海洋里洗手，把手浸在里面，浸了一分钟以上，看着那血液顺着水飘去，海水随着小船移动，稳定地打在他手上。

"他慢了许多了，"他说。

老人很愿意把他的手在那盐水里多浸一会，但是他怕那鱼突然再歪一歪，他站起身，打起精神来，把手举起来在太阳里晒着。不过是绳子勒在手心里，把肉割破了。但是正是手上最得用的地方。他知道在这件事结束之前他会需要他的手，现在事情还没开始倒已经把手割破了，他很不高兴。

"现在，"他的手干了以后，他说，"我得要吃那小鲔鱼。我可以用鱼钩把他钩过来，在这里舒舒服服地吃。"

他跪下来，用鱼钩在船尾找到了那只鲔鱼，把那鱼向他这边牵引过来，避免和那一卷卷绳子纠缠在一起。他又用左肩背着钓丝，把绳子络在左手和左臂上，他把那鲔鱼从鱼钩上取下来，把鱼钩放回原处，他把一只膝盖抵在鱼上，从鱼背上切下一条条深红色的肉，从鱼头背后直剖到鱼尾，是楔形的一条条，他从脊骨旁边切下来，直切到肚子的边缘。他切出了六块，把它们摊在船头的木头上，把小刀在袴子上抹了一抹，把那鱼的尸骨拎着尾巴向水里一扔。

“我想我吃不了一整块，”他说，他用他的刀把一块鱼划成两半。他可以觉得那钓丝稳定地沉重地在那里拉着，他的左手抽起筋来了。那只手捏紧了拳头握在那粗绳子上。他憎恶地朝它看着。

“这叫什么手呀，”他说。“你要抽筋就抽筋吧。把你自己变成一只爪子。于你没有什么好处的。”

快一点，他想，他向深暗的水中望下去，看那钓丝的斜度。快点吃掉它，这只手就有力气了。并不是这只手不好，你已经和这只鱼搅了许多钟头了。但是你可以永远和他在一起。快把这条鱼吃了吧。

他拾起一块来，放在嘴里，缓缓咀嚼着它。倒也不难吃。

好好咀嚼着，他想，把液汁全咽下去。假使有一点柠檬，或是莱姆，或是盐醮着吃，味道一定不坏。

“手，你觉得怎么样？”他问那只抽筋的手，它像死人的手一样僵硬。“我为了你，我再吃一点。”

他切成两半的那一块鱼，剩下的一半他也吃了。他小心地咀嚼着，然后把鱼皮吐出来。

“手，你怎么样了？或者现在问你还太早？”

他又拿起一整块来咀嚼着。

“这一条强壮的多血的鱼，”他想。“我运气好，钓到他，不是钓到鳁鳅。鳁鳅太甜了。这个一点也不甜，而且他所有的力气都还在里面。”

不过讲究这些都是没有意义的，只要讲实用，他想。但愿我有一点盐。剩下的这些，也不知道太阳会把它晒干了还是晒得腐烂，所以我最好还是把它全吃了，虽然我并不饿。那鱼是平静而稳定的。我把它完全吃了，那我就有了准备了。

“手，耐心点吧，”他说。“我这都是为了你呀。”

我很想喂那条鱼吃点东西，他想。他是我的兄弟。但是我不能不杀死他，我得要有力气，才能够做这桩事。他缓慢地把一条条楔形的鱼肉全都吃了，他对得住他的良心了。

他直起腰来，把手在裤子上擦了擦。

“现在，”他说，“手，你可以放开那条绳子，我单用右边的手臂来对付他，等你不胡闹了再交给你。”他把左脚踏在刚才用左手握着的那根粗钓丝上，他背上的压力很大，他向后仰着，保持均衡。

“上帝帮助我把这抽筋的毛病治好，”他说。“因为我不知道这鱼又会使出什么招数来。”

但是他似乎很平静，在那里执行他的计划，他想。但是他的计划是什么呢，他想。我的计划又是什么呢？我的计划得要跟着他的计划，随机应变，因为他的个子这样大。假使他跳出海面，我可以杀死他。但是他永远在底下不出来。那我也就永远跟着他。

他把他抽筋的手在裤子上擦擦，试着使手指松弛下来，但是那手总是握着拳头。也许晒晒太阳就伸直了，他想。也许等那壮健的生鲔鱼在肚里消化之后，手指就伸直了。如果我非用这只手不可，我就硬把手指扳开，不惜任何牺牲。但是现在我不愿意硬把它扳开。让它自己伸直了，自动地恢复过来。到底是我不好，昨天夜里让它操劳过度了，那时候没办法，得要把那些钓丝一根根都解开，再接起来。

他向海面上望去，发觉他现在是多么孤独。但是他可以看见那深暗的水里反映的七彩光谱，还有那钓丝往前伸展着，还有那平静的海水奇异的波动。这是贸易风的季节，所以云彩很多，一层层地堆积起来。他向前面望着，看见一群野鸭在那里飞，映在海上的天空里，清楚地刻划出来，然后模糊起来了，然后又清楚地刻划出来。于是他知道，一个人在海上是永远不会孤独的。

他想，乘着个小船出去，看不见陆地，有些人觉得害怕；在有一种季节里，天气会忽然变坏，这也的确是危险的，他知道。但是现在他们是在飓风的季节里，没有飓风的时候，飓风的季节往往是一年中天气最好的时候。

假使有飓风的话，你要是在海上，许多天以前就可以在天空里看见种种征兆。他想，他们在岸上看不见，因为他们不知道那几点是应当注意的。同时，在陆地上也许是两样些，云的式样不同。但是我们现在没有飓风要来。

他向天上看看，看见那一团团的白云堆积在那里，像一堆堆友善的冰淇淋；高高在一切之上，又有那种毛毛的卷云，像细瘦的羽毛一样，在那秋高气爽的九月天空里。

“轻风，”他说。“鱼，这天气对我很有利，于你没有什么好处。”

他的左手仍旧抽着筋，但是慢慢地舒展开来了。

我恨抽筋，他想。这是一个人的身体对不起自己。吃东西中了尸毒，当着人吐泻交作，是很丢脸的。但是抽筋，在你独自一个人的时候，尤其觉得丢脸。

如果那孩子在这里，他可以替我揉揉，从肘弯那里揉起，使它松弛下来，他想。但是听其自然，也会松弛下来的。

他用右手摸了摸钓丝，感到绳子上的压力改变了，那时候他还没有看见钓丝在水中的斜度改变，他俯身向前，靠在那钓丝上，他急急地把左手重重地在大腿上拍了一下，正在这时候，他看见那钓丝缓缓向上面斜过来。

“他上来了，”他说。“手，快点。请你快一点。”

钓丝缓缓地稳定地升上来，然后，在小船前面，海面凸了起来，鱼出来了。他出来，出来，似乎永远没有完的，水从他身体两旁滔滔奔流下来。他在日光中是鲜明的，他的头与背是深紫色，在太阳里，他身体两旁的条纹看上去很阔，淡紫色。他又长又硬的唇像一根棒球的棒一样长，像一把细长的剑一样慢慢尖了起来，他全身都从水里涌出来，然后又重新钻进去，平稳地，像一个潜水者，老人看见他那大镰刀似的尾巴没入水中，钓丝开始往外跑。

“他比小船长两呎，”老人说。钓丝跑得很快，但是很稳定，那鱼并不惊慌。老人试着用两只手来拉住钓丝，使那绳子不至于绷断。他知道，假使他不能用稳定的压力使那鱼慢下来，那鱼可以把所有的钓丝全拉出来，绷断它。

他是条伟大的鱼，我一定要折服他，他想。我绝对不能让他知道他自己力气多大，知道他狂奔起来会发生什么效果。如果我是他，我现在一定把所有的力量都使出来，往前跑，跑，直到有个什么东西断了为止。但是，感谢上帝，它们没有我们聪明——我们这些屠杀它们的人——虽然它们比我们高尚，比我们有本领。

老人看见过许多大鱼。他看见过许多重量超过一千磅的，他这一辈子也曾经捕到两条这样大的，但是从来没有独自一个人做过这样的事。现在他是独自一个人，在海洋上，完全看不见陆地，独自一个人，和他生平见过的最大的一条鱼拴牢在一起，他不但没见过，从来也没听说过有这样大的鱼——而他的左手还是像鹰爪一样紧紧地拳曲着，伸不直。

但是这抽筋就会好的，他想。这只手总该会好起来，来帮助我的右手。有三样东西是兄弟：这条鱼和我的两只手。这只抽筋的手一定会复原的。它这样抽起筋来，自己也应当觉得难为情。这鱼又慢下来了，照他平常的速度进行着。

到底不知道他刚才为什么跳起来，老人想。简直好像他跳起来是为了给我看看他多么大。无论如何，我现在知道了，他想。但愿我能够给他看看我是怎样的一个人。可是，那他就会看见我这抽筋的手了。让他想着我是个胜过我的人，我就也会超过我自己。他想，我宁可做这条鱼，他有那么大的力量，而他的敌人仅仅是我的意志和我的智慧。

他舒舒服服地靠在木头上，对于身体上的痛楚抱着逆来顺受的态度。鱼稳定地游着，潜在深暗的水中缓缓前进。刮起东风来了，海上起了小小的风浪，在中午的时候老人的左手不抽筋了。

“鱼，这对于你是个坏消息，”他说，他把那钓丝在盖着肩膀的口袋上挪了挪。

他是舒服的，但是很痛苦，虽然他完全不承认感到痛苦。

“我不是虔诚信教的，”他说，“但是我愿意念十遍《天主经》。十遍《圣母经》，天保佑我捉到这条鱼；我要是捉到他，我许下心愿到考伯的圣母像那里去进香。我答应了一定照办。”

他开始机械地念起祈祷文来。有时候他疲倦过度，连祈祷文也背诵不出，他就念得特别快，使字句自动地出来。《圣母经》比《天主经》容易念，他想。

“万福玛利亚，满被圣宠者，主与尔偕焉。女中尔为赞美，尔胎子耶稣，并为赞美。天主圣母玛利亚，为我等罪人，今祈天主，及我等死候。亚门。”

然后他加上了两句：“童贞圣母，请你祈祷叫这鱼死，虽然他这么好。”

他祷告完了，心里舒服得多了，但是仍旧一样地痛楚，也许更厉害一点，他靠在船头的木头上，开始机械地活动着左手的手指。

现在太阳很热了，虽然微微地起了风。

“我还是来把船尾那根小钓丝重新装上饵，”他说。“假使这鱼决定再在这里过一夜，我需要再吃点东西，水瓶里的水也剩得不多了。这里除了鲯鳅恐怕钓不着什么东西。但是鲯鳅要是趁新鲜吃，倒也不难吃。或希望今天晚上有一条飞鱼飞到船上来。但是我没有灯光来吸引它们。飞鱼生吃是很好吃的，而且我月不着把他切开。我得要把所有的力量都节省下来。天哪，我没晓得他那么大。”

“可是我会杀死他的，”他说，“不管他怎样伟大，怎样光荣。”

当然这是不公平的，他想。但是我要给他看看人有多大能力，人能够忍受多少痛苦。

“我告诉那孩子我是个奇怪的老人，”他说。“我要证明这话，现在正是时候。”

他过去已经证明过一千遍了，但是都不算数。现在他又重新证明它。每一次都是新的，他从来不想到他过去做的事。

但愿他睡觉，那么我也能够睡觉，梦见狮子，他想。为什么现在差不多什么都不梦见了，只剩下狮子？老头子，不要想，他对自己说。轻轻地靠在木头上休息着，什么都不要想。他在那里工作着。你工作得越少越好。

已经渐渐地到了下午了，小船仍旧缓慢地稳定地移动着。但是现在的东风增加了那条鱼的负担，老人在小小的风浪中轻轻颠动着，绳子压在他背上，那痛楚的感觉也来得悠然而温和。下午有一次，钓丝又升上来了。但是这鱼不过是在略微高些的水平上继续游着。太阳晒在老人的左臂左肩和背脊上。所以他知道这鱼是转向东北了。

现在他既然看见过他一次，他可以想像那鱼在水里游着，他紫色的胸鳍大大地张开来，像翅膀一样，那竖直的大尾巴切破了黑暗。不知道他在那深水里看东西可看得清楚，老人想。他的眼睛非常大，马的眼睛小得多，马在黑暗中看得见东西。从前我在黑暗中也看得相当清楚。不是完全黑暗。但是差不多像一只猫一样。

他的左手又给太阳晒着，他又不停地活动着手指，现在不完全抽筋了，他开始把重量挪些到左手上；他耸耸肩膀，牵动背上的筋脉，使那绳子溜过去一点，那痛楚也稍微换个地方。

“鱼，你如果不觉得疲倦，”他自言自语，“那你一定是非常奇异的。”

他现在觉得非常疲倦，他知道天就要黑了，他试着想别的事。他想到棒球大联赛，他知道纽约的洋基队和底特律的虎队在那里比赛。

我不知道那场比赛的结果，这已经是第二天了。但是我一定要有信心，我一定要对得起那伟大的狄玛奇奥，他就连现在脚后跟骨头突了一块出来，痛得那样厉害，他仍旧是无论做什么事都是完美的。骨头突了一块出来是什么？他问他自己。骨头突出了一块。我们没有这样毛病。脚后跟痛，可会像斗鸡时装在公鸡脚上的铁距戳进人的脚后跟一样疼痛？我恐怕受不了这个，我恐怕不能够像公鸡一样，失掉一只眼睛或是两只眼睛，还继续战斗。人类比起那些伟大的鸟兽来是不算什么。我还是情愿做这水底下、这黑暗的海中的这条鱼。

“除非有鲨鱼来，”他自言自语。“要是有鲨鱼来，上帝可怜他和我，我们俩都完了。”

你可以相信那伟大的狄玛奇奥会守着一条鱼，熬这样久，他像我一样？他想。我确定他会，而且他既然年轻力壮，一定还可以熬得更久。而且他父亲从前是个渔人。但是脚后跟骨头突了一块出来可会太痛苦？

“我不知道，”他自言自语。“我从来没有过这毛病。”

太阳落下去的时候，他为了鼓励自己，又想起那次在卡萨布兰卡的酒店里，他和那魁梧的黑人比手劲，那黑人是从琪安弗尤哥斯来的，是码头上气力最大的人。他们有一天一夜把肘弯搁在桌上粉笔划的一道线上，前臂直竖起来，两人的手紧紧交握着。每人都试着把另一个人的手压到桌上去。许多人在旁边赌东道，在那煤油灯光下，人们在房间里走出走进，他望着那黑人的手与手臂，也望着那黑人的脸。在最初的八个钟头以后，他们每四小时换一个裁判员，好让裁判员睡觉。血从他的指甲和那黑人的指甲下渗出来了，他们俩向对方的眼睛里望着，也望着他们的手和手臂；赌东道的人在房间里走出走进，坐在靠墙的高椅上旁观。墙上漆着鲜明的蓝色，是木头的墙，灯把人影映到墙上。那黑人的影子非常大，微风吹动着灯盏，那影子便在墙上移动着。

整夜地，打赌的比例来回变换着，他们喂那黑人吃甜酒，又给他点上香烟。那黑人吃过甜酒以后，尝试着作最大的努力，有一次他把那老人——那时候还不是个老人，而是冠军山蒂埃戈——差不多扳下来三吋。但是老人又把他的手举起来，举到完全平均的地位。那时候他就确定他可以打败这黑人——这黑人也是个好人，一个伟大的运动家。天明以后，打赌的人正在要求说就算是不分胜负，裁判员正在那里摇头，老人突然使出力气来，把那黑人的手一点一点压下去，一直压到那木头上。比赛是在一个星期日早晨开始的，在星期一早晨才结束。许多赌东道的人要求算是不分胜负，因为他们要到码头上去工作，搬运一袋袋的糖，或是到哈瓦那煤公司去工作。否则每一个人都要他们比赛下去，到结束为止。但是无论如何；他又把它结束了，而且也没有耽误任何人上工。

在这以后有很长久的时候，人人都叫他冠军，在那年春天又从新赛过一次。但是打赌的注子不大，他很容易地就赢了，因为他在第一次比赛里已经破坏了那琪安弗尤哥斯的黑人的自信心。在那次以后，他比赛过寥寥几次，此后就没有再赛过。他相信他如果迫切需要的话，他可以打败任何人；他认为这种角力会伤害他的右手，不利于打鱼。他曾经试过几次用左手练习角力。但是他的左手永远是一个叛徒，不听指挥，他不信任它。

现在这太阳会把它烤透了，他想。它不会再抽筋了，除非晚上太冷，不知道今天晚上会有什么事发生。

一架飞机在头上飞过，循着它的路线向迈阿米飞去，他看着它的影子惊起一群群的飞鱼。

“有这么许多飞鱼，这里应当有鲯鳅，”他说。他拉着钓丝向后仰着，看他可能够收回一些绳子，把那鱼拖过来些。但是不能够，钓丝仍旧绷得很硬，抖出一滴滴的水，就快要迸断了。船缓缓地前进，他望着那飞机，直到看不见为止。

坐在飞机里一定非常奇怪，他想。不知道从那么高望下来，海是什么样子？他们要是飞得不太高，应当看得见鱼。我很想在距海二百哼高的空中慢慢飞，从高处来看鱼。在捕龟的船上，我爬到桅顶的横桁上，就连在那样的高度上我也看到很多。从那里望下来，鲯鳅的颜色绿得多，你可以看见它们的条纹和它们的紫色斑点，你可以看见它们整个的一群在那里游着。为什么深暗的水流里一切游得快的鱼都是紫色背脊，而且常常有紫色条纹和斑点？当然，鲯鳅看上去是绿的，因为它其实是金色的。但是有时候它真的饥饿得厉害，来吃东西，它身体两旁也现出紫色条纹，就像马林鱼一样。可会是因为愤怒，还是游得太快，所以发出这样的斑纹？

正在天黑以前，他们正经过一大摊马尾藻，多得像个岛屿似的，在那轻快的海中动荡不已，仿佛那海洋像一条黄色毯子底下和什么东西恋爱着；这时候他那根小钓丝钓着一条鲯鳅。他第一次看见它，是它跳到空中，在最后的阳光中它是纯金色，曲着身子，疯狂地在空中煽动着。由于恐怖，它跳了一次又一次，像卖艺者似地表演着；他设法挪到船尾去，蹲踞着，用右手和用右臂握住那根大钓丝，用左手把那鲯鳅拖进来，每次收回一段绳子，就用他赤裸的左脚踏住它。鱼在船尾绝望地跳掷着，斜打着，老人俯身凑到船尾上，把那鱼从船尾拾过来，那滑泽的金色的鱼，有紫色的斑点。它的嘴抽搐地一动一动，迅速地咬着钩子，它用它那长而扁的身体和它那尾巴和头来敲打着船底，老人用木棒在那光亮的金色的头上打了一下，它方才颤抖着，不动了。

老人把钩子从鱼嘴里拔出来，重新装上一条沙汀鱼作饵，把钓丝抛出去。然后他缓缓地设法挪到船头上。他洗了左手，在裤子上擦了擦。然后把那根沉重的钓丝从右手挪到左手，把右手在海里洗了一洗，他一面看着那太阳沉入海洋中，一面也看着那粗绳子的斜度。

“他完全没有改变，”他说。但是他看着那水冲激在他手上，他看得出来那鱼是慢得多了。

“我来把两只桨叠在一起，横绑在船尾上，这样他夜里一定要慢下来了。”他说。“他能够熬夜，我也能够。”

最好稍微等一会再挖出鳍鳅的肚肠，可以把血保存在肉里，他想。我可以等一会再做这个，可以同时把桨绑起来，增加船的重量。现在我还是让这鱼安静一点，在日落的时候不要过份地搅扰他。太阳落下去的时候，对于所有的鱼类都是一个困难的时期。

他把他的手晒干了，然后他抓住钓丝，尽可能地设法缓和他的痛苦，让他自己被绳子往前扯着，爬伏在那木头上，使那船负担一半或者一大半的压力。

我渐渐学会了怎样应付了，他想。至少这一部份我学会了。而同时，你要记得，他自从吞了饵以后还没有吃过东西，而他个子这样大，需要很多的食物。我吃了一整条鲣鱼，明天我来吃那只鳅。他叫它金色鳍鱼。也许我剖开它的时候就应当吃一点。它比那鲣鱼难吃些。但是，反正没有一桩事是容易的。

“鱼，你觉得怎么样？”他大声问。“我觉得很好，我的左手也好些了，我这里的食物够吃一天一夜的。鱼，你拉着船走吧。”

他并不是真地觉得好，因为他背上背着那绳子，那痛楚已经超出了痛楚，进入一种麻木状态，反而使他不放心起来。但是我经验中比这个更坏的事也有，他想。我的手不过稍微割破一点，另一只手也不抽筋了。我的腿仍旧好好的。同时我在粮食方面也比他占优势。

现在天黑了，在九月里，太阳一落，很快就天黑了，他靠在船头敝旧的木头上，尽可能地休息着。最初的几颗星出来了。他不知道莱杰尔星的名字，但是他看见它，他知道它们不久就要全部出来了，他可以有这些辽远的朋友陪着他。

“这鱼也是我的朋友，”他自言自语。“我从来没看见过或是听见过这样的鱼。可是我得要杀死他。幸而我们不必试着去杀那些星，我真高兴。”

想想看，要是一个人每天都得试着去杀月亮，他想。月亮逃走了。但是你想想，要是一个人每天都得试着去杀太阳，又怎么办？我们天生是幸运的，他想。

然后他替那大鱼觉得难过，他没有东西吃，而他一方面替他觉得难过，他要杀死他的决心并没有减少下来。他的肉可以喂饱多少人呀，他想。但是他们配吃他么？不，当然不。从他那行动的风度和他那伟大的品格上看来，没有一个人配吃他的。

我不懂这些事，他想。但是我们用不着试着去杀太阳，月亮和星，这总是一桩好事。我们只须要在海上生活着，杀我们真正的兄弟们。

现在，他想，我得要想到增加这船的重量。这有它的危险，也有它的好处。如果他一使劲，而那两只桨没有滑脱，仍旧横担在那里，增加了船的重量，船不像从前那样轻了，我也许被他拉掉许许多多绳子，结果让他跑了。船轻，是延长了我们俩的痛苦，但是使我安全，因为他可以游得非常快，而他至今还没有把本领使出来。无论怎样，反正我总得把这鲯鳅的肠子挖出来，不然要腐烂了，我还得吃一点，长力气。

现在我再来休息一个钟头，觉得他踏实了，稳定了，我再挪到船尾去做这工作，并且决定一切。在这时间内我可以看他怎样行动，看他可有什么变化。那将是一个好计策；但是现在已经到了时候，应当为安全着想了。他仍旧是个相当厉害的鱼，我看见那钩子在他嘴角上，他把嘴闭得紧紧的。钩子钩在嘴里的痛苦是不算什么。饥饿的痛苦，加上还得对抗他所不了解的一样东西，这是够他受的。老头子，你现在休息吧，让他工作着，你等你下次再有什么任务的时候再去工作。

他估计着他休息了大概有两个钟头。现在月亮要到很晚才升上来，他无法判断时间。他也并不是真的休息着，不过是比较好些就是。他仍旧把鱼的压力背在肩膀上，但是他把他的左手搁在前面的船舷上，把鱼的抗拒的力量渐渐地大部份都交托给那小船了。

只要我能够把这根钓丝拴牢在船上，那多么简单呀，他想。但是他稍微歪一歪就可以把绳子绷断了。我一定得要用我的身体去垫着这钓丝，随时准备着用两只手把钓丝放出去。

“可是你还没有睡觉呢，老头子，”他自言自语。“已经有半天和一夜你没有睡觉，现在又是一天了。你一定要想出一个办法，使你可以稍微睡一会，如果他是安静而稳定的话。你如果不睡，也许你会脑筋不清楚起来。”

我的脑筋够清楚的，他想。太清楚了。我和星一样清楚，它们是我的兄弟。但是我仍旧得要睡觉，星也睡觉，月亮和太阳都睡觉，就连海洋有时候也睡觉，有这么几天没有潮流，风平浪静的。

可是你得记着睡觉，他想。叫你自己睡，想出一个简单而可靠的法子管住那根钓丝。现在你到后面去剖开那条鲯鳅。如果你一定要睡觉，就不能够把桨绑起来，增加船的重量，那太危险。

我可以用不着睡觉，他告诉他自己。但是这太危险了。

他开始设法挪到船尾去，用手和膝盖爬行着，小心地避免急遽地拉扯那条鱼。他自己也许也瞌睡得快睡着了，他想。但是我不要他休息。他得要拉曳着直到他死去。

他回到船尾，转过身来，让他的左手握住肩上压着的钓丝，用右手把小刀从鞘里拔出来。星光现在很明亮，他清楚地看见那鲯鳅，他把刀锋揿进他头里去，把他从船尾拉出来。他把一只脚踏在那鱼身上，很快地把他剖开，从肛门直剖到下颚的尖端。然后他放下小刀，用右手把肠子挖出来，挖干净了，把鳃也统统拉掉，那胃在他手里拿着，觉得沉重而滑腻。他把他剖开了。有两只飞鱼在里面。它们是新鲜而坚硬的，他把它们并排搁在那里，把肠子与鳃从船尾丢下去。它们沉下去了，在水中留下一缕磷光。那鲯鳅是冷的，现在在星光下看来是一种鳞状的灰白色，老人把他身体的一边剥了皮，右脚踏在鱼头上。然后他把他翻了过来，把另一面也剥了皮，把他从头到尾剖成两边。

他把那尸骨推到水里去，他看了看水里可起了漩涡，但是只有它徐徐下降的磷光。然后他转过身来，把那两条飞鱼放在他切出的那两块鱼里，把小刀插入鞘中，他又缓缓地设法挪到船头上。他伛偻着，钓丝的重量压在他背上，他右手拿着那鱼。

回到船头上来，他把那两块鱼搁在木头上，把飞鱼搁在旁边。此后把肩膀上的钓丝挪了挪，搁在一个新地方，又用他的左手握住它，手搁在船舷上。然后他靠在船边上，把飞鱼在水里洗洗，注意看着水冲激在手上的速度。他的手因为剥了鱼皮，也发出磷光来，他观察着那水流怎样冲到手上，水流可没那么有力了，他把手的一边在船板上揉擦着，一星星的磷质飘浮开来，缓缓地向船尾流去。

“他渐渐倦疲了，或者他在那里休息着，”老人说。“现在我来吃掉这条鲯鳅，休息一下，睡一会。”

在星光下，夜间越来越寒冷了，他把他切出的两块鳍鳅吃掉了半块，又吃掉一条飞鱼，飞鱼的肠子已经挖掉了，头也切掉了。

“鳍鳅这种鱼煮熟了多么好吃，”他说，“生吃多么难吃。以后倘使我不带盐或柠檬，我再也不乘船了。”

我如果有脑子的话，我会整天地把水泼在船头上，水干了就有盐了，他想。但是我直到太阳快落山了才钓到这条鳍鳅。究竟是缺少准备。但是我把它完全细细咀嚼过了，倒也并没有作呕。

东面的天空起了许多云，他所认识的星一个一个全不见了。现在看上去仿佛他驶进了一个巨大的云的峡谷，风急了。

“三四天内天气要变坏，”他说，“但是不会是今天晚上或是明天。老头子，你现在来布置一下，想法子睡一会，趁着这时候这鱼是平静稳定的。”

他把钓丝紧紧地握在右手里，然后把大腿抵着右手，把全身的重量都靠在船头的木头上。然后他把那钓丝在肩膀上移下一点，缠缚在左手上。

只要那钓丝是缠缚住了，我的右手总握得住它，他想。如果我睡觉的时候右手松开了，钓丝一往外跑，我的左手就会把我弄醒。右手很吃力，但是他是吃惯了苦的。即使我只睡二十分钟或是半个钟头，也是好的。他向前扑着，用全身去夹紧了那钓丝，将他所有的重量都搁在右手上，于是他熟睡了。

他没有梦见狮子，却梦见一大群海鸥，队伍有八英里或十英里长，正是它们配对的季节，它们高高地跳到空中，跳起来的时候水里留下一个洞，然后它们又回到这洞里来。

然后他梦见他在村庄里，睡在他的床上，刮着北风，他非常冷，他的右臂麻木了，因为他的头枕在手臂上而不是枕头上。

在这以后，他开始梦见那长长的黄色海滩，他看见第一只狮子在黄昏里下来到海滩上，然后其余的狮子也来了，他把他的下颏搁在船头的木头上，船停泊在那里，夜晚有微风从岸上吹来，他等着看还有更多的狮子，他很快乐。

月亮上来已经很久了，但是他继续捶下去，那鱼稳定地拉曳着，船驶入云的峡谷。

他醒了，右手的拳头跳起来撞到他脸上，钓丝像火烧似地从他的右手里溜出去消失了。他的左手没有什么知觉，但是他尽可能地用右手阻止那钓丝，钓丝仍旧往外跑。他的左手终于找到那钓丝，他仰着身子把钓丝往后拖，现在它烧灼着他的背脊和左手，他的左手承受了所有的重量，割伤得很厉害。他回过头去看看那一卷卷的钓丝，那绳子平滑地溜出去。正在这时候，那鱼跳起来了，海洋大大地爆裂开来，然后他沉重地跌下去。然后他又一次次地跳起来，船走得飞快，然而钓丝也仍旧向外飞跑，老人将压力提高到迸断的程度，他一次次地将它提高到迸断的程度。他被紧紧地往下拉，俯倒在船头上，他的脸正压在切开的一块鲯鳅上，而他没法动弹。

这正是我们等候着的，他想。现在我们来接受它吧。

钓丝被他拖了许多出去，让他付相当的代价，他想。让他付相当的代价。

他没法看见那鱼的跳跃，只听见海洋的迸爆，和他跌下来的时候，那沉重的浪花四溅。钓丝溜得太快，把他的手割伤得很厉害，但是他一直知道这事会发生的，他试着使那割伤的部份正在生老茧的地方，不让那绳子滑到手掌心里或是割伤手指。

如果那孩子在这里，他会打湿那一卷卷的绳子，他想。如果那孩子在这里。如果那孩子在这里。

钓丝往外跑，往外跑，往外跑，但是现在跑得慢些了，他放出的每一吋钓丝，都得让那鱼付出代价。现在他从那木头上抬起头来，他的面颊把那片鱼压烂了，他从那稀烂的鱼上抬起头来。然后他跪着，然后他缓缓地站起来。他放出绳子去，但是放得越来越慢。他设法挪到一块地方，可以用他的脚触到那一卷卷绳子——他没法看见那绳子。还有许多绳子在那里，现在这鱼得要把这么些新绳子全都从水里拖过去，新绳子在水里是非常涩滞的。

是的，他想。而且现在他跳过不止十二次了，他背脊旁边的胞囊装满了空气，他不能够到深海底去，死在那里；我是没法子把他从那里捞起来的。他就快开始转圈子了，那时候我就得来对付他。不知道他为什么忽然这样激动起来？他可会是饿急了，所以不顾前后地冒险起来，还是夜间有什么东西惊吓了他？也许他突然感到恐怖了。可是他是那样一个平静、健壮的鱼，他似乎是那样勇敢，有自信心。这很奇怪。

“老头子，你还是顾你自己吧，你也得勇敢，有自信心，”他说。“你没让他挣脱，但是你收不回钓丝来。但是他不久就得要转圈子了。”

老人现在用他的左手和肩膀来拉住他，他弯下腰来用右手掬起水来，洗掉他脸上糊着的稀烂的鲯鳅肉。他怕那腥气会使他作呕，他一呕吐，就没力气了。他脸洗干净了，又把右手伸在船边的水里洗了洗，然后就让它泡在那盐水里，同时他注视着日出前天刚刚亮起来的情景。他是差不多朝东走，他想。可见鱼是疲倦了，跟着潮流走。不久他就得转圈子了。然后我们真正的工作就开始了。

他认为他的右手泡在水里时间够长了，就把它拿出来，朝它看看。

“不坏，”他说。“疼痛是不碍事的，并不伤人。”

他小心地握住那钓丝，使它不至于嵌进新割破的地方，他向另一边倚着，使他可以在船那一边把左手插到水里去。

“你这无用的东西，这次成绩倒还不错，”他对他的左手说。“但是起初有那么一会子我找不到你。”

为什么我没有生就两只好手呢？他想。也许是我自己不对，没有好好地训练这一只。但是天知道，他有过很多的学习的机会。他今天晚上倒还不错，他也只抽过一次筋。他要是再抽起筋来，就让这绳子切断他吧。

他自以为他知道他脑筋有点混乱，他就想着他应当再吃一点鲯鳅。但是我不能够，他告诉自己，宁可头晕，不要呕吐得混身无力，我知道我要是吃了一定要吐的，自从我的脸压在那上面，我就受不了那腥气。我把它留着以防万一，等它腐臭了再扔掉它，但是现在靠食物的营养来培养力气也太晚了。你真笨，他告诉他自己。吃那一条飞鱼。

它在那里，洗剥净了，预备好了，他用左手把它拾起来，吃了它，小心地咀嚼着那骨头，把它全吃了，只剩下尾巴。

它差不多比随便什么鱼富营养，他想。至少，正是我所需要的那种气力。现在我已经尽了我的力量，他想。让他开始转圈子吧，来战斗吧。

自从他撑了船来到海上，这已经是第三次日出了。太阳升上来的时候，那鱼开始兜圈子了。

他从钓丝的斜度上看不出那鱼在兜圈子。太早了，还看不出。他只觉得钓丝上的压力微微松弛了一些，他开始用右手轻轻地拉它，它又绷紧了——一直是如此——但是他拉到正要迸断的时候，钓丝开始松下来，渐渐地可以收回来了，他把肩膀和头从钓丝底下钻过去，开始把钓丝收回来，稳定地，轻柔地。他两只手一齐用，甩动着两手；他试着尽量地利用他的身体和腿来拉曳那绳子，一拉，一甩，他那苍老的腿和肩膀就跟着旋转。

“是个非常大的圈子，”他说。“但他是在那里兜圈子。”

然后那钓丝收不进来了，他拉着它，直拉得水珠从绳子里迸跳出来，在阳光中。然后钓丝开始往外跑，老人跪下来，吝惜地一点一点让它回到那深暗的水中。

“他现在兜圈子兜到最远的一部份了，”他说。我一定要竭力拉住他，他想。鱼觉得费劲，就会每次都把圈子缩小些。也许一个钟头内我就会看见他。现在我得要折服他，然后我得要杀死他。

然而那鱼只管慢慢地兜圈子，两个钟头后老人湿淋淋地一身汗，澈骨地疲倦了，但是现在圈子小得多了，从那钓丝的斜度上他可以看出那鱼一面游着一面不停地向上升起来。

老人眼花了，看见眼睛前面有些黑点子，已经有一个钟头之久；汗水把盐腌着眼睛，把盐腌着他眼睛上面割伤的口子，和额上的伤口。他不怕那些黑点子。像他这样出力拉着钓丝，眼花是正常的现象。但是有两次他觉得头晕，昏迷，这倒使他担忧起来。

“我不能辜负我自已，把命送在这样一条鱼上，”他说。“现在我正是得手的时候，上帝帮助我再熬一会。我来念一百遍《天主经》，一百遍《圣母经》。不过我现在不能念。”

就算念过了，他想。我以后会念的。

正在这时候，他双手握着这钓丝，突然觉得这钓丝被什么东西砰砰打着，急遽地扯着。猛烈地，有一种坚硬的感觉，而又沉重。

他在那里用他硬长的唇打那铁丝导管，他想。迟早总要这样的。他不能不这样，但是这也许会使他跳起来，而我宁愿他现在继续转圈子。他为了要呼吸空气，必须要跳出水面。但是每一次跳过了，那钩子的伤口可能裂得大些，他可能把钩子挣脱。

“鱼，不要跳，”他说。“不要跳。”

那鱼又打了那铁丝几次，每次他一摇头，老人就放出一些钓丝。

我绝对不要增加他的痛苦，他想。我的痛苦不要紧，我能够控制我的痛苦。但是他的痛苦可以使他发疯。

过了一会，那鱼停止敲打那铁丝，又开始慢慢地兜起圈子来了，老人不停地收进钓丝。但是他又觉得昏晕了，他用左手掬起一点海水，浇在头上。然后他又浇上一点，又把颈项背后揉擦了一下。

“我并不抽筋，”他说。“他不久就要升起来了；我还可以熬下去。你非熬下去不可。提都不要去提它。”

他靠着船头跪在那里，暂时又把钓丝挪到他背上去。现在我先休息着，他正在往外兜圈子，等他兜回来的时候我再站起来对付他，他决定。

他真想在船头上休息着，让那鱼自己兜一个圈子，一点钓丝都不收回来。但是，那钓丝一紧张起来，表示那鱼转过来向船这边游过来了，老人就站起身来，开始那种旋转交织的拉曳动作，他的钓丝全是这样拉回来的。

我从来没有像这样疲倦过，他想，而现在这贸易风又起来了。但是有风也好，拖他回去可以一路顺风。我非常需要风帮忙。

“下一个圈子他往外兜的时候我可以休息，”他说。“我觉得好多了。然后再兜两三个圈子，我就捉到他了。”

他的草帽推到脑后去了，他觉得那鱼转过弯来，钓丝一拉，他就俯伏在船头上。

鱼，你现在工作吧，他想。我等你转弯的时候再来对付你。

浪头高了许多，但是，是晴天的微风，而且他非得有风才能回去。

“我只要朝西南航行，”他说，“人在海上从来不会迷路的，而且那是个很长的岛。”

是第三次转弯的时候，他初次看见那鱼。

他先是看见一个黑暗的影子，他需要那样长的时间在船底下经过，他简直不能相信他有那样长。

“不，”他说。“他该不会有那么大。”

但是他是有那么大，这一个圈子兜完以后，他到水面上来，只有三十码远，老人看见他的尾巴露在水外面。尾巴比一个大镰刀还要高，是极淡的紫色，竖在那深蓝的水上。那尾巴往后一斜，鱼在水面下游着，老人可以看见他庞大的身体，身上一道道的紫色条纹。他背脊上的鳍往下垂着，他巨大的胸鳍张开着。

这次兜圈子，老人可以看见那鱼的眼睛，还有两条吸在大鱼身上的灰色的鱼，它们有时绕着他游着。有时候它们黏附在他的身上。有时候蹿开去，有时候它们从容地在他的阴影里游着。它们每一条有三呎以上长，它们游得快的时候，就把整个的身体像鞭子似地抽打着，如同鳝鱼一样。

老人现在流着汗，但并不光是因为晒着太阳，还有别的原因，每次那鱼平静沉着地兜一个圈子，他就收回一些钓丝；再转两个圈子，他确定他就有一个机会把鱼叉刺进去了。

但是我一定要把他拉得很近，很近，很近，他想。我千万不要刺在头上。我一定要戳到心里去。

"老头子，你得要镇静而有力，"他说。

下一个圈子，鱼的背脊露在外面了，但是他稍微离船太远些。再下一个圈子，他仍旧是太远，但是他露在水面上比较高些了，只要再收回一些钓丝，老人确定他可以把鱼拉到船边来。

他早已把鱼叉装备好了，鱼叉上的一卷细绳子搁在一只圆筐里，绳的一头缚牢在船头系柱上。

鱼兜圈子兜回来了，平静而美丽，只有他的大尾巴动着。老人用尽平生之力把他拉近些。有这么一刹那，鱼身倾斜了一下。他随即把自己摆正了，开始兜另一个圈子。

"我移动了他。"老人说。"刚才我移动了他。"

他现在又有点晕眩。但是他竭力地紧紧扯那条大鱼。我移动了他，他想。也许这一次我能够把他拉过来。手，拉呀，他想。腿，站牢。头，看在我份上，再熬下去吧。看在我份上，再熬下去吧。你从来也没有晕倒过。这次我会把他拉过来。

他把所有的气力都用出来，鱼还没有游到船边，还很远的时候，他就开始了，拼命拉着，那鱼歪过来一半，但随即把自己摆正了，游开去了。

"鱼，"老人说，"你反正是要死了。鱼，你非得把我也弄死么？"

照这样下去不成，他想。他嘴里太干燥，话也不能说了，但是他现在不能够去拿水喝。我这次一定要把他拉到船边来，他想。再多兜几个圈子我就不行了。你行的，他告诉自己。你永远行。

下一次转圈子，他差一点得了手。但是那鱼又把自己摆正了，缓缓游开去了。

鱼，你就快把我弄死了，老人想。但是你有这种权利。兄弟，我从来没看见过一个比你更伟大，或是更美丽，或是更沉静或是更高尚的东西。你来，你弄死我吧，不管谁弄死谁，在我都是一样。

现在你脑筋不清楚起来了，他想。你一定要头脑清醒。一定要头脑清醒，要像一个男子汉那样地忍受痛苦。或是像条鱼一样，他想。

“头，清醒一点，”他说，他的喉咙这样喑哑，差不多自己都听不见。“清醒一点。”

又有两次，转弯的时候又是同样情形。

我不知道，老人想。他每次都觉得他要晕过去了。我不知道。但是我再来试一次。

他再试了一次，他把那鱼掀翻过来的时候，他觉得自己要晕过去了。那鱼把自己摆正了，又缓缓地游了过去，他那大尾巴在空中摇摆着。

我再来试一次，老人答应了下来，虽然他两只手已经是稀烂的，眼睛也看不清楚了，只有间歇的闪电式的一瞥。

他再试了一次，又是同样情形。那么，他想，他还没开始倒已经觉得自己要晕过去了；我还要再来试一次。

他收拾起他所有的痛楚和残余的精力，和他久已丧失了的自傲，他用这一切来和那鱼的苦痛对抗，那鱼到他旁边来了，侧着身子温柔地在他旁边游着，他尖长的硬唇差不多碰到船板，他开始在船边游过去了，又长，又深，又宽，银色的，上面有紫色阔条纹，在水里简直无穷无尽。

老人丢下钓丝，用脚踏住它，把鱼叉举起来，举得不能再高了，然后把它推下去，用出他的全部力量，再加上他刚才振起的力量，把鱼叉戳进鱼身的侧面，正在那巨大的胸鳍后面，那胸鳍高高地竖在空中，高齐那老人的胸膛。他觉得鱼叉刺了进去，他把身体倚在上面，把它再推进去些，然后用他全身的重量把它揿进去。

于是那鱼活跃起来了——死亡到了他身体里面；他从水里高高跳起来，尽情显露了他惊人的长度和阔度，他一切的力与美。他仿佛悬在空中，就在船里的老人头上。然后他訇然跌到水里去，浪花溅了老人一身，溅了一船。

老人觉得昏晕，像要呕吐，眼睛也看不清楚。但是他把鱼叉上的绳子卸了下来，让那绳子在他脱了皮的手里缓缓滑过，他眼光清楚的时候，他看见那鱼仰天躺着，银色的肚子朝上。鱼叉的柄从鱼的肩膀上斜戳出来，他心里流出的血把海都染红了。起初那血暗沉沉的像水底的小洲一样，在那蓝色的水里——那水有一英里以上深。然后那血像云一样地散布开来。那鱼是银色的，静止的，跟着波浪漂浮着。

老人趁着他眼睛看得见的时候，在那一瞥中仔细看了看。然后他把鱼叉上的绳子绕在船头的系柱上，绕了两圈，他把他的头搁在两只手上。

"头脑很清楚，"他对着船头上的木头说。"我是个疲倦的老人。但是我杀了这条鱼——我的兄弟，现在还剩下有些苦工，我得去做掉它。"

现在我得要把绳圈和绳子预备起来，把鱼捆在船边，他想。即使我们有两个人在这里，使船沉下去，把这鱼装载在船上，再把船里的水汲出来，这小船也绝对载不动他。我得要把一切都准备好了，然后把他拖过来，捆起来，竖起桅竿，张起帆来驶回去。

他开始把鱼拉到船边来，那么他可以把一根钓丝从他鳃里穿过去，从嘴里出来，把他的头缚牢在船头旁边。我想看他，他想。我想碰碰他，摸他。他是我的财产，他想。但是我想摸他倒不是为这原因。我想我刚才接触到他的心，他想。当我第二次把鱼叉的柄揿进去的时候。现在把他拉过来吧，把他缚牢了，把绳圈套在他尾巴上，再套一个在他腰上，把他绑在小船上。

“动手做起来吧，老头子，”他说。他稍稍喝了一点水。“现在战斗完结了，还有许多苦工要做。”

他向天上看了看，然后向外面望去，看他的鱼。他仔细看看太阳。正午才过了没多少时候，他想。而贸易风起来了。这些钓丝现在完全无关紧要了。等我们回到家里，那孩子和我会把这些绳子都接起来。

“来了，鱼，”他说。但是那鱼并没有来。他只躺在那里，在海里打滚，老人把小船拉到他跟前。

他和鱼并拢了之后，他把鱼头靠在船头上，他不能相信这鱼有这么大。但是他把那系柱上的鱼叉绳子解下来，穿在鱼鳃里，从嘴里出来，在他像剑似的长唇上绕了一圈，将绳子穿过另一个鳃，又在系柱上绕了一转，把那双股绳子挽了个结，缚牢在船头的系柱上。他然后把绳子割断了，到船尾去把尾巴套在绳圈里。鱼本来是紫色与银色的，现在变成纯银色了。那条纹和他的尾巴一样出现雪青色。这些条纹比一个人揸开五指的手还要宽。鱼的眼睛看上去非常超然，像潜望镜上的镜子，或是迎神赛会里的一个圣徒。

“要杀死他只有这一个法子，”老人说。他喝过水之后觉得好些了，他知道他不会晕倒，他脑筋也清醒。他这样子看上去总不止一千五百磅，他想。也许还要多得多。假使他把三分之二的肉切下来卖，三角钱一磅，一共收入多少？“我需要一只铅笔来算这个，”他说。“我的脑筋虽然清楚，没有清楚到那样的地步。但是我想那伟大的狄玛奇奥今天一定认为我值得骄傲的。我的骨头没有突出一块，但是手和背脊实在疼得厉害。”不知道骨头突出一块究竟是回什么事，他想。也许我们都有这毛病，而自己不知道。

他把鱼缚牢在船头船尾和中央的座板上。他那么大，简直像把另外一只大些的船绑在这小船边上。他切断一截绳子，把鱼的下颚捆在他尖长的硬唇上，使他的嘴不会张开来，以便尽可能地清清爽爽地航行。然后他竖起桅杆，把那补缀过的帆撑起，鼓着风，船开始移动了，他半躺在船尾，向西南航行。

他不需要一只指南针告诉他西南在那里。他只需要那贸易风吹在身上的感觉，再把帆一挂起来，就知道了。我应当放下一根小钓丝，上面系着一只匙子，试着弄一点东西吃，里面的水份也可以当水喝。但是他找不到一只匙子，他的沙汀鱼也都腐臭了。在他们船经过的时候，他就用鱼钩钓了一摊墨西哥湾海草，他把这海草摇摇，使里面的小虾落到船板上。有不止一打小虾，它们蹦着，踢着，像是沙蚤。老人用拇指与食指把它们的头掐掉，吃了它们，咀嚼着壳与尾巴。它们非常小，但是老人知道它们富于营养，而且它们味道好。

老人瓶里的水还够喝两次，他吃过了虾之后就喝掉了四分之一。船虽然有这许多累赘，还算航行得很好，他把舵柄挟在肋下，就这样掌着舵。他看得见那鱼，他只要看他的手，觉得他的背脊靠在船尾，就可以知道这是真的事，不是做梦。有一个时期，是快要完的时候，他觉得非常难受，他想着也许是一个梦。后来他看见那鱼从水里出来，在天空中悬着，一动也不动，然后才掉下来，他确信这里有一种伟大的神奇，他不能相信它。后来他的眼睛就看不清楚，虽然现在他是看得很清楚，和平常一样了。

现在他知道这鱼在这里，他的手和背脊不是梦。手很快就会痊愈了，他想。出血出得多，把伤口都冲洗干净了，这盐水会治好它。真正的海湾里的深暗的水是世界上最好的医药。我只须要做一桩事，头脑要清醒。两只手已经做过了它们的工作，我们航行得也很好。他的嘴闭着，尾巴直竖着一上一下，我们并排行驶着，像兄弟俩一样。然后他的头脑有点不清楚起来，他想，是他把我拉回来呢，还是我把他拉回去？要是我把他拖在后面，那就毫无疑问了。或者要是那鱼在船里面，完全失去了他的尊严，那也就毫无疑问了。但是他们一同航行着，并排捆缚在一起，于是老人想，他要是高兴的话，就让他把我拉回去吧。我不过是靠狡计战胜了他，而他对我也没有恶意。

他们航行得很好，老人把手浸在那盐水里，努力使头脑清醒。积云堆积得很高，上面又有相当多的卷云，所以老人知道这风会整夜地吹下去。老人不停地看着鱼，好确定这是真的。直到一个钟头以后，才有第一条鲨鱼来袭击他。

来了一条鲨鱼，并不是偶然的事，大堆的乌血，沉淀在那一英里深的海里，渐渐消散了，这鲨鱼便从深水里出来了。他出来得这样快，而且一点也不谨慎，他竟冲破了那蓝色的水面，来到阳光中。然后他跌回水里去，找到了血腥气的踪迹，开始游向那条船和那条鱼的路线。

有时候他嗅不着那气味。但是随即找到了它，或是仅仅是一丝气息，他顺着那路线很快地努力游着。他是条非常大的马科鲨鱼，他天生的一副身体，能够像海里游得最快的鱼游得一样快，他的一切都是美丽的，除了他的嘴。他的背脊和旗鱼背上一样地青，他的肚子是银色的，他的皮是光滑漂亮的。他的体格和旗鱼一样，除了他的大嘴，现在他因为游得快，嘴紧紧闭着，他就在水面底下游着，他背脊上那高高的鳍像刀似地在水中切过，一点也不抖动。他的嘴，在那闭着的双唇里面，他所有的八排牙齿都是朝里倾斜着。这牙并不是普通的鲨鱼金字塔形的牙齿。这牙齿的式样像一个人的手指，不过这手指蜷曲起来像爪子一样。这牙齿差不多有老人的手指一样长，牙齿两边像剃刀一样地锋利。这鱼的身体构造使他能够吃海里一切的鱼，它们那么迅速，强壮，它们的武器又这么利害，它们能所向无敌。现在他加快了速度，他嗅到了新鲜的血腥气，他那青色的背鳍在水中切过。

老人看见他来了，他知道这条鲨鱼是什么都不怕的，要怎样就怎样。他把鱼叉预备起来，把绳子拴牢了，一面望着那鲨鱼往这边来。绳子很短，因为他切了一大段下来捆缚那鱼。

老人的头脑现在非常清醒，他充满了决心，但是他没有多少希望。本来是太好了，决不能长久的．他想。他一面望着那鲨鱼逼近前来，一面向那大鱼看了一眼。等于做了一个梦，他想。我不能阻止他袭击我，但是我也许能弄死他。鲨鱼，他想。他妈的。

鲨鱼很快地在船尾逼近前来，他碰着那鱼的时候，老人看见他的嘴张开来，他那奇异的眼睛，他在尾巴上面点的地方咬住一块肉，牙齿锥进去的时候噶嗒一响。鲨鱼的头露在水面外，他的背脊就快露出来了；老人可以听见那大鱼的皮肉撕裂的声音——就在这时候，老人把鱼叉直捣下去，捣进那鲨鱼头里，正在他两眼之间的一道线和他鼻子上毕直往后一道线的交叉点上。并没有这样的线。只有那沉重尖锐的青色的头。那大眼睛，那噶嗒噶嗒响着、吞没一切的突出的嘴。但是那是脑筋所在的地方，老人击中了它。他打它，用他血淋淋稀烂的手以全力运用着一只好鱼叉。他打它，然而并没有抱着什么希望，不过他是坚决的，而且完全是恶意的。

鲨鱼翻了个身，老人看见他的眼睛不是活的，然后他又翻了个身，裹了两圈绳子在他身上。老人知道他已经死了，但是鲨鱼不承认。然后，他朝天躺着，尾巴鞭打着，嘴噶嗒噶嗒响着，那鲨鱼就像拖着个犁耙耕田似地，把那水滚滚地拨翻开来，如同一只小汽艇一样。他的尾巴打着水。那块水都白了，他的身体有四分之三出现在水面上，正在这时候，绳子绷紧了，颤抖了一下，然后拍地一声断了。那鲨鱼在水面上安静地躺了一会，老人注视着他。然后他徐徐地下去了。

“他吃了差不多四十磅，”老人自言自语。他并且把我的鱼叉也带去了，和所有的绳子，他想，而且现在我的鱼又流血了，别的鲨鱼又要来了。

自从那条鱼被毁伤了之后，他现在不愿意看他了。那条鱼被袭击的时候，就像是他自己被袭击一样。

但是我杀了那袭击我的鱼的鲨鱼，他想。而他是我所看见过的最大的鲨鱼。天知道，我看见过许多大的。

事情本来太好了，决不能持久的，他想。我现在真是宁愿它是一个梦，我并没有钓到这条鱼，一个人睡在床上，睡在报纸上。

“但是人不是为失败而生的，”他说。“一个男子汉可以被消灭，但是不能被打败。”不过我很懊悔我杀了这条鱼，他想。现在倒霉的时候要来了，而我连一条鱼叉都没有。鲨鱼是残酷，能干，壮健，聪明的。但是我比他聪明些。也许不，他想。也许我不过是武器比他好些。

“老头子，不要想了，”他自言自语。“你顺着这条航线行驶，事情来到的时候就接受它。”

但是我必须要想，他想。因为我只剩下这个了。这个，还有棒球。不知道那伟大的狄玛奇奥可会欢喜我那样一下子击中他的脑子？这并不是什么了不起的事，他想。任何人都做得到的。但是你想我这一双手是不是和那脚骨突出一块一样痛苦？我无法知道，我的脚后跟从来没有出过毛病，除了那次我游泳的时候踏在海鳐鱼上，被他刺了一下，小腿麻痹了，痛得不能忍受。

"老头子，想点什么愉快的事，"他说。"每一分钟你离家更近些了。你失掉了四十磅，船轻些，走得更快些。"

等他走到那潮流靠里的一面，可能有什么样的事情发生，他知道得很清楚。但是现在没有办法了。

"有办法的，"他自言自语，"我可以把我的小刀绑在一只桨的柄上。"

他就这样办，一方面把舵柄挟在肋下，把帆脚索踏在脚底下。

"现在，"他说。"我仍旧是个老头子。但是我不是没有武器。"

风现在凉爽了，他航行得很好。他只凝视着鱼的前半段，他的希望又回来了一部份。

不抱任何希望，那也傻，他想。而且那恐怕是一种罪恶。不要去想罪恶，他想。不牵涉到罪恶，现在的问题也已经够多了。而且我也不懂这些。

我不懂这些，而且我也不一定相信。也许杀死这条鱼是罪恶，大概是的，虽然我干这桩事是为了养活自己，并且也可以喂饱许多人。但是，反正什么事都是个罪恶。不要去想罪恶。现在早已来不及了，想也没用。而且有些人是专门吃这一行饭的。让他们去想吧。你天生是个渔夫，就像那鱼天生是条鱼。山比德洛是个渔夫，就像那伟大的狄玛奇奥的父亲也是个渔夫。

但是他喜欢去思索一切他牵涉到的事物；既然没有书看，他又没有一只收音机，他常常思索，现在他继续想着关于罪恶的事。你杀死这条鱼并不光为了养活自己和卖给人做食物，他想。你为自尊心而杀死他，也因为你是一个渔夫。他活着的时候你爱他，后来你也还爱他。如果你爱他，杀死他就不是罪恶。还是更大的罪恶？

“老头子，你想得太多了，”他自言自语。

但是你杀死那条鲨鱼觉得很痛快，他想。他和你一样，是专门靠活鱼维持生存的。他是不吃臭肉的，他也不像有些鲨鱼那样，只晓得贪吃，游到那儿，吃到那儿。他是美丽，高贵的，什么都不怕。

“我杀死他是为自卫，”老人自言自语。“我杀他的手法也很好。”

而且，他想，每样东西都杀死别的东西，不过方式不同罢了。打鱼虽然养活了我，同时也杀死我。是那孩子在养活我，他想。我不要太自骗自了。

他倚在船边，在那鱼被鲨鱼咬了的地方撕下一块肉来。他咀嚼它，注意到它的质地和它的美味。它很坚实，有浆汁，像肉一样，不过它不是红的。肉很鲜嫩，他知道它在市场上可以卖最大的价钱。但是没有办法让它的香味不到水里去，老人知道一个非常倒霉的时期要来了。

风是稳定的。它再稍微退回东北去一些，他知道这是表示这风不会停息。老人向前望着，但是他不看见帆，也不看见任何一只船的船身和冒出的烟。只有飞鱼，从他的船头向船边掠过，还有一摊摊的黄色墨西哥湾海草。他连一只鸟都看不见。

他已经航行了两个钟头，在船尾休息着，有时候从那马林鱼身上撕下一点肉来咀嚼着，努力想休息一会，养精蓄锐，正在这时候他看见两条鲨鱼中的第一条。

“唉，”他大声呼道。这个字是无法解释的，如果一个人觉得有个铁钉从他手里穿过去，钉到木头上，他或者会不由自主地发出这声音。

“加朗诺，”他大声说。现在他看见那第二只鳍了，在第一只后面出现。他看见那棕色的三角形的鳍和那扫来扫去的尾巴，就可以知道那是“铲鼻鲨鱼”。它们嗅到了香味，很兴奋，它们饿昏了头，兴奋过度，一会又找不到那香味，一会又找到了。但是它们不停地包围上来。

老人把帆脚索拴牢，把舵柄夹紧了。然后他拿起那只桨，桨上缚着小刀。他尽可能地轻轻地提起桨来，因为他的手痛得很厉害，不听指挥。然后把他两只手在桨上张开又合拢，使他的手松弛下来。他坚决地合拢了手，它们现在能受痛苦而不至于畏缩了。他望着那两条鲨鱼来。现在他可以看见它们扁阔的铲子式的头，和它们宽阔的胸鳍，鳍尖是白色的。它们是一种可恨的鲨鱼，身上发臭；它们吃活的东西，现杀现吃，但同时也吃腐烂的死尸；它们饥饿的时候会咬一只桨或是船上的舵。是这一种鲨鱼趁着乌龟在水面上睡觉的时候，会把乌龟的手脚咬掉，它们如果饥饿的话，也会在水里袭击一个人，即使那人身上并没有鱼血的腥气或是鱼的黏液。

“唉，”老人说。“加朗诺。来吧，加朗诺。”

它们来了。但是它们的来势并不像那条马科鲨鱼那样。一条转了个弯，在船底下失踪了，他在那里扯着拉着鱼肉，老人可以觉得那小船颤抖着。另一条鲨鱼用他眯细的黄色眼睛注视着那老人，然后他很快地逼近前来，张大了他那半圆形的上下牙床，去咬那鱼已经被咬掉一口的地方。他那棕色的头上和脑后，脑子连着鱼骨的地方，那条线很清楚地现出来，老人把桨上的小刀凿进那交叉点，拔出刀来，再把它凿进那鲨鱼黄色的猫眼里。鲨鱼放松了那条鱼，身子往下溜，他临死的时候还把咬下来的肉吞了下去。

小船仍旧颤抖着，因为另外那条鲨鱼还在那里吃那条大鱼，老人放松了帆脚索，使那小船横过来，把船底下的鲨鱼露了出来。他一看见那鲨鱼，就伏在船舷上，一桨向他打去，他只打到肉上，鲨鱼皮非常坚固，小刀差不多戳不进去。打这么一下，不但他的手痛，连肩膀都痛。但是那鲨鱼迅速地上来了，把头露在水面上，他的鼻子正从水里钻出来，挨在大鱼身上，老人就打了下去，正中他那平扁的头部中心。老人把刀锋拔出来，端端正正在同一点上又打了那鲨鱼一下。他仍旧吊在那大鱼身上，他的嘴咬着那大鱼不放，老人刺中他的左眼。那鲨鱼仍旧吊在那里。

"还不肯罢休？"老人说，他把刀锋凿进脊骨与脑子之间，现在打击很容易了，他觉得那软骨折断了。老人把桨倒过来，把刀锋搁在鲨鱼嘴里，撬开它。他把刀锋扭绞了一下，鲨鱼溜开了，他说，"去吧，加朗诺。溜下去一英里深。去看你的朋友，不过也许是你母亲。"

老人把刀锋擦了一擦，把桨放下来。然后他找到了帆脚索，帆饱孕着风，他又使那小船按照航线行驶了。

"它们一定把他吃掉了四分之一，而且是最好的肉，"他自言自语。"但愿这是一个梦，我并没有钓到他。鱼，我觉得很抱歉。这把一切都弄得不对了。"他没有再说下去，他现在也不愿意看那条鱼了。那鱼流尽了血，又被波浪打湿了。他那颜色看上去像镜子背面的银色。他的条纹仍旧看得出。

“鱼，我不应该出海那样远，”他说。“于你也不好，于我也不好。鱼，我很抱歉。”

现在，他对自己说。看看那把小刀上绑的绳子，看它可断了。然后把你的手弄好，因为还有鲨鱼要来。

“但愿我有一块石头可以磨刀，”老人看过桨头上缚的绳子以后，这样说。“我应当带一块石头来的。”你应当带许多东西来的，他想。但是你并没有带来，老头子。你没有的东西不必去想它，现在不是时候。还是想想你有的东西，怎样把它们派点用处。

“你给了我许多忠告，”他大声说。“我真觉得厌烦。”

他把舵柄挟在胁下，把两只手都浸在水里，小船一面向前推进。

“不知道最后那一条吃了多少，”他说。“现在这船倒是轻了许多了。”他不愿意想到那鱼残缺不全的肚腹。他知道每一次鲨鱼急遽地一撞，就撕了些肉去，现在这鱼流血的创口这样宽阔，流下的气味简直像海中开了一条大路，引着许多鲨鱼追踪而来。

他是这么大一条鱼，可以够一个人吃一冬，他想。不要去想这个。光只休息着，努力把你的手弄得像样些，来保护他剩下来的一部份。水里的血腥气已经这样浓，我手上的血腥气现在也不算什么了。而且我手上出的血也不多。没有一个割开的口子是严重的。流一点血，左手倒也许不会抽筋了。

我现在能够想什么呢？他想。什么也不能想。我得要什么都不想，等着下一条鲨鱼来。但愿这真的是一个梦，他想。但是谁知道呢，也许结局还是好的。

下一次来的鲨鱼是一条单独的“铲鼻”。他那神气仿佛像一只猪到槽里就食——如果猪的嘴有那么大，一个人头都可以搁得进去。老人让他咬那条鱼，然后把他桨上的小刀凿进他脑子里去。

但是那鲨鱼打滚的时候往后一扭，刀锋折断了。

老人坐定下来掌舵。他看都不看那鲨鱼，那大鲨鱼在水中徐徐沉下去，先是和他原来的身体一样大，然后小了，然后极小。老人向来最爱看这一幕，觉得很迷人。但是他现在看都不看一眼。

“我现在还有只鱼钩，”他说。“但是它没有用处。我有两只桨和舵柄和那短木棒。”

现在它们打败了我了，他想。我年纪太大了，不能用木棒打死鲨鱼。但是我只要有桨，有短木棒，有舵柄，我总要试试看。

他又把两手搁在水里浸着。现在是下午，时候已经很不早了，他除了海与天之外仍旧什么都看不见。天上的风比以前大了，他希望他不久就会看见陆地。

“疲倦了，老头子，”他说。“你身体里头疲倦了。”

鲨鱼没有再来，直到快日落的时候才又来了。

那鱼一定是在水中留下很宽阔的一道血腥气，老人看着鲨鱼棕色的鳍顺着那条路来了。它们并不回旋着寻找气味。它们毕直地朝小船来了。并排游着。

他把舵柄夹紧了，拴牢了帆脚索，伸手到船尾下面把木棒拿出来。它本来是一只桨柄，从一只折断的桨上锯下来的，约有两呎半长。柄上不好用两只手握着，所以他只能用一只手，他用右手紧紧握住它，把手一开一阖，伸缩了一下，他一方面望着那鲨鱼来。两条都是加朗诺。

我得要让第一条咬住了大鱼，再一棒打在他尖鼻上，或是在他头顶正中，他想。

两条鲨鱼同时包围上来，他看见离他最近的一条张开嘴来，把牙齿陷进那鱼银色的胁肉里，他就把木棒高高举起来，重重地打下来，砰地一声打在那鲨鱼宽阔的头顶心。木棒落下来的时候他可以感觉到那橡皮似的坚实的质地。但是他也感觉到硬的头骨；鲨鱼从鱼的身边滑下去了，他又重重地打了他一下，打在鼻尖上。

另一条鲨鱼已经咬了一口走开了，现在又来了，张大了嘴。他撞了这鱼一下，把嘴闭上了，老人可以看见这鱼一块块的白肉从他嘴角流溢出来。他挥起木棒向他打去，只打中了头，那鲨鱼对他看看，把那块肉扯了下来。他溜开去咽下那块肉，老人又挥起木棒向他打下来，只打中那沉重坚实的橡皮似的东西。

“来吧，加朗诺，”老人说。“再凑过来。”

鲨鱼直冲过来，他咬了一口，正闭起嘴来，老人打了他一下，把木棒能举多高就举多高，结结实实打了他一下。这次他觉得打中了脑子下部的骨头，他同在一个地方又打了一下，这时候鲨鱼迟滞地把肉撕了下来，从大鱼身边溜下去了。

老人守望着，等他再上来，但是两条鲨鱼都没有出现。然后他看见有一条在水面上团团转地游着。他没有看见另外一条的鳍。

我明知道打不死它们的，他想。我年轻力壮的时候可以做得到。但是我把它们俩都打得受了重伤，大概两条都不觉得太舒服。我要是能够两只手握住一只棒，我一定能够打死那第一条。就连现在，他想。

他不要看那条鱼，他知道他已经去了半个。他在那里和鲨鱼战斗的时候，太阳已经下去了。

“天快要黑了，”他说。“那我就可以看见哈瓦那的红光。我要是太往东了，我会看见一个新海滩上的灯光。”

我现在不会离岸太远了，他想。我希望没有人太为我担忧。当然，除了那孩子也没有人为我担忧。但是我确定他一定满有信心，知道我不会出乱子。有许多年纪大些的渔夫会担忧的。还有许多别人，他想。我住在一个好城镇里。

他现在不能够再跟那鱼谈话了，因为那鱼被毁坏得太厉害了。然后有一个念头到他脑子里来。

“半条鱼，”他说。“你这‘从前是一条鱼’的东西。我很懊悔我出海太远了。我把我们俩都毁了。但是我们杀了许多鲨鱼——你同我——鲨鱼不给我们杀了也给我们毁了。老鱼，你曾经杀过多少？你头上生着那样一支矛，不是白生的。”

他喜欢想着那鱼，想着他假使自由地游着，他能够怎样摆布一条鲨鱼。我刚才应当把他的长唇斩下来用它和鲨鱼搏斗，他想。但是没有斧头，后来连把小刀都没有。

但是我如果把它斩下来，绑在桨头上，这武器多好！那么我们可以一同和它们战斗了。假使它们晚上来，你怎么办呢？你有什么办法？

但是现在在这黑暗中，看不见城市的红光，也看不见灯光，只有风，和那稳定地拉曳着的帆，他觉得他也许已经死了。他把两只手并拢，摸摸手掌心。它们不是死的，他只要把手张开合拢，就可以感到生命的痛楚。他把背脊靠在船尾，他知道没有死。他的肩膀告诉了他。

我还许了愿，说我如果捉到这条鱼我要念多少遍祈祷文，他想。但是我现在太疲倦了，不能够念。我还是把口袋拿来围在肩膀上吧。

他躺在船尾掌着舵，望着天上，看可有红光。我还有半个他，他想。也许我运气好，可以把前半条带回去。我这点运气总该有的。不，他说。你出海太远，你冲犯了你的运气。

“不要发痴，”他自言自语。“也不要打盹，好好掌着舵。你也许还有好运气在后头。”

“如果有什么地方卖运气，我很想买一点，”他说。

我拿什么去买呢？他问他自己。我能够拿一只丢掉了的鱼叉去买它么？还有一只折断了的小刀，两只坏手。

“你也许可以买到，”他说。“你曾经拿海上的八十四天去买它，他们也差一点卖了给你。”

我决不要胡思乱想，他想。运气这样东西，来起来的时候有许多不同的方式，谁能够认得出它呢？但是无论是什么方式，我也愿意买一点，而且决不还价。但愿我能够看见灯火的红光，他想。我的愿望太多了，但是我现在的愿望就只有这一个。他试着坐得舒服些，好掌舵，因为觉得痛楚，他知道他没有死。

大概是夜里十点钟左右，他看见城市的灯火反映出来的耀眼的光。起初只是朦胧的，像月亮升上来之前，天上的光。然后那光确定地可以看见了，隔着海洋。现在风大些了，海里浪很大。他驶入那光辉里，他想着现在他不久就要来到潮流的边缘了。

现在事情过去了，他想。它们大概还会再来袭击我。但是一个人在黑暗中，又没有武器，怎样抵抗它们呢？

他现在混身僵硬痛楚，在夜晚的寒气里，他的创口和他身上一切操劳过度的部份都痛了起来。我希望我用不着再搏斗了，他想。我真希望我用不着搏斗了。

但是到了午夜，他又搏斗了，而这次他知道搏斗也无益。它们来了一大群，它们蹿到那鱼身上的时候，他只看得见它们的鳍在水里划的一道道的线，和它们身上的磷光。他用木棒打它们的头，他听见嘴噶嗒噶嗒响，它们在下面咬住那鱼，他就听见小船颤抖着。他绝望地用木棒乱打，目标也看不见，不能够感觉到，听得见，他觉得有一样东西攫去他的木棒，木棒没有了。

他把舵柄从舵上一扭，扭了下来，用它乱打乱斩，双手握着它，一次又一次地把它捣下去。但是它们现在凑到船头上来了，一条赶着一条成群地拥上来，撕掉一块块的肉，那肉在海底发亮，它们打了个转身，又回来了。

最后有一条来吃鱼头了，他知道这事情完了。那鱼头沉重得很，扯不动，一条鲨鱼的嘴咬它咬不下来，他挥起舵柄打在那鲨鱼头上。他再挥起舵柄，两次，三次。他听见那舵柄拍的一声断了，他抡起那裂开的桨身向那鲨鱼刺过去。他觉得它戳进去了，他知道它是锐利的，就又把它戳进去，鲨鱼放松了，滚开去了。这是在这一群鲨鱼里最后来的一条。它们没有可吃的了。

老人现在差不多透不过气来，他觉得嘴里有一种奇异的滋味。有点铜腥气，甜甜的，有一刹那他有点怕它，但是吐的血并不多。

他向海洋里吐了唾沫，说："吃了它吧，好家伙。你们去做个梦，梦见你们杀了个人。"

他现在知道他终于被打败了，无可补救地；他回到船尾，他发现那锯齿形的半段舵柄还可以勉强安到舵上的孔里，使他可以掌舵，他把口袋在肩膀上围围好，把小船拨到航线上去。现在船轻了，航行得快了，他什么思想什么感觉都没有。他已经过了那个阶段了；他只是尽可能地运用他的智力，好好地把那小船向他家乡的港口驰去。夜里有鲨鱼来袭击那残剩的尸骨，就跟从饭桌上拾点面包屑一样，老人不理睬它们，除了掌舵以外他什么都不理会。他只注意到那小船现在没有重的东西缚在它旁边，行驶得多么好。

这船真好，他想。她是完好的，一点也没有损害，除了那舵柄，那是很容易换一只的。

他可以觉得他现在到了潮流里面了，他可以看见沿岸的海滨住宅区的灯光。他现在知道他到了什么地方，毫不费事就可以回家了。

不管怎样，风总是我们的朋友，他想。然后他加上一句：有时候。还有那伟大的海，海里有我们的朋友，也有我们的敌人。还有床，他想。床是我的朋友。就光是一张床，他想。上床睡觉是再好也没有的事情。打败仗，倒也很舒服，他想。我从来没知道它这样舒服。什么东西打败了你，他想。

“什么都不是，”他大声说。“我出海太远了。”

他驶进那小海港的时候，露台酒店的灯光已经熄灭了，他知道每个人都已睡在床上。风力不断地加强，现在风很大了。但是海港里很安静，他直驰到岩石下那小摊卵石那里。没有人帮他的忙，所以他只好尽可能地把船拉上去，拉到那里是那里。然后他走出来，把船拴牢在一块石头上。

他把桅杆卸下来，把帆卷起来，拴好，然后他背着桅杆开始往上爬。这时候他才知道他疲乏到什么样的程度。他停了一会，回过头来，在街灯的反映中看见那鱼的大尾巴，高高竖在船尾后面。他看见他那脊骨上白色的光秃秃的线条，和那头——黑暗的一大块，前面突出一只尖长的硬唇——两者之间光光的什么都没有。

他又开始往上爬，爬到顶上，他跌了一跤，躺在地下很久，桅杆扛在他肩膀上，他试着爬起来，但是太困难了，他坐在那里，肩上扛着桅杆，朝路上看着。一只猫在路那边走过，去干它自己的事，老人注视着它。然后他只注视着那条路。

他终于把桅杆放下来，站起身来，他把桅杆举起来，搁在他肩膀上，沿着路走上去。他一路上不得不坐下来五次，方才走到他的小屋。

在小屋里面，他把桅杆倚在墙上，他在黑暗中找到一只水瓶，喝了些水。然后他在床上躺下来。他把毯子拉上来盖住肩膀，然后把背脊和腿也都盖上，他脸朝下睡在报纸上，把他的手臂笔直地伸出去，手心朝上。

早上那孩子从门口望进来的时候，他还在睡觉。刮着大风，所以那些小渔船都不出去了，那孩子睡到很晚才起来，然后他到老人的小屋里来——他天天早上来的。孩子看见老人还有呼吸，然后他看见老人的手，他哭起来了。他静悄悄地走出去，去拿些咖啡来，一路上他一直哭着。

许多渔夫围着那小船，在那里看那绑在船边的东西，有一个渔夫卷起了袴脚站在水里，用一根钓丝在那里量那骨胳。

那孩子没有下去。他先已经到那里去过了，其中有一个渔夫在那里替他看守着那只小船。

“他怎样了？”一个渔夫叫喊着。

“在睡觉，”孩子喊着。他也不怕人家看见他在那里哭。“谁都不要去搅扰他。”

“他从鼻子到尾巴有十八呎长，”那测量着的渔夫喊着。

“我相信是有这样长，”孩子说。

他到露台酒店去，要了一罐咖啡。

“要烫，里面搁许多牛奶和糖。”

“还要什么？”

“不要什么了。以后我再看他能够吃什么。”

“多么大的鱼呀，”老板说。“从来没有这样的鱼。你昨天钓到的两条鱼也真不错。”

“呸，我那鱼，”孩子说，他又哭起来了。

“你可要喝点什么？”老板问。

“不，”孩子说。“你叫他们不要去搅扰山蒂埃戈。我一会就回来。”

“你告诉他我多么替他惋惜。”

“谢谢，”孩子说。

孩子带着那滚热的一罐咖啡来到老人的小屋里，坐在他旁边，一直等到他醒过来。有一次看上去仿佛他要醒了。但是他又回到沉酣的睡眠里，孩子过街去借些柴来，炖热咖啡。

老人终于醒了。

“不要坐起来，”孩子说。“喝掉这个。”他把咖啡倒些在一只玻璃杯里。

老人拿着，喝了它。

“他们打败了我，玛诺林，”他说。“他们确实打败了我。”

“他并没有打败你。那鱼没有打败你。”

“没有。真的。是后来。”

“佩竺利珂在那里看守着那小船和工具。你要怎样处置那鱼头？”

“让佩竺利珂把它斩碎了，用在捕鱼机里。”

“那长唇呢？”

“你如果要它，你就留着。”

“我要它，”孩子说。“现在我们得要来计划计划别的事情。”

“他们有没有到处去找我？”

“当然。派出沿海警卫队，也派出飞机。”

"海非常大，小船很小，不容易看见，"老人说。他感觉到这是多么愉快，有个人在这里，他可以对他说话，而不是对自己或是对海说话。"我很想念你，"他说。"你捉到了什么？"

"第一天一条。第二天一条，第三天两条。"

"好极了。"

"现在我们又要在一起打鱼了。"

"不。我运气不好。我的运气现在不行了。"

"妈的，什么运气，"孩子说。"我会把运气带过来。"

"那你家里人要怎么说呢？"

"我不管。我昨天捉到两条。但是我还有许多地方需要跟你学，我们以后还是在一起打鱼。"

"我们得要弄一只好的锋利的长枪，总把它搁在船上。你可以从一只福特牌的旧汽车里拿个弹簧叶子来做那刀锋，我们可以到瓜巴可阿去把那刀锋磨快它。它应当是锋利的，但是不要去烧炼它，免得容易断。我的小刀断了。"

"我再去弄把小刀来，把那弹簧也磨磨快。这风要吹多少天？"

"也许三天，也许还要多。"

"我会把一切都准备好了，"孩子说。"老头子，你把你的手养好了。"

"我晓得怎样照应它们。昨天晚上我吐出一点奇怪的东西，我觉得我胸口有什么东西碎了。"

"把那个也养好，"孩子说。"躺下吧，老头子，我来把你干净的衬衫拿来。还带点吃的来。"

"我不在这里的时候的报纸，你也随便带两张来，"老人说。

"你一定要快快地好起来，因为我还有许多东西需要学，你可把一切都教给我。你吃了多少苦？”

“太多了，”老人说。

“我把吃的东西和报纸都带来，”孩子说。“好好休息吧，老头子。我到药房去带点东西来给你搽在手上。”

“不要忘记告诉佩竺利珂那鱼头是他的。”

“唔。我会记得的。”

孩子出了门，顺着那磨损的珊瑚石铺的路走下去，他又在那里哭了。

那天下午，露台酒店来了一群游览的人，一个女人向水里望下去，在一些空啤酒罐和死梭鱼之间，她看见一根极大的长而白的脊骨，连着一个庞大的尾巴，潮水淹上来，那尾巴就跟着潮水飘举摇摆着；东风吹着，海港外面的风浪一直很大。

“这是什么？”她问一个侍者，她指着那大鱼的长脊骨，现在那鱼只是垃圾，等着潮水来把它带出去。

“大鲨鱼，”侍者说，“一条鲨鱼。”他预备要解释这事情的经过。

“我没晓得鲨鱼有这样漂亮的尾巴，式样这样美丽。”

“我也没有知道，”她的男伴说。

顺着这条路上去，在他那小屋里，老人又睡觉了。他仍旧脸朝下睡着，孩子坐在他旁边守着他。老人在做梦，梦见了狮子。

* 根据美国 Ernest M. Hemingway 著 *The Old Man and the Sea*（一九五二）翻译。一九五二年十二月由香港中一出版社出版，译者署名范思平；一九五五年五月第三版译者改署张爱玲，并增加《译者序》一篇。一九七二年一月由香港今日世界社出版，无译者序，改为 Carlos Baker 序（李欧梵译）。一九八八年六月由台北台湾英文杂志社有限公司出版。

鹿苑长春

〔美〕玛乔丽·劳林斯 著
Marjorie K. Rawlings

一

炊烟的圆柱从小屋的烟囱里升起来，细而直，飘入四月的蓝色天空里。那男孩乔弟凝视着它，揣测着：厨房的壁炉里的火快熄灭了；午饭已经吃过，他母亲正把锅镬都挂起来。这一天是星期五，她会用一把树枝编的扫帚将地板扫干净，然后，如果他运气好，她会用玉蜀黍皮制的板刷来刷洗地板。因为只要她洗地板，就要等他到了山谷那里她才会想起他来。他在那里站了一会，将锄头横担在肩上。

那块开垦出来的土地本身是悦人的，只可惜一排排幼嫩的玉蜀黍偏偏横在眼前，莠草未锄。野蜂找到了大门旁边的那棵中国浆果树，贪馋地钻进那纤弱的淡紫色的花球里，好像忘记了三月曾开过的黄茉莉，五月里就要开的玉兰花与馨香的月桂树。他想他也许可以跟着这些黑黄相间的虫儿迅速飞行的路线，找到一棵有蜂窠的树，装满了琥珀色的蜜。冬天的蔗糖浆已经吃完了，果冻也差不多吃完了。去找寻有蜂窠的树，比锄玉蜀黍畦间的草要神气得多，玉蜀黍可以再等一天。这是一个洋溢着一种轻柔的撩拨的下午。它一直钻到他里面，就像那些蜜蜂钻进中国浆果花中，使他非走过那片开垦出的土地，穿过松林，沿着那条路下，到那奔流的小河边去不可。有蜂窠的树也许在水边。

他把他的锄头倚在那用劈开的木桩搭成的栅栏上。他在玉蜀黍田中走过，终于到了那小屋看不见的地方。他把两只手撑在栅栏上，从木栅上翻过去。那猎狗老裘丽亚跟着他父亲的货车到格莱亨镇去了，但是那斗犬利普与那新的小狗泊克看见一个什么东西跳过栅栏，他们都向他这面跑来。他打发他们回到院子里去。他想，这两只狗真不行，除了打猎之外毫无用处，只会追捕，捉住，咬死。他们对他完全不感到兴趣，只有当他在早晨与夜间将几碟吃剩的东西拿来给他们吃的时候，那是例外。老裘丽亚对人类非常温柔，但是她太老了，她只忠于他的父亲，辨尼·白克士忒。乔弟很想自己有一只狗。他什么都喜欢，只要是他自己的；只要它跟着他，像老裘丽亚跟着他父亲一样。他穿过那条沙路，开始向东奔跑。离山谷有两哩地，但是乔弟仿佛觉得他可以永远跑个不停。他的腿不觉得酸痛，不像他锄玉蜀黍的时候。

他跑到了银谷路上铺得厚厚的沙上。焦油花正开着，脚镣树与闪光浆果树也正在开花。道旁的植物渐渐改变了，他把脚步放慢了些，一步步走着，可以经过那一棵棵的树，一棵棵的灌木，每一棵都是独特的，熟悉的。他走到那棵玉兰树那里，他曾经在那上面划出一只野猫的脸。这棵树是一个标志，表示附近有水。在他看来，这仿佛是一件奇异的事，既然土是土，雨水是雨水，为什么干瘦的松树总长在矮树林中，而每一个湖，每一条河，每一个支流旁边总长着玉兰树？

路径东边的山坡倾斜着，落下去二十呎，下面有一股泉水。土坡上密密地丛生着玉兰树，金字塔形的常青月桂树，香橡胶树，与灰色树皮的梣树。他在凉爽阴暗的树影中走下坡去，走到泉水边。他遍身都充满了一种尖锐的快感。这是一个秘密的可爱的地方。

像井水一样清冽的一股泉水，凭空从沙里咕嘟咕嘟冒出来。水从地下涌出来的地方，有一个漩涡。一粒粒的沙在水中沸腾着。这泉水发源于山坡另一边的一股泉水，它从一个较高的地方咕嘟咕嘟冒出来，为它自己在白色的石灰石中凿出一道沟渠，开始迅速地流下山去，成为一条小河。那小河流入乔治湖，乔治湖是圣约翰河的一部份，那伟大的河向北流去，流入海中。乔弟觉得兴奋，看到海洋的起源。当然，还有别的水源，但是这一个是他自己的。他喜欢想着没有别人到这里来，除了他自己与野兽与口渴的鸟。

他走路走得热起来。那幽暗的山谷像把微凉的手按在他身上。他卷起他的蓝斜纹布裤脚，将他赤裸着的肮脏的脚踏进那浅浅的泉水中。

一阵微风吹开了他头上帐幕似的树枝。阳光漏下来，躺在他头上肩上。他头上温暖，而他生着老茧的坚硬的脚是冷的，觉得非常舒适。风息了，阳光照不到他了。他涉水走到对岸去，那里树木比较疏旷。一棵低矮的扇形叶棕榈拂在他身上。它使他想起他的小刀就在他口袋里，伏伏贴贴；使他想起他远在圣诞节的时候就计划着要给他自己做一只小水车。

他从来没有独自做过一只。赫托祖母的儿子奥利佛每次从海上回来的时候，总替他做一只。他专心地工作着，皱着眉头，追想那小水车的轮盘必须恰正是一个什么角度，供它能滑溜地转动。

水只有几吋深，但是它流得很有劲，有一股坚定的潮流。那叶制的小轮上的桨片一次次地翻动着，忽上忽下。那小水车在工作着。

乔弟深深地吸了口气，他倒在那丛生着蔓草的沙上，尽量欣赏那美妙的动作。上去，翻过来，下来，上去，翻过来，下来——那小水车真是迷人。

一道阳光，温暖而稀薄，像一条百衲面薄棉被，盖在他身上。他懒洋洋地凝视着那小水车，整个的人都沉在沙里与阳光里。那动作是催眠性的。他的眼皮跟着那棕榈叶桨片一同颤动着。轮盘上溜下来的许多银色水珠模糊地溶成一片，像一颗流星的尾巴。生着一簇簇白毛的蓝天在他上面罩下来，他睡着了。

他醒来的时候，太阳没有了，一切的光与影都没有了。这世界是一种温柔的灰色，他躺在一重雾里，雾像瀑布喷出的水沫一样细薄。那雾使他的皮肤发痒，它是温暖的，而同时又是凉润的。他翻过身来朝天躺着，吸收那细小的一滴滴雾水，就仿佛他是一棵幼小的植物。他的脸终于湿了，他的衬衫摸上去也是潮湿的；在那时候，他离开了他的窠。他突然停住了。一只鹿曾经在他睡熟的时候到泉水边来过，那新鲜的足迹从东面山坡上下来，在水边停止。那脚印是尖锐的，一只母鹿的足迹。她曾经走下来在泉水中深深地饮着，没看见他睡在那里。然后她闻到了他的气味。沙里有一处足迹杂乱，像是混战了一场，那是她惊恐地旋过身来的地方。

他四面望着，找寻别的足迹。松鼠曾经在山坡上跑上跑下，但是它们永远是大胆的。一只浣熊曾经到这里来过，他的脚像指甲尖利的手，但是他不能确定他是不是刚才来的。只有他父亲能够确定知道任何野兽经过的钟点。只有那母鹿确是来过的，受了惊吓。他又去看那小水车。它在那里转动着，稳定地，就像它是永远一直在这里的。那棕榈叶的桨片是脆弱的，但是它们勇敢地假装有力，打着那浅水，潺潺作声。它们在缓慢的雨中闪闪发光。

乔弟看看天空。他在那灰色中无法看出早晚，也不知道他睡了多么久。他跳上西边的山坡；在那旦，生着苦莓树的空旷的平原四面展开，没有障碍。他正站在那里踌躇着，不能决定走还是不走。雨停了——也像它开始下起来的时候一样轻柔地停止了。一阵微风从西南吹过来。太阳出来了。云卷在一起，成为波浪形的大白羽毛长枕。东方横跨着一条虹，这样可爱，颜色这样多，乔弟看着它，简直觉得他快乐得整个的人都要炸裂了。大地是淡绿色的，连空气本身几乎都是看得见的，金色的，照着那雨洗过的阳光，一切的树与草与灌木都亮闪闪的，被雨珠油漆过了。

一股愉悦的泉源在他心里汹涌着，不可抗拒地，就像那小溪的泉源一样。他举起双臂，毕直地两面张开，像水上火鸡的翅膀。他开始转圈子。他越转越快，直到他昏眩起来，倒在地下，平躺在那扫帚形的鼠尾草里。四月的蓝天与棉花云在他上面转圈子。男孩与大地与树木与天空一同旋转。旋转停止了，他的头脑清晰起来了，他站了起来。他虚飘飘的，觉得晕眩，但是他心里有点什么东西缓和下来了，而这四月的晴天也可以再诞生，像任何普通的日子一样。

他转过身来，向家里狂奔。他深深呼吸着那些潮湿的松树发出来的香气。松散的沙，本来吸陷他的脚，现在下过雨，也坚实起来了。回去的路很容易走。乔弟转弯踏进那块开垦出来的土地的时候，太阳快落山了。他希望他父亲还没有从格莱亨镇回来。

他这时候才初次想到他父亲不在家，他也许不应当走开。如果他母亲需要柴，她会生气的。连他父亲也会微微地摇着头，说，“孩子——”他听见老马恺撒鼻子里哼了一声，他知道他父亲在他之前回来了。

辨尼·白克士忒在柴堆那里。他仍旧穿着他结婚那天穿的一套厚呢衣服的上衣，现在他到礼拜堂去或是去做交易的时候，总穿着它，做为他文雅的标志。他在代乔弟劈柴，而且穿着他的好上衣。乔弟跑到他眼前。

“爸，让我来。”

他希望他现在的自我表现能够遮盖他的过失。他父亲直起腰来。

“孩子，我差一点当你不回来了。”

“我到山谷里去的。”

“今天去，天气实在是好，”辨尼说，“到那里去都好。你怎么会走得这样远？”

很难记得他为什么去的，就像是一年前的事一样。他需要回想到他放下锄头的一刹那。

“哦，”他想起来了，“我打算跟着蜜蜂走，去找到一棵有蜂窠的树。”

“你找到了它？”

乔弟空洞地瞪着眼睛。

“该死，我都忘了找它了，到这时候才想起来。”

他觉得自己一副傻相，就像一只猎鸟的狗被人看见它在那里追逐田鼠。他羞涩地望着他父亲，他父亲的淡蓝眼睛含着一丝笑意。

“乔弟，说老实话吧，好让魔鬼丢脸。”他说，“去找蜂窠不是一个借口吗？借此可以蹓跶蹓跶。”

乔弟露出牙齿来笑着。

“我还没想到蜂窠的时候，”他承认，“就想到这个了。”

“我猜就是这样。我怎么知道的呢，我在格莱亨镇赶着车的时候，我对自己说，‘哪，那乔弟，他锄草锄不了多少时候的。这春天，这样好的天气，我要是个孩子的话，我想去做什么呢？’后来我想，‘我想去蹓跶蹓跶。’差不多什么地方都行，只要路远。”

一种不是来自金色的夕阳的温暖，充满了那孩子。他点点头。

“我也是这样想着。”他说。

“可是你妈，”辨尼把头向房屋那边歪了歪，“不赞成出去蹓跶。女人大概死也不懂男人为什么这样喜欢蹓跶。我一直没让她知道你不在这里。她说，‘乔弟呢？’我说，‘呵。我想他大概总在附近。’”

他眨了眨一只眼睛，乔弟也向他眨了眨眼。

“要天下太平，男人们得要齐心才行。你给你妈好好地多拿点柴进去吧！”

乔弟抱了满怀的柴，匆匆向房屋走去。他母亲跪在壁炉前面。那香味飘到他鼻子里，使他饿得混身发软。

“妈，这该不是山芋面包吧？”

“是山芋面包，你们这两个家伙不要慢吞吞的，做这样做那样，串门子聊天。晚饭做好了，可以吃了。”

他把柴倒在木箱里，急急地走到畜舍里。他父亲在替屈克西挤奶。

“妈说快点做完了进来，”他报告，“我是不是得要去喂老恺撒？”

“我喂了他了，孩子，我也没什么好的给他吃，可怜的家伙。”

他从那三只脚的挤奶凳上站起来，“你把牛奶拎进去，不要趺趺跸跸地把它从葫芦瓢里泼出来，又像你昨天那样。慢慢地来，屈克西！”

他从那条牛身边走开了，跟着那孩子到房屋里去。他们轮流在水架上盥洗，用厨房门外挂着的一条卷轴毛巾擦干了脸与手。

白克士忒妈妈坐在桌子跟前等着他们，替他们盘子里盛上菜。她庞大的身躯占满了那狭长的桌子的一端。乔弟与他父亲在她两旁坐下。他们俩都觉得她天生应当坐在上首。

乔弟什么都不听见，什么都不看见，只看见他的盘子。他一辈子没有像这样饿过，而且，经过一个荒歉的冬天与迟缓的春天，白克士忒家的食物也不比他们的牲畜的食物丰富多少，而他母亲竟做出这样丰盛的一顿晚饭，即使招待牧师也够好的。他内心非常矛盾，想再多吃些饼干，而从过去痛苦的经验中知道他如果吃了饼干，就会突然地容纳不下山芋面包。当然选择后者。

“妈，”他说，“我能不能现在就吃我的山芋面包？”

她在那里喂养着她自己巨大的身躯，正在片刻的停顿。她灵巧地替他切出很大的一块。他投身到它的芳香美味的品质中。

“我费了那么些时候做那只山芋面包——”她抱怨，“我还没有透过气来，你倒已经毁了它了——”

“我吃得快，”他承认，“可是我好久都不会忘记它。”

晚饭吃完了。乔弟饱了。就连他父亲，平常吃得像麻雀一样少，也添了一次。

白克士忒妈妈叹了口气。

“你们那一个替我点上一根蜡烛，”她说，“我就去把盘子洗了，也许还来得及坐下来享享福。”

乔弟站起来，点上一支牛脂烛。那黄色的火焰颤抖着，他向东窗外望去。一轮满月正在升起来。

他父亲走到窗前，他们一同望着它。

“孩子，看见月亮你可想起什么？你可记得我们说四月里月亮圆的时候，我们要做些什么事？”

“我不记得了。”

不知道怎么，季节的变换总是突如其来，使他感到诧异。大概一定要年纪像他父亲一样大，才能够把季节时刻记在心上。

“你忘了我告诉你的话？哪，孩子，四月里月亮圆的时候，冬眠的熊从它们床上起来了。”

“那老八字脚！你说等他出来的时候我们来捉他！爸，我们什么时候能去？”

“我们一锄完了地就去，一看见熊的踪迹就去。”

“我们从那一头出发去捉他？”

“我们最好沿着山谷的泉水走，看他有没有出来到那里去喝水。”

“今天有一只大母鹿在那里喝水，”乔弟说，“在我睡着的时候。爸，我给自己做了一只小水车。它转得非常好。”

白克士忒妈妈呱踏呱踏洗着锅，突然停止了。

“你这刁猾的小流氓，”她说，“我这还是第一次晓得你出去过的。你越来越滑头了，滑得像雨天的黏土路。”

他大声笑起来。

“妈，你上了我的当。妈，你说，我难道一次也瞒不过你，总得要你上我一次当。”

“我上了你的当。我还站在火跟前给你做山芋面包——”

她并不是真生气。他看见她的嘴扭曲着。她想把它拉直了，但是不能够。

“妈在那里笑！妈在那里笑！你生气就不会笑了！”

他奔到她背后去，解开她的围裙带子。围裙滑到地上去了。她很快地转过她庞大的身躯，打了他两个嘴巴，但是巴掌打下去，像羽毛一样轻，开玩笑地。他今天下午感到的那种颠狂又回来了。他开始旋转个不停，就像他在那鼠尾草中一样地转着圈子。

“你把桌上那些盘子砸了，”她说，“你看我可生气不生气。”

“我没办法，非转不行。我头晕。”

“你发了昏了，”她说，“没有别的，就是发昏。”

这是真的。四月的天气使他发昏，春天使他头晕，他像莱姆·傅赖司忒每星期六晚上一样地酩酊大醉。那太阳与那空气与那稀薄的灰色的雨搀和成的烈酒使他头脑昏眩。那小水车使他沉醉，还有那母鹿的来临，还有他父亲代他隐瞒他不在家里，还有他母亲替他做山芋面包，又笑他。小屋里安全舒适的气氛中的烛光，它刺中他的心；小屋四周的月光也刺心。他在一种热狂中上了床，睡不着觉。这一次的愉悦在他身上留了个标志，所以他这一生一世，每逢四月是一层稀薄的绿色，每逢他舌头上尝到雨的滋味，一个旧创痕疼痛起来，他心里就充满了一种怀念，怀念他不大记得的一些什么。一只怪鸥远远叫着，鸣声穿过那月明之夜，他突然睡熟了。

二

辨尼·白克士忒醒着，躺在他妻子庞大的睡熟的身体旁边。他在月亮圆的时候总是睡不着。他常常想着，光线这样明亮，不知道人们是否应当到他们的田地里去做工。他很想轻轻地下床，也许去砍下一棵橡树来当柴烧，或是把乔弟偷懒没锄的地去锄完它。

“其实为了今天这桩事情，我应当治他一下。”他想。

他从前那时候，如果躲懒溜开了，一定会结结实实地挨一顿打。他父亲会不给他饭吃，叫他回到泉水边去，将小水车拔出来。

“可就是这一点，”他想，“一个孩子也只有很短的时候是个孩子。”

他回想到过去，他自己就没有童年。他自己的父亲是一个牧师，像《旧约圣经》中的上帝一样严厉。然而他并不靠《圣经》维持生活，而是靠伏卢西亚附近的一个小农场，他在那里养活大了许多子女。他教他们读书写字，谙晓《圣经》，但是他们每一个人，自从他们刚学会走路，能够拿着一口袋种子，跟在他后面在一排排玉蜀黍之间蹒跚而行，从那时候起就辛苦地操作，直到他们的小骨头酸痛，他们正在长着的手指也痉挛起来。粮食很缺少，十二指肠虫很多。辨尼长成之后，身材不比一个孩子高大。他脚小，肩膀窄，他的胁骨与胯骨联在一起成为一副通体脆弱的骨架子。有一天他站在傅赖司忒家的人中间，竟像许多巨大的橡树之间的一棵小梣树。

莱姆·傅赖司忒低下头来望着他，说，“嗳，你呀，你这小辨士（注）。你倒是货真价实的好铜板，可是再小没有了。小辨尼·白克士忒——”

从此他就叫这名字了。他选举的时候，自己签名“埃孜拉·以西结·白克士忒”，但是他付税的时候，记录中将他写作“辨尼·白克士忒”，他也并不抗议。但是他是一种坚固的金属混合物；像铜质本身一样地坚固；也具有铜的柔软。

住在河边的人们——那条河又深又平静，生气蓬勃，有许多船只，独木舟与平底船，运木材的筏子，货船与客船——河畔的居民总说辨尼·白克士忒不是一个勇敢的人就是个疯子，他离开通常的生活方式，带着他新婚的妻子，深入佛洛利达州荒凉的矮树林中，树林中繁殖着熊、狼、豹。傅赖司忒家住到那里去，是情有可原的，因为他们家里人口不断地增添，都是些壮大粗鲁暴躁的男性，他们需要全郡的地方，不然施展不开，也需要自由，不被妨碍。但是谁会妨碍得辨尼·白克士忒呢？

并不是妨碍他——但是在城市里，村庄里，邻居们住得不太远的农业区域，人们的心灵与动作与产业都交叠着。个人的精神有时候被侵犯。在困难的时候确是有友谊与互助，但是更有争吵与戒备，一个人怀疑另一个人。他在他父亲严厉的管教下长成，踏进世界，而这世界的严酷是比较不率直，不诚实的，所以更使他感到困难。

他也许受伤的次数太多了。那庞大的超然的矮树林中的和平对他有一种吸引力，它的沉默是慈悲的。在那里谋生比较困难，买起东西来，卖起农作物来，因为路远，都很麻烦。但是那块开垦出的土地是特别地属于他的。熊与狼与野猫与豹侵掠家畜，他认为那是情有可原的，不像人类的残酷。

他三十几岁的时候娶了一个丰满的女孩子，就连那时候，她已经比他大了一倍，他用一只牛车载着她与最基本的家庭日用品，一颠一簸，缓缓地与她一同来到那块开垦出的土地上。在那里，他用他自己的手搭起了一座小屋。在那阴沉沉的一大片瘦瘠的沙地松树林中，也拣不出什么好地方来，但是他尽力挑拣了一块较好的田地。他向傅赖司忒家里——他们住在四英里外，不至于太接近——买了一块很好的高地，在一个叫做松林的岛屿中心。这岛屿之所以有这名称，是因为它在那干枯的树林中确是一个长叶松的岛屿，高高坟起，在这矮树林的波涛汹涌的海中，它成为一个地界的标志。

这地段唯一的缺点是缺水。地水面这样低，深深地在地底，所以井是无价之宝。将来有一天砖头与灰泥比较便宜了，可以掘井，可是，目前白克士忒岛上的居民食用的水，不得不取给于他们那一百亩地面的边界上的一个大“陷洞”。“陷洞”是佛洛利达州石灰石地区常有的一种现象。有许多地底的河流穿过这些区域。化为小河的那些冒泡的泉水，就是地底的河流爆发出来。有时候地面上泥土的一层薄壳坍了下去，露出一个巨大的洞窟，里面或是有流动的水，或是没有流动的水。辨尼·白克士忒的田地上的“陷洞”可惜没有流泉。但是有一股纯洁的滤清的水从那高坡上日夜沁出来，在洞底积成一个池塘。傅赖司忒家的人想把矮树林中的坏田地卖给辨尼，但是他仗着现款，坚持着要那岛屿。

他向他们说，“那矮林是一个很合适的地方，可以养大各种野味，它对什么野东西都合适，狐狸和鹿和豹子和响尾蛇。我可不能在那密密层层的树林里把孩子带大。”

傅赖司忒家的人拍着大腿哄笑，笑声从胡子里面发出来。

莱姆吼叫着，“一个辨士能兑出几个半辨士？你养出个小狐狸来，也就算好的了。”

辨尼现在还可以听见他的声音，在这许多年之后。他在床上翻了个身，小心地，免得惊醒他的妻。他确是曾经大胆地计划着生男育女，要多产，要许多孩子在那长叶松林中活动着。孩子们来了，奥莉·白克士忒天生的体格显然是宜于生育的。但是这些婴儿都很孱弱，几乎一出世就得病死去了。辨尼把他们一个个都埋在橡树丛中一块辟出的空地上。

然后，这地方的寂寞使他有点害怕起来了，而他的妻已经差不多过了生育的年龄，正在这时候，乔弟·白克士忒诞生了，长得很结实。当那婴儿正是个蹒跚而行的两岁的孩子，那一年辨尼从军去了。他把他的老婆儿子带到河上，与他们的赫托婆婆同住，暂住几个月——他预期他不过去几个月。事实是他在四年后回来了，现出衰老的迹象。他搬取他的妻儿，带他们回到矮树林中，那树林里的和平与孤独使他感到安慰。

乔弟的母亲似乎以一种淡漠的心情接受她这最小的孩子，仿佛她已经将她所有的爱与关切兴趣都给了那些其他的小孩。但是辨尼的衷肠恋慕着他的儿子。那孩子不仅只使他成为一个父亲。他发现那孩子张大眼睛，屏息地站在鸟兽花木风雨日月这些奇迹之前，就像他一样，他自己一向是这样的。如果在一个柔媚的四月天，那孩子暗暗地走开，去干孩子们的事情，他能够了解那吸引他的东西。他也能够了解它的短暂。

"让他跑吧，"他想，"让他逃走吧。让他去造他的小水车。将来会有一天，他不想干这些事的。"

（注）一分铜币。

三

乔弟很不情愿地睁开眼睛。他狭小的寝室的东窗里已经透出了天光。他躺了一会，他的床是奢侈的享受，而白昼又来临了，他在二者之间挣扎着，非常痛苦。然后他跳出他的窠巢，站在那鹿皮毯上，他的裤子挂在那里，穿起来很顺手，而且刚巧运气好，他衬衫是正面朝外；他钻了进去，穿好了衣服，现在他不瞌睡了。

他听见老裘丽亚像铃铛似的声音，非常兴奋地狂吠着，声音从南面传来，在橡树林外。他仿佛也听见他父亲向她下了命令。他母亲尖锐的声音还没来得及阻止他，他已经奔了出去。她也听见那狗在叫。她跟到门口，向他喊着。

“你和你爸可别跟着那傻狗去得太久了。我不打算坐在这儿等你们吃早饭，待会儿你们俩老在树林里耗着。”

他现在没听见老裘丽亚或是他父亲的声音了。他非常着急，唯恐那紧张的一幕已经结束；那闯进来的野兽已经去了，也许狗与父亲都跟了去了。他冲过橡树丛，向着刚才那声音来的方向奔去。他父亲的喉咙说话了，就在他旁边。

“不用着急，孩子。已经做出来的事情不会跑了的。”

他突然停住了。他父亲站在那里，低着头看着他们用来取种的母猪黑贝茜被压坏毁损的身体。

“他一定是听见了我向他挑战，”辨尼说。“孩子，你仔细看。看你可看见我看到的东西。”

看到那被撕裂的母猪，他想呕吐。他父亲望着那死去的动物的另一边。老裘丽亚的尖鼻子，也拨过去向着同一个方向。乔弟走了几步路，检验那沙地。那足迹他绝对不会误认，它使他的血液跳跃起来。是一只硕大的熊的足迹。而右面的前爪——像一只帽顶一样大——缺少一只脚趾。

“老八字脚！”

辨尼点了点头。

“我很得意，你还记得他的脚印子。”

他们一同弯下腰去研究那些记号与它们来去的方向。

“这正是叫做直捣敌营。”辨尼说。

“爸，狗一只也没有叫。除非是我睡着了没有听见。”

“他们一只也没叫。风的方向帮了他的忙。你不要小看了他，他精明得很。他像个影子一样地溜进来，干了坏事，在天亮前头又溜出去了。”

乔弟脊骨上感到一阵寒颤。他能够想像那影子，又大又黑，像一座活动的棚屋，将他那大脚爪一挥，就抱住那驯服的睡眠着的母猪。

“他已经吃饱了，”辨尼指出这一点，“他只吃了一口。熊刚从冬眠里醒来的时候，胃缩小了。所以我恨熊。一个畜生杀生，吃饱肚子，那他不过是跟我们一样，也叫没有办法。可是一个畜生，或是一个人，光只为了爱干这些事，来伤害别人——你对着一只熊脸上看，你就知道他并不懊悔。”

乔弟知道他应当为了老贝茜觉得伤心，但是他所感觉到的只是兴奋。这只大熊，一切养牲口的人都想捉他捉不到，已经有五年之久了。这次他在白克士忒家的田里——那圣地里——毫无理由地杀生，使他成为他们私人的仇敌。乔弟拎起那母猪的一只后腿，辨尼拎起另一只。他们把它拖到房屋那里去，裘丽亚很不情愿地跟在他们后面。那猎熊的老猎狗好像不能了解他们为什么不马上出发去追赶。

白克士忒妈妈在大门前面等他们。

“我在这儿叫你们，叫你们，”她向他们高呼着，“你们带了什么来了——在那里耗了那么半天，干了些什么？嗳呀天呀，嗳呀天呀——我的母猪，我的母猪。”

她两臂高举，向着天。辨尼与乔弟进了大门，走到房屋背后去。

她跟在后面，哀嚎着。

“我们把这肉挂在横梁上，孩子，”辨尼说，“挂在那里，狗吃不到它。”

“你们该可以告诉我吧，”白克士忒妈妈说，“你们至少可以告诉我，她怎么会死了，就在我眼跟前谁把她撕成一条条的。”

“是老八字脚干的事，妈，”乔弟说，“他的脚印子很清楚。”

一家人都回到房屋里去。在混乱中，乔弟第一个走到厨房里，厨房里早饭的香味使他饥饿难忍。他母亲无论怎样激动，也注意到他的行动。

“你回来，”她喊着，“把你那脏手洗干净。”

他走到水架前面，和他父亲一同洗手。早饭摆在桌上。白克士忒妈妈坐在那里，悲痛地摇晃着她的身体，没有吃饭。乔弟把他的盘子堆得高高的，有粗燕麦粥与肉汁，热饼，酪乳。

“无论如何，”他说，“我们有肉吃了，可以吃些时候。”

她迁怒于他了。

“现在有肉，今年冬天没有了。”

“我来问傅赖司忒家要一只母猪。”辨尼说。

“好，那就欠他们那些坏蛋一个人情。”她又哀嚎起来了，“那该死的熊——我真想亲手抓住他。”

“我下次看见他的时候我告诉他。”辨尼温驯地一面吃着一面说。

乔弟失声笑了起来。

“对，”她说，“拿我开心。”

乔弟拍拍她胖大的臂。

“妈，我忽然仿佛看见你那样子——你跟老八字脚在那儿打架。”

“我可以打赌，你妈会赢的。”辨尼说。

四

他推开他的盘子，从桌子跟前站了起来。

“哪，孩子，我们今天的工作给我们安排好了。”

乔弟的心往下一沉。锄地——

“我们今天说不定就可以碰见那只熊。”

太阳又明亮起来。

“把我的弹丸袋拿来，还有我装火药的牛角筒，还有那装火绒的牛角筒。”

乔弟跳起来去拿这些东西。

“你看他跑得多快，”他母亲说，“看他锄地，你简直当他是一只蜗牛；说一声‘打猎’，他就像一只水獭。”

她走到厨房的纱橱那里，将那剩下的几杯果冻拿出一杯来。她把果冻抹在吃剩的一叠热饼上，用一块布包起来，搁在辨尼的背囊里。她拿出那剩下的山芋面包，留下一块给她自己，然后将那面包用一小块纸包起来，加到背囊里。她又向她留下的面包看了看，然后她以一个轻快的动作把它也丢到背囊里，和另一块放在一起。

“这不够当饭的，”她说，“也许你们很快就会回来了。”

“我们说不定什么时候回来，要等你看见了我们才算数。”辨尼说。

一看见那管从枪口装弹药的旧枪，裘丽亚就提高了喉咙，愉快地吠叫起来。利普从房屋下面窜出来，与她一同走。泊克，那新的小狗，愚笨地摇着他的尾巴，并不明白这是怎么回事。辨尼把这些狗一只只都轻轻地拍拍。

“等到今天天黑的时候，你们大概不会这样高兴了。”他告诉他们。

脚印子穿过橡树丛，通向南方。昨天下午下过那场雨，那一团一团的大足迹在沙上印出明显的图案。老裘丽亚跳跃着走在前面，动作很确定。那斗犬利普甘心情愿地跟在她后面，她嗅的地方他也去嗅嗅，她迟疑的时候他也停下来。那只小狗东奔西跑，有一次疯狂地追逐一只从他面前逃跑了的兔子。乔弟吹着口哨叫他回来。

“让他去，孩子，”辨尼告诉他，“他觉得冷清的时候自会回来的。”

老裘丽亚发出一声单薄的高音的吠叫，别过头来向后看着。

“那聪明的老坏蛋换了个方向了，”辨尼说，“他说不定是往锯齿草池塘那里去了。如果他是这个打算，我们也许可以溜了去吓他一跳。”

乔弟有点知道他父亲打猎的秘密了。他想，换了傅赖司忒家的人，一发现熊杀死了猪，一定会立刻就汹汹地追赶老八字脚。他们一定会大呼小叫，他们的一群狗一定会狂吠着，使整个矮树林中都发出回声——因为他们鼓励他们的狗吠叫——而那谨慎的老熊一定会充份地得到警告，晓得他们来了。所以，他父亲猎获的野味比他们多十倍。这矮小的人是出名的猎人。

乔弟说，“你真会猜想畜生的行动。”

“你不能不猜想一只野兽动作比人快，力气又比人大得多，人有些什么好处是熊没有的？不过稍微多一点见识。他跑不过一只鹿，但是如果他也斗智不过他，那他这猎人真是不中用了。”

松树开始分散开来了。突然出现一长形高地，生着常青橡树与低矮的扇形叶棕榈。树下的丛薮非常浓密，交缠着荆棘。然后那块高地也完了，西南方躺着一块宽阔空旷的平地，一眼看上去仿佛是个草原，那是锯齿草；它长在水里，高齐膝盖，它的粗糙的锯齿边的叶子长得这样浓密，简直像结结实实的一大片。老裘丽亚钻到草丛中，泼溅着水花。她很有自信地在池塘正中走过。

“他在吃水草。”辨尼喃喃地说。

他指着那平扁的箭形的叶子。边缘上有锯齿形的牙痕。另有些叶子从茎上齐齐地咬掉了。

“这是春天的补药。熊在春天出来的时候，第一件事就是去吃它。”他弯腰凑上前去，摸了一摸一片叶子，那参差不齐的边缘已经发黄了。“该死，他昨天晚上也来过的。所以他胃口好起来了，把可怜的老贝茜咬了一口。”

猎狗也停住了。熊的气味滃郁在低处，不是在脚下，而是在芦苇与水草上，那气味浓烈的皮毛拂过的地方。她把她的长鼻子搁在一根芦苇上，向空中凝视，然后她确实知道了熊的去向，就又向正南方活泼地走去，溅着水花。辨尼现在自由地发言了。

“他吃完了。老裘丽亚说他快步走着回家去了。”

他走到较高的土地上，可以时时刻刻看见那只猎狗。

“好，裘丽亚。捉住他。”

这一早晨的追踪，是很悠闲的一件事；比较像愉快的远足，而不像打猎。现在那阴暗的月桂树林在他们头上罩下来，莺鸟从浓密的枝叶中飞出来，翅膀呼呼地响着，使人吃一惊。那土地是柔软的，乌黑的，矮树林两边都有些东西急急地奔走，悉悉作声。

丛林稀下来了。土地低了下去，成为一个沼泽。突然之间老裘丽亚吠叫起来，辨尼开始奔跑。

“小河上！”他大喊着，“他要想跑到小河那里去。”

沼泽里充满了声音。许多小树砰然倒了下来。那只熊像一阵黑色的飓风，扫荡一切障碍。几只狗汪汪叫着，又齐声吠着。乔弟耳朵里的吼声，是他的心在那里狂跳。一根竹藤把他绊了一跤，他张开四肢趴在地下，又站了起来。辨尼的短腿在他前面搅动着，像两只桨一样。那几条狗还没来得及围困住那八字脚，八字脚就可以跑到杜松溪了。

那溪岸上有一块开阔的空地。乔弟看见一个巨大黑色的无轮廓的形体冲了出来。辨尼停住了，举起他的枪。就在这一刹那，一个小小的棕色东西像箭一样地射出去，投射到那毛茸茸的头上。老裘丽亚赶上了她的敌人。她跳上去，又退下来，而在后退的一刹那间，又向他冲去。利普窜上去，在她旁边。八字脚旋过身来，向他乱抓乱砍。裘丽亚突然出现了，向他的侧面进攻。辨尼没有开枪。为了狗，他不能放枪。

老八字脚突然假装不在乎，他仿佛废然站在那里，迟滞地，犹疑地，摇晃着身体，前仰后合。狗也退后片刻。这一刹那是开枪的绝好机会，辨尼将他的枪甩起来扛在肩上，搁在左颊上瞄准了，抠动扳机。发出一声无用的轻微的爆炸声。他又扳起撞针，又抠了抠扳机。他额上现出一粒粒汗珠。那撞针又喀哩一响，毫无效力。然后一个黑色的大风雨爆发了。它怒吼着扑到狗群身上，迅速得使人不能相信。白色的长牙与钩曲的爪子像一绺绺的闪电，穿过那风暴。它咆哮着，旋转着，咬牙切齿，向每一个方向砍去。狗也一样地迅速。袭丽亚从后方迅疾地进攻，八字脚转过身来扫射她，利普就跳起来咬那毛茸茸的咽喉。

乔弟恐怖得瘫痪了。他看见父亲又扳起撞针，半俯伏着站在那里，摸索着那扳机。老袭丽亚进攻熊的右胁。他旋过身来，不向着她，而向着他左面的斗犬。他打中他的侧面，将他掀翻在矮树丛中。辨尼又抠了抠扳机。随即发出一声爆炸，带着一种嗞嗞声，辨尼向后面倒了下去。那管枪走了火了。

乔弟奔到他父亲身边。辨尼已经站了起来，他右边脸上被火药染黑了。八字脚飞快地旋过身来对着袭丽亚，用他拳曲的爪子把她抓在他胸前。她锐声叫着。利普投身在他背上，他的牙齿深深地咬进熊皮里。

乔弟尖声高叫着，“他要把袭丽亚弄死了！”

辨尼绝望地奔上去，冲进那动乱的中心。他把枪身捣进熊的胁骨里。袭丽亚就连在这样痛苦的时候，也牢牢地咬住她上面的黑色咽喉。八字脚咆哮着，突然转过身来，从河岸上跳下去，走到深水里。两条狗都钉住他不放。八字脚疯狂地游泳着。袭丽亚只有一个头露出水面，在熊喙下。利普骑在那宽阔的背脊上，摆出一副威风凛凛的神气。八字脚游到了遥远的对岸，爬上岸去。袭丽亚放松了她，瘫软地跌在地下。那熊奔到浓密的丛林中，利普仍旧在他背上骑了一会。然后他感到困惑，也下来了。他嗅嗅袭丽亚，又向对岸嗅了嗅。远处的丛薮中发出草木折断的巨响，然后就寂静无声了。

辨尼喊着，“这儿来，利普！这儿来，袭丽亚！”

利普摇了摇短尾巴，并没有动。辨尼将他打猎的号角举起来凑到他唇边，温存地吹着。乔弟看见裘丽亚抬起头来，然后又垂下头去。

辨尼说，“我得要去把她抱回来。”

他把鞋子脱下来，顺着河岸溜下水去。他坚强地划着水。离岸几码远，那潮流就抓住了他，仿佛他是一根木材，猛烈地飞快地将他放射出去，顺流而下。他与它挣扎着，奋力前进。乔弟看见他在小河下游很远的地方摇摇晃晃站起来，拭去眼睛里的水，很费劲地循着河岸向上走，到他的两条狗那里。他弯下腰去检视那猎狗的伤痕，然后把她挟在一只手臂下面抱起来。这一次他走到上游相当远的地方才到河里去。他下水以后，用一只闲着的手臂划着，那潮流推送着他，几乎恰正把他搁在乔弟脚下。利普用脚划着水，跟在他后面，上了岸，把他自己身上的水抖干了。辨尼将那老猎狗温柔地放下来。

“她受伤得很厉害。”他说。

他脱下他的衬衫，将那狗紧裹在里面。他把两只袖子扎在一起，做成一个吊带，将它扯起来掮在他背上。

“好了，”他说，“我得要置一支新枪。”

他面颊上被火药烧伤的地方已经变成水泡。

“爸，什么地方出了毛病？”

“差不多样样东西都出了毛病。那扳机在枪筒上松下来了，这我早已知道，我一直得要扳它两三遍。可是这次它走了火，这就是说那大弹簧没有劲了。好了，我们走吧。你扛着这该死的枪。”

那行列开始向家中前进，经过那沼泽。辨尼抄近路向北，向西走。

“现在我不捉到那熊，再也不歇手，”他说，“只要给我一支新枪——再给我一点时候。”

突然之间，乔弟不忍再看见他前面那瘫软的包裹。有一缕缕的血沿着他父亲瘦削的赤裸的背脊流下来。

“爸，我要走在前面。”

辨尼转过身来瞪眼望着他。

“你可不要晕倒了害人。”

“我可以替你开出一条路来。”

“好。往前走吧，乔弟——拿着这口袋，你拿出点面包来。孩子，吃一口。你会觉得——好点。”

乔弟盲目地在袋里摸索着，抽出那一包煎饼。吃到那野蔷薇浆果冻子，他的舌头上感到酸凉。他很羞愧，因为他觉得它滋味这样好。他急急地吞下好几块饼。他递一些给他父亲。

“粮食是很大的安慰。”辨尼说。

矮树林中发出一声呜呜的哀鸣。一个小小的畏缩的形体在尾随着他们。那是泊克，那小狗。乔弟愤怒地踢他。

“不要去搅扰他，”辨尼说。“我一直疑心他没用。有的狗是捉熊的狗，有的狗天生不是捉熊的狗。”

前面看到白克士忒岛的高松树的时候，已经太阳快落山了。他们这行列，一个跟着一个，沿着沙路从东面来，走进那块开垦出的土地。白克士忒妈妈在那狭窄的洋台上坐在摇椅上摇着，膝盖上有许多该补缀的衣袜堆成一个小丘。

“一条死狗，可是并没有熊，是不是？”她喊着。

“还没死。给我拿水来，还要破布，还有那根大针和线。”

她很快地站起来帮忙。乔弟老觉得惊异，每逢有麻烦的事情，她那硕大的身体与两手总是这样能干。辨尼把老裘丽亚放下来，放在洋台地板上。她呜呜地哀鸣着。乔弟弯下腰来抚摸她的头，她露出牙齿来像要咬他。他凄怆地在他母亲背后跟来跟去。她正在把一条旧围裙撕成一条条。

“你可以去拎水。”她告诉他，他就急急地奔去拿水壶。

辨尼回到洋台上来，抱着许多磨粉袋，来给那猎狗做一只床。白克士忒妈妈把施手术的器械拿来了。辨尼将他浸透了血液的衬衫从狗身上解下来，洗濯那深而长的伤痕。老裘丽亚没有抗议。她从前也曾经被爪子抓伤过。他把最深的两道裂口缝了起来，将松胶揉到所有的裂口里去。他在那里工作着的时候，她锐叫过一次，然后就默然了。他说有一根肋骨断了。这个他没有办法，但是如果她能活下去的话，自己会好的。

五

辨尼在吃早饭的时候说，“非得去换一支新枪来不可，不然就是自找麻烦。”

老裘丽亚好了些了。她的伤口是干净的，没有肿起来。只因为失血太多，非常疲乏，老想睡。辨尼把一个葫芦瓢捧在她面前，她舐食了一些牛奶。

“你打算怎么样买一支新枪？”白克士忒妈妈问，“钱都不够付税的。”

“我是说‘换’。”辨尼纠正她。

“你拿什么去换？”

“那只小狗。你也知道，傅赖司忒家的人都是狗迷。”

“埃孜拉·白克士忒，你要是去跟傅赖司忒家的人去换东西，你穿着裤子回来就算好的了。”

“反正我跟乔弟要到那里去。”

辨尼的语气这样坚定，他妻子庞大的身躯与他这定见对抗起来，简直像空气一样地轻飘。她叹了口气。

“好吧，丢我在家里，也没有人替我劈柴挑水，我要是倒在地下死了，也没有人管。走吧，带他走。”

“我从来没有把你没柴没水地丢在家里。”

乔弟焦急地听着。他觉得到傅赖司忒家去比吃东西还更好。

“乔弟非得跟男子汉混在一起，学学男子汉的做派。”辨尼说。

“傅赖司忒家又不是个好地方。他跟着他们学，一定学得良心墨黑。”

“他也许看着他们的榜样警诫自己，就不会那样了。无论如何，我们是要到那里去。”

他从桌子前面站了起来。

“我去挑水，乔弟，你去好好地多劈些柴。”

乔弟匆忙地赶到柴堆那里。每次斧头向那肥胖的松柴劈下去，他离傅赖司忒家就又近了一步。他劈了很多的柴，抱了好些到厨房里去，足够装满他母亲的柴箱。他父亲还没有从水潭挑水回来。乔弟赶到畜舍里，把马装上了马鞍。他看见辨尼沿着那沙路从西边来了，弯着腰驼着那牛轭，担着那两只沉重的桶，泼泼撒撒装满了水。他跑上去帮他把那重担放到地上。

“恺撒装上马鞍了。”他说。

“大概柴也烧起来了，”辨尼露出牙齿来笑了笑，“好，让我去穿上我做买卖的外衣，把利普拴起来，把我的枪拿来，我们就出远门去了。”

马鞍是从傅赖司忒家买来的，因为它给他们家任何那一个大屁股坐着都嫌小了些。辨尼与乔弟两个人并坐在上面倒很舒适。

“你坐在前面，孩子。可是你如果一直长，长得比我高，你只好骑在后面了，因为我看不见前面的路。到这里来，泊克！跟着跑！”

那小狗跟上来了。他停止过一次，回过头去向后面望着。

“我希望这是你末了一次看见这地方。”辨尼告诉他。

恺撒有过充份的休息，稳定地快步走着。他衰老的背脊是宽阔的，那马鞍是宽广的，这样骑着马，有他父亲在后面撑着他，乔弟觉得这和一只摇椅一样舒服。那沙路在阳光里像一条丝带，上面印着树叶的荫影。在西面，在水潭边，那条路分开两支，一条继续前进到傅赖司忒家的岛屿，另一条折转向北。朝北的道路上有古老的斧痕砍在高龄的长叶松上，作为指路的记号。

“是你还是傅赖司忒家的人做的这些记号？”乔弟问。

“这些是从前的人砍的，那时候我和傅赖司忒家都还不知道在那里呢。呵，孩子，有些印子这样深，这些松树又长得这样慢，说不定有些该是西班牙人做的记号。去年那先生没教过你历史吗？孩子，是西班牙人开的这条路。这里这条，我们现在正走过的这条，就是西班牙人的老路，横穿过整个的佛洛利达州。它在柏忒勒堡附近分开了。朝南的一条通到谭姆拍。那是骑兵路。这里的一条是黑熊路。”

乔弟转过来，眼睛睁得多大，望着他父亲。

“你估着西班牙人有没有制伏那些熊？”

“我估着他们停下来扎营的时候，总得要对付那些熊的。他们有印第安人和他们作对，还有熊，还有豹子。也跟我们一样，不过我们没有印第安人。”

乔弟瞪着眼睛四面望着，那松林突然人烟稠密起来。

“现在这里没有西班牙人吗？”

“乔弟，现在没有一个活着的人听见他爷爷说他看见过一个西班牙人。西班牙人是从海洋那边来的，来做买卖，打仗，行军走过佛洛利达州，没有一个人知道他们到那里去了。”

矮树林围上来了。树林稠密而低矮，只偶然有一点树荫。然后那条路又放宽了，草木都向后退，前面高高矗立着傅赖司忒岛的大树——那是这一带的地界标志。辨尼下了马，拎起那只小狗，又上了马，将他抱在怀里。

乔弟说，“你为什么抱着他？”

“你不要管。”

他们进了高地，凉爽而深沉，上面交叉着棕榈与常青橡树的穹门。那条路绕来绕去，在一棵巨大的橡树下可以看见傅赖司忒家的小屋经过雨淋日晒的灰色。

辨尼说，“你可不要去捉弄草翅膀。”

“我从来不捉弄他，他是我的朋友。”

“那很好。他是母鸡掉毛的时候生下来的，所以养出来有点古怪，这不能怪他。”

“他是我最好的朋友，除了奥利佛。”

树林的寂静突然爆炸了。小屋里面发出一阵骚动，那声音像是椅子被人掷到屋子对面，一个巨大的物件訇然跌碎了，玻璃打破了，沉重的脚在地下铺着的木板上蹬着，傅赖司忒家的男子们的声音冲到四壁上。一个女性的声音在那喧嚣中尖锐地叫喊着。突然大开了门，一群狗像流水似地奔驰到户外。傅赖司忒妈妈用一根扫火炉的扫帚打它们，它们争先恐后跑到安全的地方去。她的儿子们拥在她背后。

辨尼喊着，“一个人在这里下马，有没有危险？”

傅赖司忒家的人吼叫着招呼白克士忒家的人，又向狗群发出命令。傅赖司忒妈妈用两只手把她的格子布围裙提起来，一上一下挥动着，像摇着旗子一样。欢迎的呐喊与他们向狗群发出的命令完全混杂在一起，使乔弟有点感到不安，仿佛有点不确定他们是否受欢迎。

“下来，进来！走开，你们这些该死的偷腌肉的贼！嗨！你！好吧？滚开！”

狗群分散开来钻到树林里去了，乔弟跳下地来。辨尼下了马，柔情脉脉地抱着那小狗。傅赖司忒家人围着他转来转去。

在那边，乔弟看见草翅膀匆匆地走下小屋的台阶，向他走来。那驼背的弯曲的身体移动起来，全靠那样一歪一扭，像一只受伤的无尾猿一样。草翅膀举起他的手杖来飞动着。乔弟奔跑着迎上去。草翅膀的脸庞发出光辉来。

他喊着，“乔弟！”

他们站在那里，羞涩而愉悦。

乔弟有一种快感，他与任何别人在一起都没有这种感觉。在他看来，他的朋友的身体并不比一只变色蜥蜴或是一只鼩更奇怪。大人都说草翅膀是个白痴，他也相信他们的话。他自己决不会做出草翅膀所做的那件事——“草翅膀”就是由此得名的。这是年幼的傅赖司忒构想出一种观念，认为他如果能够使自己附在一件什么轻飘飘的东西上，他能够从马厩的屋栋上慢悠悠地飘下来，像任何鸟雀一样。他把几大捆粮草——牛豌豆干草——缚在他手臂上，跳了下来。他没有死，这是一个奇迹，不过添上几根折断的骨头，使他天生的驼背的躯体更加歪曲一些。当然这是一件疯狂的事。但是乔弟觉得，就他私人的意见说来，和这有些类似的某种东西或许能够这样办。他自己就常常想到风筝，非常大的风筝。同时他对于这跛脚的男孩渴想飞行的心理有一种秘密的了解，渴想飞行，渴想轻快；渴想有一刹那的自由，脱离他的身体，他那羁绊在地上，伛偻着，颠踬着的身体。

他说，“嗨。”

草翅膀说，“我有一只小浣熊。”

他永远有一个新的宠物。

“我们去看它。”

草翅膀带他到山屋后面去，那里堆积着一些盒子与鸟笼子，里面住着他不停地换着的各种鸟兽。

“我的鹰死了，”草翅膀说，“他性子太野了，不能关在笼子里。”

一只松鼠不停地蹬着踏板。

“我把他送给你，”草翅膀自动地应许他，“我可以再弄一只。”

乔弟的希望升高了，又跌了下来。

“妈什么都不肯让我养。”

他的心涨大了，想要那只松鼠，想得心里疼痛起来。

“浣熊在这里。来，‘嘈嘈’！”

一个黑鼻子从狭窄的木板栅栏里突了出来。一只极小的黑脚掌，像一个婴儿的手，跟着伸了出来。草翅膀抽出一根木板，把那浣熊取出来。它抱住他的手臂，发出一种奇异的唧唧的鸣声。

“你可以抱他。他不会咬你。”

乔弟拥抱着那浣熊，让他偎在他身上。他想他从来没看见过，也没摸到过比这更可喜的东西。那灰色的毛皮像他母亲出门穿的佛兰绒睡衣。那浣熊轻轻地咬着他的肉，又啼叫了一声。

“他要他的糖奶头，”草翅膀很母性地说，“我们把他带到屋子里去。”

六

那浣熊仰天躺着，窝在乔弟的臂弯里，用他的两只前脚抓住那满装着糖的布包。他极快乐地闭着眼睛。

傅赖司忒老爹从火炉那边的阴影中发言了。乔弟没有注意到他，他坐在那里，那样安静。

“我小时候也有过一只浣熊，”他说，“它有两年像一只猫一样地脾气好。后来有一天它在我的小腿上咬掉一块肉。这一只长大了也会咬人，这是浣熊的天性。”

傅赖司忒妈妈走进小屋里面，到她的锅镬那里。她的儿子们也跟在她后面排队走了进来；柏克与磨坊轮，盖璧与派克，阿齿与莱姆。乔弟困惑地望着那干瘦枯萎的一对老夫妇，是他们生出这些大汉，一个个像山一样高。他们都很相像，除了盖璧比别的几个矮些。

辨尼·白克士忒进来了，挤在他们里面，简直看不见他。乔弟很诧异，看见他父亲仍旧将那只无用的小狗抱在怀里，柔情脉脉地。

辨尼从房间这一头走到那一头。

“你好，傅赖司忒先生。我见到你非常荣幸。你的身体好吗？”

“你好吧，先生。我强健得很，很不坏，像我这样一个快完蛋的人，总算还不错了。说老实话，我现在马上就该死了，上天堂了，但是我一直挨着。觉得好像我在这里住熟了。”

傅赖司忒妈妈说，“请坐，白克士忒先生。”

辨尼拉过一张摇椅，坐了下来。

莱姆·傅赖司忒从房间对面向这边喊着，“你的狗瘸了？”

“呃？不。就我知道的来说，他从来没瘸过。我不过是怕你们这些大猎狗咬他。”

“贵重得很？”

“他不值钱的。不值一卷烟草。等我走的时候你们不要打主意想留下他，因为他不值得一偷。”

“他要是这样不中用，你倒把他当宝贝一样，这样照应他。”

“我是得照应他。”

“你用他捉过熊？”

“我用他捉过熊。”

莱姆走近前来，俯身凑在他跟前，粗声呼吸着。

“他鼻子尖吗？他会不会困住一只熊？”

“他不中用。我从来没养过一只这样不中用的狗，也从来没有跟这样的狗打过猎。”

莱姆说，“我从来没听见一个人像这样把他自己的狗说得一个钱不值。”

辨尼说，“哪，我也承认他长相很不错，差不多人人看见他都想要他，可是你们千万不要转这念头，想跟我交换，因为你们会上当，受骗的。”

“你回去在路上想打一点猎吗？”

"唔，一个人总不免时时刻刻想到打猎这桩事。"

"你把一只没用的狗带了来，太奇怪了。"

傅赖司忒家的人四面望望，彼此对看着。他们沉默下来了。他们的黑眼睛盯着那小狗看。

"这只狗不行，我这管从枪口装火药的旧鸟枪也不行，"辨尼说，"我简直没有办法。"

那几只黑眼睛溜到那小屋的墙壁上，傅赖司忒家的武器都挂在那里。那么一大排，乔弟想，够开一爿枪店。傅赖司忒家的人交换马匹，卖鹿肉，违禁酿酒，赚到很多的钱，他们卖枪不算一回事，就像别人买面粉与咖啡一样。

"我从来没听见说你打猎失风。"莱姆说。

"我昨天就没有得手。我的枪放不出去，后来放出去了，又走了火。"

"你昨天去打什么？"

"老八字脚。"

一声巨吼爆发开来了。

"他在那里吃东西？他从那一边来的？他到那里去了？"

傅赖司忒老爹用他的手杖咚咚敲着地板。

"你们这些家伙都闭嘴，让辨尼讲。你们都像牛吼一样，一句话也不让他说。"

七

乔弟觉得这故事比那次打猎还要有趣。他有这父亲真是值得骄傲的，他得意得整个的人都要炸开了。辨尼·白克士忒，他个子不比一只泥蜂大，打起猎来却能够胜过最好的猎人。而他又能够坐在那里，像他现在这样，编出一种神秘不可思议的魔法，使这些高大的毛茸茸的汉子都急切地倾听着，紧张得透不过气来。

他使那战斗成为一件史诗式的事迹。说到他的枪走了火，老八字脚将裘丽亚压在他胸脯上，盖璧误吞了他的烟草，奔到壁炉前面，吐着唾沫，噎住了。傅赖司忒家的人握住拳头，神情紧张，坐在他们座位的边缘上，张着嘴听着。

“汉子，”柏克透出口气来，“我真想在那里凑个热闹。”

“八字脚后来到那里去了呢？”盖璧恳求着。

“没有人知道。”辨尼告诉他们。

大家寂静无声。

莱姆最后说，“你一次也没提到过你这里的这只狗。”

“不要逼我，”辨尼说，“我已经告诉了你他不中用。”

“我看他打过这一架，身上还好好的。一个伤痕也没有，是吧？”

“没有，他身上一个伤痕也没有。”

“得要一条非常伶俐的狗，才能够跟一只熊打架，身上一处都没有被抓伤。”

辨尼使劲吸着他的烟斗。

莱姆站起来走到他跟前，高高地矗立在他面前。他捏得手指上的关节格格作响。他流着汗。

“我要两样东西，”他沙嗄地说，“我要你弄死老八字脚的时候，也有我一手。还有，我要那边那只狗。”

“嗳呀，不行，”辨尼温和地说，“我不能把他换给你，让你上当。”

“对我扯谎没有用的，你说你换什么东西。”

“我把老利普换给你吧。”

“你当是你狡猾得很哪，我现在就有好几只比利普好的狗。”

莱姆走到墙壁跟前，摘下一支铁钉上挂着的枪，是一支伦敦细绞牌的。双筒发出亮光。吹柄是胡桃木制，温暖而亮莹莹的。那双重的撞针非常灵活。装配的零件都雕刻着繁复的花纹。莱姆把它甩上去顶在他的肩膀上，瞄一瞄准。他把它递给辨尼。

“英国来的货色。从此用不着从枪口装火药了。你自己把子弹装进去，就像吐口痰一样地便当。把你的子弹搁进去——把她关上——把她扳上扳机——砰！砰！连发两响。射得像一只老鹰飞得一样准。平换。”

“嗳呀，不行，”辨尼说，“这儿这支枪是值钱的东西。”

“老子有的是钱。你不要跟我辩。我要一只狗的时候，我就是要一只狗。你把他换这支枪，不然就要来把他偷了来。”

“唔，那么，好吧，”辨尼说，“要是这么个情形。可是你一定要当着证人答应在你带他打过猎以后，不准把我打得肚子里的饭也打了出来。”

“拉手，”一只毛茸茸的巨掌抓住辨尼的手。“到这儿来，孩子！”

莱姆向那狗吹口哨。他提着他颈上的皮，把他拎起来，领他到外面去，仿佛就连现在都怕失去了他。

辨尼坐在椅子上摇来摇去。他毫不在意地把那支枪横放在膝盖上。乔弟眼睁睁望着那完美的枪，眼睛一刻也离不开它。他心里充满了敬畏之意，因为他父亲与一个傅赖司忒家的人斗智，竟得胜了。他想莱姆不知道可会守约。物物交易的繁复之点，他也曾经听人说过，但是他从来没想到，一个人只要用这简单的方法——告诉别人实话，就可以占那人的便宜。

谈话一直谈到下午。柏克把辨尼的旧枪收了一收紧，他认为现在可以用了，不至于出事。傅赖司忒家的人不忙，没有事做。说了好些故事，称道老八字脚多么机警；也提到在他之前的别的熊；但是从没有一只像他这样聪明的。仔细描写从前打猎的情形。二十年前死去的狗，他们都叫得出他的名字，说得出他的作为。草翅膀渐渐对于这些感到厌倦了，要到池塘那里去钓鲦鱼。但是乔弟舍不得离开这里，他爱听他们说老故事。最后辨尼伸了个懒腰，站了起来。他说，“谈得有趣，我真不愿意走。”

“你在这儿过夜。我们去捉狐狸。”

“谢谢你，可是我那儿没有男人，不放心。”

草翅膀扯扯他的手臂。

“让乔弟住在我这儿。我那些东西他还没有看见一半呢。”

柏克说，“让这孩子住在这儿吧，辨尼。我明天得要到伏卢西亚去。我骑着马把他带到你那儿去。”

“他的妈要闹了。”辨尼说。

“妈最会这一手，对不对，乔弟？”

“爸，我要是能住下来我觉得非常有面子。我长久没有玩过了。”

“自从前天起，一直没有玩过。好，那么，住下来吧，如果这些人一定欢迎你。莱姆，你要是试过了那条狗，要是那时候柏克还没把这孩子送回来给我，你可不要把他杀了。”

他们哈哈大笑。辨尼把那新枪与他的旧枪一同扛在肩上，去把他的马牵出来。乔弟跟在后面。他伸出一只手去抚摸着那光滑的枪。

“如果不是莱姆，不论是世界上随便那一个人，”辨尼喃喃地说，“我都不好意思把它带回家去。自从莱姆给我取了名字，我就少欠他这一着，得要占他一个便宜。”

“你告诉他的都是实话。”

“我的话是率直的，但是我心里的打算就像奥克拉哇哈河一样地弯弯曲曲。”

“他知道了以后他会怎么样？”

“他起初一定想把我撕了。可是在这以后他会笑起来的。再会，孩子，明儿见。你要好好的。”

傅赖司忒家的人跟在后面送他。乔弟向他父亲挥手，有一种新的孤独的感觉。他几乎想喊他回来；追上去，爬到马鞍上，和他一同骑马回家，回到那块安适的开垦出的土地上。

草翅膀喊着，“那浣熊在一滩水里摸鱼，乔弟！来看！”

他跑去看那浣熊。它在一个小坑里划着水，用它那像人的手捞摸着，找寻一些什么，它只有从它的本能上可以知道水里有这样东西。他与草翅膀与浣熊一起玩着，消磨掉这一个下午剩下的时间。他帮着把松鼠的盒子打扫干净，给一只瘸腿的红鸟造了一只笼子。乔弟重又渴望着要一个他自己的东西。草翅膀肯把那只松鼠给他，他相信他连那只小浣熊都肯给他。但是他从过去的经验上知道，他不应当惹得他的母亲生气，给家里添上一张嘴吃饭，不管是多么小的嘴。

他们往回走，向小屋走来。傅赖司忒家的人散布出去了，在他们田地上做工，悠闲地，从容地。这里除了暴行之外，也有舒适与丰裕。他们人手多。辨尼·白克士忒一个人单独种一块地，差不多和他们的一样大。乔弟想到他丢在那里没有锄的一排玉蜀黍，觉得很惭愧。但是辨尼不会不高兴替他做完。

太阳在西边通红的，黑暗来得很快，因为那些常青橡树把光遮住了，在白克士忒家开垦出的土地上，一定还是亮的。那些弟兄们一个个排队走进小屋里。

晚饭后，傅赖司忒家的人吸着烟，谈论着马匹。乔弟与草翅膀对于这谈话失去了兴趣，到一个角落去玩掷刀游戏。白克士忒妈妈决不肯让他们把小刀投掷到她清洁光滑的地板上。在这里，木头多裂开几片，少裂开几片，也没有什么分别。乔弟玩着这游戏，忽然坐直了身子。

“我知道一件事，我可以打赌你一定不知道。”

“什么事？”

“从前西班牙人常常经过那矮树林，就在我们大门口。”

“这个我知道。”草翅膀躬着背凑近些，开始兴奋地轻声说，“我看见过他们。”

乔弟瞪着眼向他望着。

“你看见什么？”

“我看见过那些西班牙人。他们很高很黑，戴着亮晶晶的头盔，他们骑着黑马。”

“你看不见他们的。一个也没剩下来。他们早走了，就像印第安人一样。”

草翅膀精明地闭上一只眼睛。

“这是人家这样告诉你的。你听我说。下次你到你们那水潭西边去——你知道那大玉兰树？四面都是山茱萸？你到那玉兰树背后去看，总有一个西班牙人骑着黑马经过那棵玉兰树。”乔弟颈上的毛发直竖起来。当然这仅只是草翅膀编的故事。他父亲和母亲所以总说草翅膀是疯癫的。但是他非常希望他能相信它。去到那玉兰树背后看看，至少没有妨碍。

傅赖司忒家的人伸伸懒腰，有的敲敲烟斗，有的把嘴里嚼的烟草吐出来。他们到他们卧室里去，褪下背带，把裤子松下来。草翅膀把乔弟领到他自己的床上，在一个棚屋式的房间里，在厨房的屋檐下。

“枕头给你枕。”他告诉他。

乔弟想他母亲不知道会不会问他洗了脚没有。他没有洗脚就滚到床上去，心里想着，傅赖司忒家的人生活得多么自由。草翅膀开始说一个荒唐的故事，关于天涯海角，世界的尽头。那是空洞而黑暗的，他说，只有云，可以骑在上面。乔弟起初感到兴趣。然后那故事变得沉闷而散漫。他睡着了，梦见西班牙人，骑着云，不是骑马。

八

奇怪，乔弟想，他每次离开了那块开垦出来的土地，又回家来的时候，他总注意到以前从来没注意过的东西。而这些东西都是一直在那里的。嫩桑葚一球球地生在树枝上，而他到傅赖司忒家去之前他看都没看见它们。那“斯卡巴浓”葡萄藤，他母亲在卡罗兰纳州的亲属送给他们的，初次开了花了，纤细的花，像缕轻纱似的。金色的野蜂找到了它的香气，头朝下颠倒站着，狂饮着它稀薄的蜜汁。

柴箱里的柴快用完了，乔弟懒洋洋地在外面劈柴，去装满它。他很有工作的兴致，但是必须是一种什么温和的从容不迫的工作。他慢吞吞地出去了两趟，去装满那柴箱。老裘丽亚挣扎着走来走去寻找辨尼。乔弟弯下腰来抚摸她的头。这块开垦出的土地上充满了一种健康愉快的感觉，她仿佛也有同感；或者她也许是明白她又可以多活些时了，可以在泥沼与矮树林与高地上奔跑着。她摇着她的长尾巴，静静地站在那里让他抚弄着她。乔弟看见他父亲，穿过那条路，从马厩与田地向房屋这边走来。他拎着一样奇异的物件。他向乔弟喊着。

“我捉到一个非常古怪的东西。”

乔弟向他奔去。那疲软的物件是一个动物，很奇异而又熟悉。它是一只浣熊，但并不是普通的铁灰色的，而是通体奶油白色。他不能相信他的眼睛。

“它怎么是白的，爸爸？它是不是一个浣熊的老祖宗？”

“就是这一点奇怪。浣熊从来不活到头发白。不是的，这是一种稀罕的东西，书上叫作‘天老儿’。生出来就是白的。还有，你看，尾巴上这些圆圈，应当是深色的，竟也是奶油色的。”

他们蹲在沙上，检验那浣熊。

“它是不是在捕机里，爸？”

“在捕机里。受了重伤但是并没有死。说老实话，我刚才真不愿意杀它。”

乔弟惘然若失，因为他没有看见那活着的白浣熊。

“让我来抱它，爸。”

他把那死兽抱在他怀里。那淡白的毛皮仿佛特别柔软。肚子上的毛像新孵出的小鸡的绒毛样柔软。他抚摸着它。

“爸，可惜我没赶得上趁它小的时候把它捉了来，养大它。”

“养着它玩，这东西倒是真漂亮，不过它大概也跟任何别的浣熊一样刁恶。”

他们在大门口转了个弯走进去，沿着房屋的一边绕到厨房那里。

“草翅膀说他那些浣熊没有一只是特别刁恶的。”

“是的，可是一个傅赖司忒家的人就是给咬了一口，也差不多觉都不觉得。”

“大概他会马上还咬一口，是不是，爸？”

他们同声笑了，描画着他们那些邻居。白克士忒妈妈在门口迎接他们。她看见那动物，脸上现出喜色来。

“你捉到了他。好极了。就是他在那里偷我的鸡。”

“可是妈，”乔弟抗议，“你看他。他是白的。他是个稀罕东西。”

“他一直是个偷东西的害人精，”她冷淡地说，‘这皮子比普通的值钱些吗？”

乔弟望着他父亲。辨尼正钻在水盆里洗脸。他在肥皂沫里睁开一只明亮的眼睛，向他儿子眨了眨眼。

“大概连五分钱都不值，”他不经意地说，“乔弟在那里想要一只小背包。让他用掉这块皮子也好。”

能够有一只活的白浣熊固然最好，次之，用那柔软的奇异的皮子做一只背包，那也再好没有了。乔弟脑子里尽想着这件事。他吃不下早饭。他想要表示他的感激。

“我可以把水槽收拾干净，爸。”他说。

辨尼点点头。

“我老是每年都指望着，那一年春天去雇个掘深井的人。那么那些水槽就是积满了垃圾也随它去。可是砖头非常贵。”

“我都不能想像，不省水是什么样子，”白克士忒妈妈说，“我省水省了二十年了。”

“你耐心点，乔弟妈。”辨尼说。

他的脸深深地皱了起来。乔弟知道缺水对于他父亲是很大的磨难，他为了这件事比他们母子更吃苦。劈柴归乔弟负责，然而是辨尼自己把那牛轭挂在他狭窄的双肩上，把那两只用丝杉树砍出的大桶挂在两头，沿着那沙路上下跋涉着，从垦地到水潭，那里仅只靠地底沁出的水，造成了水塘，水是琥珀色的，因为里面有树叶霉菌，可以经过沙滤的。仿佛那劳作是辨尼向他的家庭道歉的表示，因为他在这样干燥的土地上建立家庭，而距离这里没有多少里远，就有小溪，小河，与好井。乔弟初次感到奇异，不知道他父亲为什么拣中这地方住家。他想到那水潭峻峭的一面需要清除的几个小池，他几乎希望他们住在河边。然而这开垦出的土地，这高松的岛屿，就是整个的世界。别处的生活只是人家说的一个故事，就像奥利佛·赫托说到非洲与中国与康涅狄克州。

他站起来，缓缓地走到门口。

辨尼说，“你快点到水潭那里去，孩子，等我把你的浣熊皮剥了下来，我也会跟了来的。”

天气晴朗，风很大。乔弟到房屋后面的棚屋里去拿了一柄掘地的锄头，向路上漫步走去。

世界的尽头，他想，一定是像那水潭。草翅膀说它是空洞而黑暗的，只有云可骑。但是没有一个人知道。走到那里，一定有一种感觉，就像走到这水潭边缘上一样。乔弟想，但愿他是第一个人发现它。

一个小世界躺在他脚边。它是深深凹进去的，像一只巨大的碗。有时候一个陷进去的洞只有几呎深，几呎阔。白克士忒的水潭有六十呎深，而且那样阔，辨尼那支旧枪从这边岸上都打不到对岸的一只松鼠。乔弟向里面瞪视着，觉得这水潭的形成，虽然是真实的事，比草翅膀的故事还要奇幻。

乔弟望下去，看到一个巨大的杯形的花园，长着羽毛似的绿叶，阴凉，湿润，神秘。

通到洞底的一条小路从西岸下去的。一年年被辨尼·白克士忒的脚踏着，牵着他的牲口去饮水。使这条小路深深蚀到沙与石灰石里面。天气最干燥的时候地底都不停地沁出水来，从岸上淋下来，聚积在洞底，成为一个浅浅的池塘。这是死水，而且各种动物都来饮水，来来去去，使它混浊不清。只有辨尼的猪喝那水，在里面打滚。辨尼另有一个巧妙的装置，供给别的牲口，与他自己家庭的用水。在东岸上，也就是小径的对岸上，他在那一层层的石灰石里面开凿出一连几只石槽，来承受那沁出来滤过的水。最下面的石槽，离水塘底有人肩高，他把母牛与小牛带到这里来喝水，还有他的马。他年轻的时候，曾经把那两条替他开垦土地的奶油色公牛牵到这里来。比这里高几码的地方，他凿出两只较深的石槽。他的妻把她的木板与捣衣杵带到这里来洗衣裳。

最后，高高地在那牲口槽与洗衣槽之上，躺着一只深而窄的槽，贮积的水专门供给他们自己喝与烹调。上面的岸那样峻峭，没有较大的野兽来骚扰那水。

乔弟一颠一颠走下那条小路，用锄头支撑着，路太险峻。走下去永远使他兴奋。一步一步，四面的岸升到他上面去。一步一步，他经过许多树梢。一阵微风涡漩着吹进那绿碗，搅起一重重凉爽波浪。树叶把它们的瘦手招动着。羊齿草在地下俯伏片刻。一只红鸟在那大洞上面飞了过去，划着一条弧线。它转过来往下飞，落到水塘里，像一片鲜艳的落叶。它看见了那孩子，呼呼拍着翅膀升上去，飞去了。乔弟跪在池边。

这男孩感到一种孤独，而并不是寂寞。他决定等他长大之后他要给他自己造一座小房子在池边。野兽对那房子会渐渐感到习惯的，在有月亮的晚上他可以从窗户里望出去，看它们喝水。

他穿过那洞底的平地，爬上几呎，爬到那牲口槽边。很不顺手——把那掘地的锄头从他肩上锄下来，挖掘那水槽。他丢掉了它，用他的两只手来做这件工作。累积的落叶与沙，留下了厚厚的一层。他用力挖着，刮着，直到那石灰石水槽成为洁白的。他满意地离开了它，移到高些的地方，去做那更费力的工作——擦洗那较大的洗衣槽。

他来到那最高的一只饮水槽边的时候，已经疲倦了。坡斜得这样厉害，他把他的肚子平贴在岸上，只要低下头去就可以喝到水，像一只小鹿一样。他用舌头沿着那水槽上上下下舐着。他把整个的脸埋在水里。他把脸转侧着，先是这边脸被水冲洗着，浸得冰凉的，然后是那边脸。他倒站在水槽里，全身的重量都撑在两只手掌上。他想着他能够迸住气多久。他吹水泡。他听见父亲的声音在洞底说话。

"孩子，怎么你觉得这水这样好？把水搁在脸盆里，你就好像怕见了它。"

他回过头来，湿淋淋地。

"爸，我一点也没听见你来。"

辨尼上岸去，检验那几只较低的水槽。他点点头。他倚在那洗衣槽的边缘上，把一根小树枝放在嘴里咀嚼着。

"我说老实话，"他说，"你妈说'二十年'，真让我吓了一跳。我就是从来没有坐下来算一算时光。这些个年月在我旁边溜过去一年一年，我也没有留神，也没去数它们。每年春天，我总是盘算着要给你妈挖一口井。可是到了后来，我不是缺一条公牛就是那母牛掉到泥沼里死了，或是又有个孩子死了，我也没心肠去挖井了，又要付药钱。砖头贵得这样厉害——从前我有一次动手挖，挖到三十呎还没有水，我就知道我这个苦是白吃了。可是叫随便那个女人在一个沁水的山坡上洗衣裳，一洗洗了二十年，未免太长了。”

乔弟严肃地听着。

他说，“将来有一天我总会给她一个井。”

“二十年，”辨尼又重复了一遍，“可是永远有桩什么事情打搅着。又打仗了——后来那块地又得要重新开垦过。”

他站在那里，倚在水槽上，回顾过去的年月。

“我刚到这里来的时候，”他说，“我拣中了这地方，到这里来的时候，我指望着——”

今天早上的问句又到乔弟脑子里来了。

“你怎么样拣中它的，爸？”

“呃，我拣中了它因为——”他的脸皱了起来，他心里在寻找字句。“我就是一心想要安静，没有别的。”

九

是小鹿生下来的时候了。乔弟在矮树林里看到它们的小尖蹄子纤纤的足迹。他无论到那里去，到水潭去，到田地南面的橡树那里，到捕机那里——辨尼不得不布下一些捕机，防备野兽侵袭——他走路的时候总把眼睛盯在地下，留神看着有没有它们来去的迹象。母鹿的较大的蹄印往往走在它们前面。但是母鹿是谨慎的。常常有时候母鹿的印子在一个地方，显得母亲单独在那里吃东西，而那逡巡的小鹿的印子却离那里相当远，是母亲把婴儿丢在那草木浓密，比较安全的地方。常常有一对孪生的小鹿。当乔弟找到那双行的足迹的时候，他几乎抑制不住自己了。

每逢这时候他总是想，"我可以留一只给妈妈，我自己要一只。"

有一次晚上他向他母亲提起这件事。

"妈，我们的牛奶很多。我弄一只小鹿来养着玩，不行么？一只花点子的小鹿，妈。不行么？"

"当然不行。你是什么意思，牛奶很多？天天没有一滴剩下来。"

"它可以吃我的牛奶。"

"嗳，把那该死的小鹿养胖了，你倒长不高。我们大家都已经忙得要死在这里，你怎么想起来的，要弄那样一个东西来，一天到晚在这里咪咪叫着。"

"我想要一只。我想要一只浣熊，可是我知道浣熊大了就爱捣乱。我要是有一只小熊，我一定非常喜欢它，不过我知道熊常常总是很刁。我就是想要一样东西整个是我自己的。一样东西跟着我，是我的。"他挣扎着找适当的词句。"我要一样倚靠我的东西。"

他母亲鼻管里哼了一声。

"呵，那你是在那里也找不到的。无论在畜生的世界里还是在人的世界里。哪，乔弟，我不打算让你尽搅扰着我。你再说一个字，'小鹿'或是'浣熊'，或是'小熊'，看我不打你一顿。"

辨尼坐在他那角落里安静地听着。

第二天早晨，他说，"我们今天去捉一只公鹿来，乔弟。多半我们会找到一只小鹿在那里睡觉。看见野的小鹿也差不多和养在家里一样地有趣。”

辨尼吹着口哨把利普与老裘丽亚叫了来。男子与小孩与猎狗在上午十点钟前后一同出发了。那五月天是温暖而郁闷的。太阳穿过矮树林，热烘烘地照下来。矮橡树的小而硬的树叶像一只只扁锅，盛着那热气。热沙隔着乔弟的牛皮鞋烧他的脚。天气虽然热，辨尼走得很快。乔弟几乎跟不上他。裘丽亚缓缓跳跃着走在前面。还没有鹿的气味，辨尼一度停下来，瞪着眼向地平线上四面望着。

乔弟问，“你看见了什么，爸？”

“没有什么，孩子，简直什么都没有看见。”

在开垦出的土地东面一英里远的地方，他换了个方向。突然有许多鹿的足迹，辨尼仔细看着它们，看大小，雌雄，与足迹的新旧。

“这里有两只大公鹿一块儿走着，”他终于说，“它们在天亮以前到这儿来的。”

“你看脚印怎么看得出这些？”

“没有别的，就是看惯了。”

乔弟看这些足迹与其他的有些足迹，看不出多少分别来。辨尼弯下腰去用他的手指跟着这些印子划着。

“哪，你知道母鹿和公鹿的分别。母鹿的足迹是又尖又细的。除了这个，人人都可以看出一道足迹是不是新鲜的，因为旧的足迹有沙吹到它里面去。还有你要留神看，一只鹿跑的时候他的脚趾是张开的。他走路的时候脚趾是并在一起的。”他向猎狗指出那新鲜的足迹，“来，裘丽亚，去捉他！”

裘丽亚把她的长鼻子低下去嗅着那道足迹。它从矮树林里出来，通到一片空旷的地域，全是些平地，生着苦莓。平地走完了，有一片阴凉的松林，走进去心神一爽。

这一对鹿并排走着，离得很近。真奇怪，乔弟想，公鹿在春天与夏天能够这样友善。然后当它们的角长出来了，它们开始追逐母鹿，它们就会把小鹿从母鹿身边赶开，猛烈地战斗。一只公鹿比另一只大些。

“那里的一只大得可以骑了。”辨尼说。

一片高地连着那松林。毒狗草在这里密密地生着，高高举起它们的黄色的钟形的花。辨尼细看这里的繁多的足迹。他拉开一枝野葡萄藤。

那响尾蛇从葡萄藤下钻出来咬了他一下，陡不及防地。乔弟看见那一闪，像一个影子一样地模糊，比一只燕子还要迅疾，比一只熊抓人的爪子还要准确。他看见他父亲挨了那有力的一击，踉跄倒退着。他也想要向后退。他想要竭力大声喊叫。他木立在沙上一点声音也发不出来。

辨尼叫喊着，“退后！拉住了狗！”

那声音解放了他。他退到后面去，抓住两只狗，握着他们颈上的皮，他看见那斑斑点点的影子举起它平扁的头，高齐膝盖。那头左右摇摆着，跟随着他父亲的缓慢的动作。他听见那尾巴上的响环呼呼作声。两只狗也听见了。他们喘着气。他们身上的毛都直竖起来。老裘丽亚哀鸣着，挣脱了他的手。她转过身来，夹着尾巴沿着小路走下去。利普站起来，立在后腿上吠叫着。

缓慢地，像一个人在梦中，辨尼一步步倒退着。蛇尾巴的响环嘎嘎作声。辨尼举起枪来搁在肩膀上，开了一枪。乔弟颤抖了。那响尾蛇盘了起来，在它的痉挛中扭来扭去。辨尼转过身来向他的儿子瞪视着。

他说，“他咬了我了。”

他举起他的右臂，张着嘴向它凝视。他的嘴唇干燥地贴在牙仁上。他的喉咙摇动着。他呆呆地看着肌肉上刺穿的两个小孔。每一个孔里缓缓流出一滴血来。

他说，“他是条大的。”

他停止瞪视，抬起头来，他的脸色像山胡桃木烧的灰。

他说，“死神总有一天要抓到我。”

他突兀地转过身来，开始冲出那矮树林，向那开垦出的土地前进。他盲目地向家中走去，走一条直线。他冲过矮橡树林，苦莓树林，扁形叶矮棕榈林。乔弟喘息着跟在他后面。突然，那浓密的丛林走完了。一片较高的橡树林荫蔽着一块空地。

辨尼忽然站住了脚。前面有一阵骚动。一只母鹿跳了起来。辨尼深深透了口气，仿佛为了某种原因，呼吸不那么困难了。他举起他的鸟枪，向母鹿的头瞄准。乔弟脑子里掠过一种思想；他父亲疯了，这时候不是停下来打猎的时候。辨尼开枪了。那母鹿翻了个斤斗，落到沙上，稍稍踢了几下，就躺着不动了。辨尼奔到尸体那里，把他的刀从鞘里拔出来。现在乔弟知道他父亲是发了疯了。辨尼没有割开那死鹿的喉管，却剖开那肚子。他把那尸身完全劈开来，心脏还在跳动，辨尼把肝割下来。他跪在那里，把刀换到左手。他翻过左臂来，又向那两只小孔瞪视着。它们现在闭了起来了。下面的一截手臂肿得很粗，渐渐发黑了。他额上沁出一粒粒汗珠。他很快地割开那创口。一股深色的血涌了出来。他把那温暖的肝压在那裂口上。

他把声音捺得低低地说，“我可以觉得它在那里吸着我！——”

他压得更紧些。他把那块肉拿开了，看看它。它是一种毒性的绿色。他把它翻过来。把那新鲜的一面贴上去。

他说，“给我把那心割一块下来。”

乔弟从他的瘫痪状态中跳了出来。他笨拙地运用那把小刀。他乱切着，割下一部份。

辨尼说，“还要一块。”

他把那块鹿心贴在他臂上，换了一块又一块。

他说，“把刀递给我。”

他在他手臂上比较上面的地方又割开一道口子，在那发黑的肿起的一块肿得最高的地方。乔弟叫喊起来。

“爸！你会流血流死的！”

“我宁可流血太多送了命，不愿意混身发肿。我看见过一个人死——”

他把鹿肉拿开的时候，它不复是绿色的了。那母鹿的肉体的温暖的生命力在死亡中渐渐凝固起来。他站了起来。

他安静地说，“我再治它也只有这样了。我回家去了。你到傅赖司忒家去，叫他们骑马到小河那里把威尔逊医生请来。”

他转过身去，循着那人们脚步践踏出的小径前进。乔弟跟在后面。他在他肩膀后面听见一阵轻微的悉悉声。他回过头去看。一只花点子的小鹿站在那里，从空地的边缘向外张望着，摇摇幌幌站立不稳。它黝暗的眼睛睁得很大，很惊奇似地。

他喊着，“爸！那母鹿有一只小鹿。”

“对不起，孩子。我没有办法。走吧。”

他非常替那小鹿感到痛苦。他迟疑着。它把它那小小的头向后一仰，感到困惑似地。它摇摇幌幌地走到母鹿的尸身那里，俯身去嗅。它咪咪叫着。

辨尼喊着，“不要站在那里不动，孩子。”

乔弟奔跑着追上去。辨尼在路上停了一会。

“喊一个人走这条路到我们那里去，把我扛回去，万一我要是走不到家。快点。”

他想像到他父亲的身体肿涨着倒在路上，那恐怖像一阵狂潮一样地冲洗着他全身。他开始奔跑了。他父亲在那里艰难地一步步走着，怀着一种缓慢的绝望，向白克士忒岛走去。

乔弟沿着大路跑到傅赖司忒岛。他的腿移动着，但是他的精神与身体仿佛悬挂在两条腿上面，像一只空盒子架在两只车轮上。他脚底下的路是个踏车。他两只腿一上一下蹬着，但是他似乎一次又一次地经过同样的大树与矮树。

他到了那岛屿的高树林前面，那些树使他吃了一惊，因为它们表示他现在离目的地这样近了。他活过来了，他觉得害怕。他害怕，但是他可以向他的朋友草翅膀呼喊。他的朋友会听见他，会走上来，他想到他的朋友的眼睛，那眼睛是温柔的，代他感到悲伤，他想到这里心里就舒服了些。他深深地吸进一口气，沿着橡树下的小径狂奔过去。

他大声喊着，“草翅膀！草翅膀！是乔弟！”

在一刹那间他的朋友就会来到他跟前，从房屋里出来，在那摇摇幌幌的台阶上匍匐着爬下来，他一匆忙起来，就必须要这样。或者他会从矮树丛中出现，后面跟着那浣熊。

“草翅膀！是我！”

没有人回答。他跑进那打扫干净的沙土院子里。

“草翅膀！”

房屋里很早地已经点上了一盏灯。烟囱里冒出一袅炊烟。门与百叶窗都关上了，防蚊子进去，同时也防御黑夜。门开了。在门内的灯光里，他看见傅赖司忒家的男子们站了起来，一个跟着一个，就像树林里的大树把它们的根拔了出来，抬起头来向他那边移动着。他突然站住了。莱姆·傅赖司忒走上前来站到台阶上。

“你不能进去看他。”

这太使人不能忍受了。乔弟放声哭了起来。

他抽噎着，“爸——他给蛇咬了。”

傅赖司忒家的人从台阶上下来，围绕着他。他大声抽噎着，因为他怜悯自己也怜悯他父亲，也因为他终于到了这里了，他出发去做一件事已经做完了。

白克士忒家的小屋点着许多蜡烛，很明亮。乔弟不敢问他们那问题。他走到他父亲的寝室里。他母亲坐在这边床沿上，威尔逊医生坐在那边床沿上。辨尼的脸是黝暗肿涨的。他的呼吸重滞。乔弟仿佛觉得全靠他守夜。如果他撑着不睡，与那苦痛的睡眠着的人同时努力呼吸，与他一同呼吸，替他呼吸，他就可以使他活下去。他深深地吸进一口气，与他父亲吸得一样深。这使他眩晕。他头脑里轻飘飘的，而他的肚子是空的。他知道他要是吃了东西会觉得好些，但是他咽不下去。他在地板上坐下来，把他的头靠在床边上。他开始回想这一天的经过，好像他在一条路上倒退着走。他不由得感觉到他在这里，在他父亲身边，是比较安全的。他省悟到有许多事情如果单独遭遇到，都是可怕的，而他与辨尼在一起的时候并不可怕。只有那响尾蛇一点也没有失去它的恐怖性。

他回忆到那三角形的头，它袭击起人来那电光似的一闪，随后它又平静下来，缩为机敏的一盘盘。他毛发悚然起来。他似乎觉得他在树林里再也不能感到安心了。他回忆到他父亲怎样冷静地开了一枪，与那两只狗的恐惧。他回忆到那母鹿。与她那暖烘烘的肉贴在他父亲的伤口上，那恐怖性。他记起了那小鹿。他坐直了身子。那小鹿今天夜里是孤独的，也像他过去曾经感觉到的一样孤独。这可能使他失去父亲的灾祸，使它成为孤儿。它躺在那里，饥饿困惑，贴近它母亲残害的身躯，等候着那僵硬的形体站起来给它温暖，食物，与舒适。他把他的脸压在那挂下来的床单上，辛酸地哭泣着。他恨一切死亡，怜悯一切孤独，那恨与怜悯撕裂了他的心。

有他父亲在他身旁，他与一窠响尾蛇战斗。它们在他脚上爬过，拖着它们尾上的响环。轻轻地发出喋喋的声音。那一窠蛇化成一条蛇，硕大无朋的，向他这边移过来，与他的脸一样高。它袭击了他，他极力想要尖声叫喊，但是喊不出。他四面望着找父亲，他躺在响尾蛇下面，张开眼睛向着黝黑的天空，他的身体肿得像一只熊一样大，他死了。乔弟开始向后退，离开那条响尾蛇，一步一步地来，每一步都是苦痛的。他的脚胶黏在地下。那蛇突然消失了，他独自站在一个巨大的，风萧萧的地方，把那小鹿抱在怀里。辨尼去了，一种悲伤的感觉充满了他，他以为他的心要碎了。他醒了，抽噎着。

他在那硬地板上坐了起来。那开垦出的土地上渐渐天明了。一种苍白的光一条条躺在松林那一边。他急急地爬起来看他父亲。

辨尼呼吸得比较舒畅了。他身上仍旧肿着，发着热，但是他看上去并不比那次野蜜蜂叮了他的时候更坏。白克士忒妈妈睡熟在她的摇椅上，她的头向后仰着，仰得非常高。老医生横躺在床脚上。

乔弟轻声说，“医生！”

医生咕噜了一声，抬起头来。

“什么事——什么事——什么事？”

“医生！你看爸！”

医生把身体挪了挪，撑在一只肘弯上。他眨了眨眼，揉揉眼睛。他坐了起来，他弯着腰凑到辨尼身上。

“真了不得，他过了关了。”

白克士忒妈妈说，“呃？”

她毕直地坐起来。

“他死了？”

“没有，差得远呢。”

她失声哭了起来。

医生说，“听起来就像是你反更觉得难受似的。”

她说，“你不知道，他要是撇下了我们，该多么苦！”

乔弟从来没听见她的语气这样温柔。

医生说，“咦，你这里不是还有一个男人。哪，你看乔弟，够大了，可以犁田，割稻，打猎。”

她说，“乔弟不坏，但是他不过是个孩子。一天到晚什么都不想，就想在外面乱跑，就想玩。”

他垂下头来，这是真的。

她说，“他爸鼓励他偷懒。”

医生说，“唔，孩子，你应当高兴，有人鼓励你。我们大都活了一辈子也没有人鼓励我们。哪，太太，等他醒来的时候，我们来给这家伙灌点牛奶下去。”

乔弟急切地说，“我去挤奶，妈。”

他经过前面的一间房。柏克·傅赖司忒在地板上坐起来了，惺忪地揉擦着他的头。磨坊轮还在睡着。

乔弟说，“医生说爸过了关了。”

“该死，我真想不到。我醒了过来，正想着我去帮着葬他。”

乔弟沿着房屋绕过去，把盛牛乳的葫芦瓢从墙上摘下来，他觉得他和葫芦瓢一样轻。他觉得他可以张开两臂，从大门上面飘过去，像一根羽毛一样。早晨是寂静的，有一阵轻风在高高的松树梢上微微地振动着。初升的太阳把一根根长手指伸进那块开垦出的土地。他打开院门，门闩格格一响，许多鸽子从松树里飞出来。翅膀嘘嘘作声。

他狂喜地在它们后面叫着，“嗨，鸽子！”

屈克西听见他的声音，叫起来了。他爬到阁楼上去替她拿干草。她真是有耐心，他想，给她吃这样坏的东西，而她以她的乳还报他们。他又想起那小鹿，今天早上它一定饿急了。他想它不知道可会去试着吮吸那母鹿的冷乳头。那死鹿剖开的肉会吸引狼群，也许它们已经找到了那小鹿，把它柔软的身体撕得粉碎。他早晨因为他父亲活着而感到的喜悦，现在阴暗下来了。

他母亲接过那装牛奶的葫芦瓢，她滤过那牛奶，倒出满满一杯拿到病人的房间里。他跟在她后面。辨尼醒着在那里，他软弱地微笑着。

他用重浊的声音低低地说，“老死神还得再等一会才能把我弄到手。”

医生说，“你这汉子，你一定是响尾蛇的亲戚。你怎样能办到的，我真不知道。”

柏克与磨坊轮走进房来，他们露出牙齿笑着。

柏克说，“你可不漂亮，辨尼，可是你是活的。”

医生把牛奶凑在辨尼唇上，他干渴地吞咽着。

医生说，“我不能说我有多大功劳，救活了你。你不过是时候还没到，死不了。”

辨尼闭起他的眼睛。

他说，“我可以连睡一星期。”

医生说，“我就是要你这样做，我也没有别的更好的办法了。”

他站了起来，把两条腿舒展了一下。

白克士忒妈妈说，“他睡着，谁去种田呢？”

柏克说，“他有什么非做不可的事？”

“顶要紧的是那老玉米，得要再耕一遍。那洋山芋得要锄，可是乔弟锄得非常好，只要他肯一个劲地做下去。”

“我一定一个劲，妈。”

柏克说，“我在这儿住下来，耕那老玉米什么的。”

她慌乱起来。

她僵硬地说，“我真不愿意受你的恩。”

“哪，太太，我们并没有多少人在这一带地方混饭吃。我要是不住下来，我这人太没有义气了。”

她温顺地说，“我真是感激。要是老玉米收成不好，我们三个人还不如统统给蛇咬死了，也是一样的。”

乔弟觉得这一顿早饭很值得骄傲。没有像傅赖司忒家那么多的不同的食品，但是每一种都份量充足。男子们贪馋地吃着。乔弟让他的思想又漂浮着回到那小鹿身上，他无法禁止自己想到它。它站在他思想背后，挨得那样近，就像他把它抱在怀里那样亲近——在他的梦中。他从桌子前面溜下来，走到他父亲床边。辨尼躺在那里休息着。他的眼睛张开着，很清明。

乔弟说，“你好些了吗，爸？”

“好得很，孩子。我觉得真得意，孩子，你那样头脑清楚该怎么着就怎么着。”

“爸——”

“唔，孩子。”

“爸，你记得那母鹿跟那小鹿？”

“我再也忘不了它们。那可怜的母鹿救了我，这是真的。”

“爸，那小鹿也许还在那里。它饿了，大概也非常害怕。”

“我猜着也是这样。”

“爸，我差不多已经长大了，不用吃牛奶了。我出去看看，好不好，看我可找得到那小鹿。”

“把它抱回家来？”

“抱回家来养大它。”

辨尼静静地躺在那里，向天花板瞪视着。

“养大它并不费什么，爸。它没有多少时候就会学着吃叶子和橡实了。我们把它的妈妈带走了，这不怪它。”

“让它挨饿，的确像是忘恩负义，是不是？孩子，我实在硬不起心来对你说‘不’。我再也没想到今天天亮的时候我还会看见天光。”

“我能不能跟磨坊轮一块儿骑马回去，看我可找得到它？”

“你告诉你妈说我叫你去。”

他侧着身子溜着，回到桌子前面坐下来。他母亲在替每一个人倒咖啡。

他说，“妈，爸说我可以去把那小鹿领回来。”

她把那咖啡壶举在半空中。

“什么小鹿？”

“那小鹿是我们杀了的那母鹿的，杀了她用那肝吸出毒来救爸。”

她喘息着。

“可怜可怜我吧——”

“爸说让它挨饿是忘恩负义。”

威尔逊医生说，“这话有理，太太，这世界上没有一样东西是完全不要付出代价的。这孩子是对的，他爹也是对的。”

她无力地把壶放下来。

“好吧，你要是肯把你的牛奶给它——我们没有别的东西给它吃。”

“我就是这么想着。没有多少时候它就能自己找东西吃，什么都用不着了。”

男子们从桌子前面站起来。

医生说，“我料想不会有什么变化，只有进步，太太，可是如果他的情形又变坏了，反正你知道到那儿去找我。”

她说，“唔，我们该给多少钱，医生？我们马上给是给不起，可是等到秋收的时候——”

“给什么钱？我什么事也没有做。我还没到这儿，他已经出险了。我住了一晚上，吃了一顿好早饭。等你们的甘蔗磨了出来的时候，送一点糖浆给我。”

“你真是个好人，医生。我们一直在这儿苦扒苦挣，苦得那样，我真是不知道天下能够有这样好的人！”

“不要说这样的话，女人。你这儿就有个好男人。别人为什么不对他好呢？给辨尼多吃牛奶，他肯吃多少就吃多少。这以后再给他吃青菜和新鲜肉，要是你能够弄到新鲜肉的话。”

柏克说，“我跟乔弟会照应他的。”

磨坊轮说，“来来，孩子。我们得要骑着马走了。”

白克士忒妈妈焦虑地问，“你不会去得太久吧？”

乔弟说，“我晚饭前一定会回来的。”

“我猜你根本就不会回来，”她说，“要不是为了吃晚饭。”

医生说，“好是男人的天性，太太。有三样东西使一个男人回家来——他的床，他的女人，跟他的晚饭。”

柏克与磨坊轮格格地大笑起来。医生一眼看见那奶油色的浣熊皮背囊。

“这玩意儿真俊！我要是有这么个东西装药多么好！”

乔弟从来没有过一样东西是值得送人的。他把它从钉上拿下来，放在医生手里。

“这是我的，”他说，“送给你。”

“呀，我不能抢你的东西，孩子。”

“我用不着它，”他高傲地说，“我可以给我自己再弄一只。”

“那么我谢谢你。每次我出门去，我总会想着，‘谢谢你，乔弟·白克士忒。’”

他很得意，因为老医生这样高兴。他们出去给马饮水，把白克士忒家的马厩中贮藏着的稀少的干草拿出来喂它们。

柏克对乔弟说，“你们白克士忒家刚刚够过，一点都没有剩下，是不是？”

医生说，“他们人手少，样样事都得要白克士忒自己一个人做。等这孩子大些了，他们就要富裕起来了。”

磨坊轮跨上他的马，把乔弟拉上来，骑在他背后。医生也上了马，转过来朝另一方向驰去。乔弟向他挥着手，他的心是轻松的。

他向磨坊轮说，“你想那小鹿还在那里吗？你肯不肯帮我找他？”

“我们会找到他的，只要他还活着。你怎么知道它是雄的？”

“那花点子全在一条线上。在一只雌的小鹿身上，爸说那些点子总是东一条西一条的。”

“那就是它的雌性。”

“你是什么意思？”

“咳，雌的总是靠不住的。”

磨坊轮在马的胁部拍打了一下，那匹马开始疾走起来。

乔弟说，“告诉我草翅膀怎么了。他是真的病了么？”

“他完全是病了。他不像我们别的弟兄，他什么人都不像。仿佛他喝的是空气，不是喝水；吃的是野鸟野兽的东西，不是吃腌肉。”

“他看得见不实在的东西，是不是？西班牙人和类似的东西。”

“是的，可是——该死——有时候他真能够让你觉得他当真看见它们。哪，你想到那一个地段去找那小鹿？这条路上树越长越密了。”

乔弟突然不愿意要磨坊轮与他在一起。如果那小鹿是死了，或是找不到了，他不能让别人看出他的失望。而如果那小鹿是在那里，那会晤将是那样可爱，那样秘密的，他不能忍受与别人分享它。

他说，“离这儿不远了，可是树太密，马不好走。我可以下来走过去。”

“可是我不敢离开你，孩子。万一你要是迷了路，或是也给蛇咬了。”

“我会当心的。那只小鹿如果走远了，我大概要费很长的时候才找得到他。你就把我丢在这儿吧，磨坊轮。我真是感激。”

乔弟等着那马蹄声消失了，然后转弯向右。那矮树林是寂静的。只有他自己踏着树枝发出的轻微的声音穿过那沉寂。他有一刹那工夫心里有点怀疑，想着他不知道有没有弄错了方向。然后一只雕在他前面飞起来，拍着翅膀升入空中。他来到那橡树下的空地上。许多雕围成个圆圈，绕着那母鹿的尸身。它们回过头来，扭过它们那瘦长的颈项，向他发出嗤嗤的声音，威胁着他。他把他的树枝向它们掷去，它们就飞到一棵邻近的树上。

他绕着那尸身走着，走到他看见那小鹿的地方，把草分开来。那不过是昨天的事，这仿佛是不可能的，那小鹿不在那里。他绕着那空地走了一个圈，没有声音，没有踪迹。那些雕嗤嗤地拍着翅膀，感到不耐烦，急于要继续干它们的正事。在一棵扇形叶矮棕榈下面，他可以认出一条足迹，尖尖的，纤洁的，像一只地下鸽的脚印一样。他往地下爬着，爬过那棵矮棕榈。

就在他面前有个东西在动，使他吃了一惊，向后面退了下去。那小鹿抬起它的脸来凑到他脸跟前。它转过头来，惊奇地，它头一直拨转到背后去；把那水汪汪的眼睛瞪视着他，使他混身都感到震动。它在颤抖着。它并没有想站起来逃走。乔弟觉得他太控制不住自己了，他一动都不敢动。

他轻轻地说，“是我。”

那小鹿举起它的鼻子，嗅着他。他伸出一只手去搁在那柔软的颈项上，那接触使他神志昏迷起来。他匍匐着爬过去，一直爬到它跟前。他把他两只手臂围抱住它的身体，一阵轻微的痉挛通过它的全身，但它一动也没动。他抚摸着它身体的两旁，就像那小鹿是一只磁鹿，他怕打碎了它。它的皮比白浣熊背囊还要柔软，光滑清洁，有青草的甜香。他缓缓地站起来，将那小鹿从地上举起来，它不比老袭丽亚更重些。它的脚瘫软地挂下来，脚很长，长得使人诧异，他得要尽量地把那小鹿举得高高地，挟在他手臂下面。

他怕它看见它母亲，嗅到那气味，就会踢起来，咪咪叫起来。他绕过那块空地，冲进那丛林中。小鹿的腿跸在矮树丛中，他自己也不能自由地提起脚来。他努力护住它的脸，不被那多刺的藤戳伤。他一步步走着，它的头跟着颠动。它这样顺从他，真是个奇迹，使他的心怦怦跳着。他走到小路上，竭力地快步走着，直到他来到那条路与回家的大路的交叉点。他停下来休息，把那小鹿放下来，让它站在它刚才垂在空中的四只腿上。它摇摇幌幌地站着。它向他看看，咪咪地叫起来。

他着迷了，说，“等我透过这口气来我就来抱你。”

他记起他父亲说的，一只鹿曾经被人抱过，就会跟着人走。他缓缓地走开去，那小鹿向他的后影瞪视着。他回到它跟前，抚摸它，然后又走开了。它颤巍巍地向他走了几步，可怜地叫了起来。它愿意跟着他，它属于他，它是他自己的。他把一只手臂搂住它的颈项，他觉得他仿佛永远不可能感到寂寞了。

十

七月的暑热在土地上蒸着。这块地不像一块山芋田，而像一片无边无际的海。乔弟回过头去看着锄完了的一行行，现在它们渐渐看上去很像样了，但是那没有做完的一行行仿佛一直伸展到地平线上。他把他的棕榈叶帽子推到脑后去，用他的袖子擦了擦脸。由太阳来判断，一定是快到十点钟了。他父亲说如果山芋在正午锄完了，他下午可以去看草翅膀，替小鹿取个名字。

那小鹿躺在一排矮树扎的篱垣中间，在一棵接骨木浆果树的树荫下。他开始工作的时候，它老在旁边捣乱，几乎妨害他的工作。它在那些芋床旁边奔来奔去，践踏着芋藤，撞到芋床的棱边。它走过来站在他前面，正在他锄地的一条路上，不肯走开，逼迫他和它玩耍。它与他相处的最初几个星期内的那种张大了眼睛，惊奇的神气，现在已经变成了一种灵活警觉的神情。它有一种智慧的神气，和老裘丽亚一样。乔弟差不多已经决定了他非得把它领回去关在棚屋里不可，但是正在这时候，它自动地去找到一块阴凉的地方，躺了下来。

他喜欢工作着的时候有它在旁边。它给他一种舒适的感觉，他手里捏着把锄头，从来没有过这种舒适的感觉。他又向那些蔓草猛力进攻，自己很得意，看见他自己前进的成绩。一行行的芋畦退下去，退到他后面。他无腔无调地吹着口哨。

他给那小鹿想了许多名字，挨次用每一个名字叫它，但是他一个都不喜欢。草翅膀不会辜负他的期望的。他替他自己的宠物取名字，非常有天才。他那只浣熊叫“嘈嘈”，一只鼩叫“挤挤”，一只松鼠叫“吱吱”，还有那瘸腿的红鸟，叫“牧师”，因为“讲道的牧师”的读音是“普利辍”，而那红鸟站在它的架子上唱着“普利辍，普利辍，普利辍！”

自从柏克回家以后，这两个星期内他做了许多工作。辨尼的体力渐渐康复了，但是他有时候觉得昏眩，头晕。乔弟努力地时时提醒自己要使他省力些。现在有了那只小鹿，真太好了，从前他常常感到的那种迟钝的寂寞的疼痛终于消释了，使他对他母亲充满了感激之意，因为她容许它耽在这里。它确是需要大量的牛乳。它确是妨碍她做事。有一天它来到房屋里面，发现一锅搅匀的玉蜀黍糊，预备烤面包的，它把这一锅都吃得干干净净。从那次起，它吃过——绿菜叶，调着水的玉蜀黍粉，饼干的碎片，几乎什么都吃。白克士忒家吃晚饭的时候得要把它关在棚屋里。因为它用头撞他们，咪咪叫着，敲落他们手里的盘子。乔弟与辨尼笑它，它就狡黠地把头一仰。两只狗起初总是和它为难，但是他们现在也抱着一种宽容的态度了。白克士忒妈妈虽也抱着一种宽容的态度，但是她从来不觉得它滑稽有趣。乔弟一一指出它的美点来。

“它的眼睛多好看，妈，你说不是吗？”

“眼睛太尖了，老远就看见一锅老玉米糊。”

“它的尾巴多么灵巧，多么傻相，不是吗，妈？”

“普天下的鹿尾巴都是一样的。”

“可是妈，它多么灵巧，多么傻相，你说不是吗？”

“它傻是真傻。”

太阳缓缓地升到中天。那小鹿到山芋田里来，细细嚼着几片嫩芋藤，然后又回到那一排矮树下。乔弟检查他的工作成绩，他还有一行半没有锄。他很想到房屋里去喝口水，但是那样一来，他剩下的时间就太少了；也许今天午饭吃得晚。他竭力加快地锄下去，但是也不敢太快，怕割断芋藤。当太阳悬在头顶心的时候，他锄完了那半行，那整整的一行展开在他前面，讥笑地。再过一刹那，他母亲就会敲着厨房门口挂着的那铁环，他就不得不停止了。辨尼说得很清楚，时间方面绝对不宽容，如果吃午饭的时候还没有锄完，就不能去看草翅膀。他听见篱笆的另一面有脚步声。

辨尼站在那里，望着他。

“山芋真多，是不是，孩子？”

“真多。”

“真是很难想像，明年这时候，一个也不会剩下了。你那边那个小宝宝，樱桃树下的那个，它要吃掉它的那一份。你记得我们那次费多大的事——两年前——不让鹿跑进来？”

“爸，我来不及了。我一早上差不多没有停过，现在还剩下一行。”

“唔，那么，我告诉你。我并不打算轻轻地放过你，我说话算话。但是我可以跟你对换。你到水潭去替你妈挑些水来，我今天晚上把这山芋锄完它。爬那水潭的墙，我简直不行了。这是公平交易。”

乔弟丢下锄头，开始向房屋里跑去，去拿水桶。

辨尼在他后面喊着，“你不要把桶装得满满的——挑不动的。一只小鹿决没有一只公鹿的力气。”

仅只是两只桶，已经沉重得很。桶是丝杉木制的，用手砍出来的，两只桶挂在牛轭上，牛轭是白橡木的。乔弟把那牛轭担在他两肩上，沿着那条路快步走下去。小鹿缓缓跳跃着跟在他后面。水潭是阴暗而寂静的。在清晨与傍晚倒比正午的时候阳光多，因为树上密密层层的树叶截断了头顶上的太阳。他沿着那峻峭的斜坡跑下去，在到那大绿碗的碗底，不能跑得太匆忙。小鹿跟在后面，他们在那池塘中一同涉水过去，泼溅着水花。那小鹿低下头来喝水，他曾经梦见这个。

他向它说，“将来有一天我给我自己造一个房子在这里。我给你弄一只母鹿来，我们都住在这里，这池塘旁边。”

一只青蛙跳下来，那小鹿吓得直往后退。乔弟笑它，他奔上坡去，到那饮水槽边。他用那槽边悬挂着的一只葫芦瓢舀水，装满了两只桶。他不听他父亲的警告，把水桶差不多装满了。他蹲下身来，把肩膀向前伛偻着，承受着那牛轭。当他直起腰来的时候，太重了，他站不起来。他舀出一部份水来，能够站起来了，能够挣扎着走完那一段斜坡。那木制的轭压得他瘦削的肩膀发痛，他的背脊也疼痛。半路上，他不得不停下来，放下那两只桶，再泼出一些水。

他走到家里的时候，他们已经在吃饭了。他把水桶举起来搁在水架上，把小鹿关起来。他用桶里的新鲜水把水罐灌满了，拿进来搁在餐桌上。他工作得太辛苦了，又热又累，所以他并不怎样饿。他吃了些卷心菜当饭，把他所有的玉蜀黍面包与牛奶都省下来给那小鹿吃。

乔弟喂了它之后，这两个伙伴就一同出发。那小鹿有时候在他前面跑，有时候在后面，穿到矮树林去。有时候它在他旁边走着，这最好了。那时候他就把他的手轻轻搁在它颈上，使他的两只腿与它的四只腿的韵节合拍。路边有一株兔豆藤在开花，他把它扯下一段来，将它盘绕在小鹿的颈上，作为链条。那玫瑰色的花朵使那小鹿更加美丽，他甚至于觉得就连他母亲也会赞美它。

乔弟在傅赖司忒家的一条路上转了弯，开始奔跑起来，因为急于要把那小鹿给他的朋友看。他预备给他惊奇一下。他预备走到草翅膀跟前，在树林里，或是在房屋背后，在他驯养的那些鸟兽之间，或是走到他床前，如果他仍旧在生病。他让那小鹿在他旁边走着，草翅膀的脸会有一种奇异的光明愉快。他会把扭曲的身体伛偻着，缩成一团，伸出他温柔而弯曲的手，摸摸那小鹿。他会微笑，因为他知道他——乔弟——是满足了。

乔弟到了傅赖司忒岛，匆忙地在常青橡树下走过，来到那空旷的院子里。那座房屋是睡昏昏的。烟囱里没有一袅烟冒出来。看不见狗，虽然有一只猎狗在后面的狗栏里发出哀鸣嚎声。他停下来叫喊。

“草翅膀！是乔弟！”

那猎狗哀鸣着。房屋里面有一只椅子刮着地板发出响声来。柏克到门口来了，他低下头来向乔弟望着，用手摸了摸自己的嘴。他的眼睛好像什么都看不见，乔弟觉得他一定是喝醉了。乔弟讷讷地说，“我来看草翅膀。我把我的小鹿带来给他看。”

柏克把他的头摇了摇，仿佛他要抖掉一只困扰着他的蜜蜂，或是抖掉他的思想。他又擦了擦他的嘴。

乔弟说，“我特为他来的。”

柏克说，“他死了。”

那几个字眼没有意义。它们不过是三片棕色的树叶，在他旁边吹过，吹到空中去。但是在它们经过之后，有一阵寒冷跟着来了，一种麻木抓住了他，他有点糊涂起来了。

他重复着，“我来看他。”

“你来得太晚了。不然我会来接你的，来不及了。都来不及去请老医生。先一分钟他还有气，下一分钟他就这么没有气了，就像你吹灭一根蜡烛一样。你可以进来看看他。”

乔弟逐次把一只腿提起来，再提起另一只，上了台阶。他跟着柏克走进房屋里面。傅赖司忒家的男子们全都坐在一起，一动也不动，沉重地。乔弟仿佛觉得他们砌起一堵墙来抵抗他，他们看见他也像从那墙头上望下来的。柏克摸索着找到他的手，他领他向那间大寝室走去。

草翅膀闭着眼睛躺在那里，小小的，消失在那大床的中心。

他盖着一床被单，那被单在他下颔下面折过来。他的手臂露在被单外面，双臂交叉着压在胸前。傅赖司忒妈妈坐在床沿上。她用她的围裙蒙着头，前后摇摆着。她猛然把围裙掀下来。

她说，“我的孩子没有了。我那可怜的歪歪扭扭的孩子。”

乔弟想逃走。那枕头上的瘦骨嶙峋的脸使他感得恐怖。它是草翅膀而它又不是草翅膀。柏克把他拉到床边。

“他听不见了，可是你对他说话。”

乔弟的喉咙摇动着。没有字句出来。草翅膀好像是牛脂制成的，像一根蜡烛。

他轻声招呼着，“嗨。”

一开口了，就打破了那瘫痪。他的喉咙收紧了，就像有一根绳索勒着它。草翅膀的沉默是不能忍受的。现在他明白了，这是死亡。死亡是一种沉默，不给人答覆。草翅膀再也不会向他说话了。他转过身来把他的脸埋在柏克的胸前。那巨大的手臂紧紧抓住了他。他在那里站了许久。

柏克说，“我知道你一定真他妈的恨得要死。”

他们离开了那间房。傅赖司忒老爹向他招手，他到他身边去。那老人抚摸着他的手臂，向那一圈沉思的男子们挥挥手。

他说，“奇怪不奇怪？这些家伙差不多无论那一个我们都可以不要。偏把我们少了他不行的那一个给带走了。”他又伶俐地加上一句，“虽然他是那么个歪歪扭扭的没有用的东西。”

乔弟在这里，使他们每个人都伤心。他彷徨着，走到院子里去。他顺着脚走到房屋背后，草翅膀驯养的鸟兽都在那里，装在笼子里，被遗忘了。乔弟喂了它们，给它们喝水。照应这些动物，将它们的主人永远不能再给它们的安慰暂时给它们一些——这减轻了他的痛苦。

那下午悠长得无穷无尽。傅赖司忒家的人并不理会他，但是不知道怎么，他晓得他们预期他耽在这里不走。如果他应当走的话，柏克会向他说再会的。太阳在常青橡树后面落了下去，他母亲要生气了。然而他在那里等候着一些什么，即使仅仅是一个暗号，表示不要他在这里了。

在晚餐的时候，没有谈话，没有笑谑与推挤碰撞，没有喧嚣的脚步声蹬蹬响着。傅赖司忒家的男子们排队走到餐桌前面，像一群梦游病者。乔弟坐在傅赖司忒妈妈旁边。她给每一个人的盘子里盛上肉，然后哭了起来。

她说，“我把他也算了进去了，向来一直有他。呵，我的上帝，我把他算进去了。”

柏克说，“好了，妈，乔弟会吃他的一份，也许长大了像我一样大个子。是不是，孩子？”

一家人重振旗鼓。他们饥饿地吃着，吃了几分钟，然后他们推开了他们的盘子。

傅赖司忒妈妈说，“我今天晚上没有心情洗涤了，你们也是一样。就把那些盘子堆在那里，过了明天早上再说吧。”

明天早晨可以松一口气了。她看看乔弟的盘子。

她说，“你没吃你的饼干，也没喝你的牛奶，孩子。它们有什么毛病？”

“那是给我的小鹿吃的。我总把我的饭省下些来给它吃。”

她说，“你这可怜的小宝贝。”她又哭起来了。“我孩子要是看见你的小鹿，他多高兴呀！他老是说到它，说了又说。他说，‘乔弟有了个兄弟了。’”

乔弟又感觉到他的喉咙粗重起来了——那可恨的感觉。他咽了口唾沫。

他说，“我就是为这样缘故到这里来的，我来叫草翅膀替我的小鹿取个名字。”

“他替它取了名字了，”她说，“他上次说到它的时候，他给了它一个名字。他说，‘一只小鹿举着它的旗子，那么兴兴头头的。一只小鹿的尾巴就是个兴头的小白旗。我要是有一只小鹿，我就给他取个名字叫“小旗”。我要叫他“小旗鹿”。’”

乔弟重复了一遍，“小旗。”

他觉得他整个的人都要炸裂开来了。草翅膀曾经说到他，曾经替那小鹿取了名字。他的快乐与悲哀纠结在一起，给他一种慰藉，而同时又是不可忍受的。

他说，“我想我最好去喂他。我最好去喂小旗。”

他从他的椅子上溜了下去，拿着那一杯牛乳与饼干走出去。

他喊着，“到这儿来，小旗！”

那小鹿到他跟前来了，他觉得它似乎知道那名字，也许它一直知道那名字。他把饼干浸在牛奶里，喂给它吃。它的鼻子握在他手里是柔软而湿润的。他回到那房屋里面去，那小鹿也跟了来了。

他说，“小旗可以进来吗？”

“带他进来吧，欢迎得很。”

他僵硬地坐了下来，坐在房间的一角，草翅膀的三脚凳上。

傅赖司忒老爹说，“你今天晚上坐在这里陪他，他一定非常高兴。”

原来这就是他应该做的事。

“明天早上葬他，要是你不在这里，本来也不大合适。他除了你也没有别的朋友。”

乔弟抛开他对于他母亲与父亲的忧虑，就像丢弃一件太破烂的衬衫。面临着这样严重的事件，相形之下，那是无关紧要的。傅赖司忒妈妈到寝室里去，担任守夜的早班。那小鹿在房间里闻来闻去，逐次把每一个人都嗅到了，然后走过来躺在乔弟身边。

在九点钟的时候，有人骑着一匹马喀喇踏喀喇踏进了院子，是辨尼与老恺撒。他把缰绳一撒手，从它头上丢落在地下，走进房屋里面。傅赖司忒老爹以家长的身分站起来招呼他。辨尼四面看看，看着那些阴暗的脸庞。那老人指了指那半开着的寝室的门。

辨尼说，“那孩子？”

傅赖司忒老爹点点头。

“已经去了——还是就要去了？”

“已经去了。”

“我就是怕这个。我忽然想到，乔弟没回来就是为了这个。”

他把一只手搁在那老人肩上。

“我真替你难过，是什么时候的事？”

“就是今天天亮的时候。”

“他妈进去看他可要吃一口早饭。”

“他不舒服躺在那里，有一两天了，不然我们就去把老医生请来了，可是他似乎好了些。”

那谈话就像是一阵暴雨的湍流，淋在辨尼头上，那些言语把伤口洗干净了，缓和了那深深侵蚀到里面去的创痛，他严肃地听着，时而点点头。他是一块小小的坚固的磐石，他们的悲伤是潮水，必须打在石头上。

柏克说，“大概乔弟愿意一个人陪他坐一会。”

他们把他带到那间房里，转过身去把门关上的时候，乔弟非常惊惶。有一个东西坐在房间里远远的一个阴沉的角落里，它就是他父亲被咬的那天晚上，在矮树丛中潜行的东西。

他说，“小旗也来，行不行？”

他们表示同意，认为这是合礼的，于是他把那小鹿领了进来，和他在一起。他坐在椅子的边缘上。他偷偷地看枕头上的那张脸。床头的一张桌子上点着一根蜡烛。躺在烛光下，面颊瘦削的，那不是草翅膀。草翅膀在外面跌跌跸跸在矮树丛中走着，后面紧跟着那浣熊。再过一刹那他就会前仰后合地走进房屋里面，乔弟就会听见他的声音了。

他在天亮的时候醒过来，听见敲敲打打的声音，他立刻清醒了。草翅膀走了！他从床上溜下来，溜到那大房间里，房间是空的，他走到外面去。辨尼在那里把一只新松木盒子的盖给钉上去。傅赖司忒家的人站在旁边。傅赖司忒妈妈在哭。没有人向他说话。辨尼钉上最后一只钉。

他问，“预备好了吗？”

他们点点头，柏克与磨坊轮与莱姆走上前来。

柏克说，“我一个人扛得起。”

他把那盒子甩起来担在肩膀上。傅赖司忒老爹与盖璧不在这里。柏克向南面高地出发。其余的人一个个跟了上来，那行列缓缓地向那高地前进。乔弟记得草翅膀有一个葡萄藤秋千在这里，在一棵常青橡树下。他看见傅赖司忒老爹站在它旁边。他们手里拿着铲子。一个新挖出的洞在土地里大张着嘴。柏克把棺材放下来，徐徐地推到洞里去。他向后退了一步。傅赖司忒家的人都迟疑着。

辨尼说，“父亲先来。”

傅赖司忒老爹举起他的铲子，把泥土铲起来抛到那盒子上。他把那铲子递给柏克，柏克丢了几团土块上去。那铲子在兄弟们手里传来传去。还有一茶杯的土剩下来。乔弟发现那铲子到了他手里。他麻木地抄起那点土，把它丢在那土堆上。傅赖司忒家的人彼此互相看看。

傅赖司忒老爹说，“辨尼，你是从小有过基督徒的教养的。你说两句话吧，我们觉得很感激。”

辨尼走到那坟墓前面，闭起他的眼睛，仰起脸来对着那阳光。傅赖司忒家的人都低下头去。

“呵，主，全能的上帝。我们这些愚昧的凡人，也轮不到我们说什么是对的，什么是不对的。如果是我们中间随便那一个做这件事，我们就不会让这可怜的孩子瘸着腿到这世界上来，他精神上又还有点毛病。我们把他带到这世界上来，一定会让他长得直条条的，高高的像他的哥哥们一样，可以好好的过日子，做工，做事。不过也可以说，主呀，你用别的东西补报了他了。你给了他一种本事，那些野的畜生都喜欢他。你给了他一种智慧，让他又伶俐又温柔。鸟都到他跟前来，伤害庄稼的禽兽都在他旁边自由自在地走动，大概他很可以用他那可怜的歪扭着的手抓住一只雌野猫。

“现在你觉得你应当把他带走了，带到一个地方去，在那里，脑子或是手脚有点弯弯扭扭的，都没有什么要紧。可是主呀，我们想着你现在总已经把那两条腿和那可怜的驼背和那两只手给弄直了，这使我们觉得很高兴。我们觉得高兴，想着他走来走去像别人一样地方便。还有，主呀，你给他几只红鸟，也许再给他一只松鼠，一只浣熊，一只鼩，和他作伴，就像他在这里养的那些。不知道怎么，我们人人全都是冷清的，可是我们知道他要是有那些小野东西在他旁边，他不会觉得冷清——但愿我们这不是过份的请求，要你放几个伤害庄稼的禽兽在天堂里。愿你的意旨立刻施行。阿门。”

傅赖司忒家的人喃喃念着“阿门”。他们脸上有一粒粒的珠汗突出来。他们一个个走到辨尼身边来，紧紧地绞握他的手。那浣熊跑了来了，在那新翻过的泥土上跑过。它叫着，柏克就把它举起来搁在他肩上。傅赖司忒家的人转过身来，排队走回家去。他们给恺撒装上了马鞍，辨尼上了马。他把乔弟举起来放在他后面。乔弟叫那小鹿，它就从矮树丛中出来了。

恺撒一颠一颠，缓缓地沿着那条路走回家去，他们没有说话。太阳高了，可以看见白克士忒家开垦出的土地了。白克士忒妈妈听见马蹄声，在大门口等着。

她喊着，“为一个人着急已经够受了，索性你们两个都走了，老不回来。”

辨尼下了马，乔弟也溜下马来。

辨尼说，“乔弟妈，你不要发急。我们是有一个责任在身上。可怜的小草翅膀死了，我们帮着葬了他。”

他把恺撒放出去吃草，回到房屋里面。早饭已经做好了，但是现在冷了。

辨尼说，“不用费事了，就把咖啡热一热吧。”

他心不在焉地吃着。

他说，“我从来没看见一家人为一件事这样伤心。”

她说，“难道那些老粗也都呼天抢地起来？”

他说，“奥莉，也许有一天你会知道人心永远是一样的。伤心的事总是伤人的，无论伤在什么地方。伤的地方两样，创疤也两样。

有时候我觉得，它对你一点也没有怎样，只把你的舌头磨利了。”

她突兀地坐了下来。

她说，“仿佛我非得硬起心来，不然我受不了。”

他丢下他的早饭，走到她跟前去，抚摸她的头发。

“我知道。你只对别人稍微厚道一点就行了。”

十一

八月的酷热是无情的，但是幸而这是闲暇的季节。只有很少的工作需要做，而这点工作也不是急于要做完的。曾经下过许多天的雨，玉蜀黍已经成熟了。它渐渐干燥起来，不久就可以磨碎，烘干，收藏起来。辨尼计算着他今年可以有好收成。山芋藤长得很茂盛，牛豌豆也非常丰富。它们是主要的食粮，再加上一些野味，几乎每天都是如此。可以有很好的一大堆牛豌豆干草，供冬季取用。白克士忒家人盼望秋天与霜，那时候就要把山芋掘出来，把阉猪杀了，玉蜀黍磨成粉，甘蔗也榨出来，蔗浆煮出来成为糖浆，家里就富裕起来，不像这样贫乏了。吃是够吃的——就连在现在这最苦的季节——但是不能常换口味，食物也不腴美，缺乏一种储藏丰富的舒适的感觉。

太阳将一只沉重的手压在矮树林与开垦出的土地上，毫不放松。白克士忒妈妈胖大的身体在热天很受罪。辨尼与乔弟人瘦，手脚俐落，天热在他们不过觉得越来越不愿意迅速地移动，也不愿意多动。他们在早晨一同辛苦工作，挤牛奶，喂马，劈柴，从水潭里挑水回来，然后就歇息了，一直到晚上。

乔弟意识到草翅膀是不在这里了。草翅膀活着的时候总和他在一起，在他的思想背景中，是一个友善的人物，他可以在思想中依恋着他——即使不是在实际生活里。但是小旗一天一天地长得出奇地快，这是够安慰他了。乔弟认为它的花点子开始褪去了，那是成熟的征象，但是辨尼看不出多少变化来。无疑地，它的智力是增长了。辨尼说在矮树林中的一切动物中，熊的脑子最大，第二就是鹿了。

白克士忒妈妈说，“这个东西太他妈的机灵了。”辨尼就说，“咦，乔弟妈，你骂出这样的野话来，不难为情吗？”他向乔弟眨了眨眼睛。

小旗学会了把门上的门闩抽出来，到房屋里面来，白天晚上无论什么时候，只要他没有被关起来。他用头去撞乔弟头上的一只羽毛枕，把它撞下地去，满房子抛掷着，直到它破了为止，因而接连有许多天，羽毛飘到每一个角落里，一盘饼干布丁里忽然有羽毛出现，却不知道从那里来的。他开始与两只狗玩耍。老裘丽亚太庄严了，至多不过在他用前脚触摸她的时候，摇摇尾巴。但是利普呜呜吼着，绕着圈子，假装要捉他，小旗就狂奔着，把脚后跟踢得老高，甩着他愉快的尾巴。他最喜欢和乔弟玩。他们扭打着，比赛猛力用头撞击，又并排赛跑，白克士忒妈妈终于抗议，说乔弟长得像一条黑蛇一样瘦了。

十二

九月的第一个星期是像枯骨一样地枯焦干燥，只有蔓草仍旧在那里长着。那天气是整个夏天最酷热的，然而有一种模糊的变化，仿佛那些草木感觉到一个季节的逝去与另一个季节的来临。辨尼说，一切生物都很难找到食物。春天与夏天的浆果与野生的鹅莓，都早已没有了。野梅树与小山楂已经有好几个月都没有果子可以给鸟兽吃。浣熊与狐狸把野葡萄藤的皮都剥光了。

秋天的果实还没有熟，像番瓜与苦莓与柿子。松树的松子，橡树的橡实，扇形棕榈叶的浆果，都要到第一次霜降的时候才可以吃。鹿在那里吃那些嫩花叶，香月桂树与桃金娘的花苞，铁丝草的嫩枝，池塘里与草原上生的慈菇的嫩尖，多汁的百合花茎与托子。它们吃这一类的食物，所以总是停留在卑湿的地方，泥沼里，草原上，与海湾中突出的高地上，它们难得走过白克士忒岛，在那些松湿的地方很难猎获它们，辨尼在一个月内只打到一只周岁的公鹿。

白克士忒家的人焦虑地看着九月的月亮的方位。当上弦月出现了的时候，辨尼喊他的妻儿来看。那一钩银色的月亮差不多是垂直地挂在空中。他非常喜悦。

“我们不久就会有雨水了，一定的，”他告诉他们，“如果那月亮是横的，它就会把雨水推出去，我们就没有雨了。可是你看它，一定会下得那样大，你只要把衣裳晾出去，上帝就会替你洗。”

他是一个好的预言家。三天之后一切的征象都表示要下雨，他和乔弟打了猎回来经过杜松泉，听见那些鳄鱼在那里吼叫。一群白色的海鸟飞了过去，辨尼用手挡住眼睛上的阳光，不安地望着它们的后影。

他向乔弟说，“这些海鸟不该经过佛洛利达州，我很不放心，这是坏天气的兆头，如果我说‘坏’，那是真坏。”

乔弟觉得精神向上一提，就像那些海鸟一样。他爱暴风雨，它壮丽地长驱直入，将全家人都关在房屋里面，非常安适。工作是不可能的，他们一同坐在那里，那雨像擂鼓似地打着那屋顶上用手工劈出的木瓦。他母亲脾气很好，替他用糖浆做糖果，辨尼说故事。

他说，“我盼望这是个真正的飓风。”

辨尼转过身来锋利地责备他。

“你快不要盼望这样的事。飓风把田里长的东西吹倒了，把水手淹死了，把树上的橙子刮下来。在南边，孩子，它连房子都给拆了，直截地杀人。”

乔弟温驯地说，“我不再盼望这样了，可是风和雨总是好的。”

“好吧，风和雨，那又是一回事。”

那天晚上的日落很奇异。日落的时候，天上不是红的，而是绿的。太阳下去之后，西方变成灰色的，东方充满了一种光，是嫩玉蜀黍的颜色。辨尼摇摇头。

“我很不放心，看上去非常不怀好意。”

然而次日早晨是晴朗的，虽然东边天上是血红的。辨尼费了一早晨的时间修理那熏房的屋顶。他到水潭去把喝的水挑回来，去了两次，把一切可以用的水桶都装满了。在上午十一点钟模样，天空变成灰色的，此后就一直如此。一丝风都没有。

乔弟问，“是不是有个飓风要来了？”

“我想不是的。但是反正有个什么东西要来了，这样子不对。”

在下午三四点钟的时候，天空变得这样黑暗，鸡都自动回到鸡笼里去了。乔弟把屈克西与那小牛赶进来，辨尼提早挤牛奶。

他把老恺撒赶到畜舍里去，把剩下来的最后的一点干草叉了一大把，搁在他的槽里。

辨尼说，“把鸡窠里的蛋拿出来，我要进屋去了。你快一点，不然你要碰上它了。”

几只鸡都不在生蛋，畜舍的窠里只有三只蛋。乔弟爬到那用玉蜀黍干搭成的格子里面，那有条纹的老石鸽在那里生蛋，窠里有两只蛋；他把五只全都放在他的衬衫里面，开始向房屋走去。他不像他父亲那样着急。忽然之间，在那假黄昏的寂静中，他惊慌起来了。有个巨大的吼声从远处发出来，是那风。他非常明显地听见它从东北来，就像是它踏在庞大的脚掌上奔了来，它经过的时候，巨掌拂着树梢。它仿佛一口气跳过了那块玉蜀黍田。它嘘嘘叫着，击中那院子里的树木，桑树的枝条俯伏在地下，浆果树脆弱的树枝吱吱格格响着。它在他头上经过，嗤嗤作声，像许多高飞的雁的翅膀。松林呜呜吹着口哨，雨跟着来了。

刚才那阵风是高高地在头顶上。这雨是一堵坚实的墙，从天空一直砌到地上。乔弟直砸到那墙上去，就像他是从极高的地方冲着它跳下来。他继续用一只手臂托着蛋，另一只手臂遮着脸，仓皇地跑进院子。小鹿在那里等候着，颤抖着，它的尾巴挂下来，潮湿而扁平，它的耳朵也往下垂着。它跑到他跟前，想躲在他后面。他绕着房子跑过去，跑到后门口，小鹿跳踪着紧跟在他后面。厨房的门闩上了。风与雨那样猛力地向门上吹打着，他无法把门拉开来。他捶打着那厚厚的松木板。有那么一刹那的工夫，他以为在那喧嚣中屋里一定听不见他，他与那小鹿会给丢在外面淹死了，像小鸡一样。然后辨尼从里面拔出门闩，把门推开来，推到风雨中。乔弟与小鹿窜了进去。乔弟站在那里直喘气，他擦掉眼睛里的水。

那小鹿眨着眼睛。

辨尼说，“是谁盼望刮大风的？”

乔弟说，“如果这样快就能够如愿以偿，那我一定要小心，不敢乱盼望了。”

白克士忒妈妈说，“你现在马上去把这些湿衣裳换下来。你进来以前不能够把那小鹿关起来吗？”

“来不及，妈。他淋湿了，又害怕。”

“好吧——只要他不捣乱。”

雨在屋顶上擂鼓似地打着。风在屋檐下嘘嘘吹着哨子。老裘丽亚躺在地板上，在小鹿的近旁，暴风雨是像乔弟所希望的一样舒适安乐。他私下盼望过一两个星期再来一个，辨尼时而从窗户里向外面的黑暗中张望着。

“雨真大，可以淋死一个癞蛤蟆。”

晚餐很丰富，有牛豌豆与熏鹿肉饼与饼干布丁。无论什么事，只要它勉强可以说是一桩大事，都激动白克士忒妈妈，使她特别多做些菜，就仿佛她的幻想只能够用面粉与酥油来表现。她自己亲手喂了小旗一点布丁，乔弟暗暗地觉得感激，帮她洗净擦干晚餐的盘子。

第二天早晨，他发现辨尼在准备着冒着风雨出去给屈克西挤奶，那是现在暂时唯一的一件必要的工作。那倾盆大雨，丝毫都没有小。

白克士忒妈妈说，“你识相点，还是进来吧，不然你要得肺炎死了。”

乔弟说，“让我去。”但是辨尼说，“那风会把你刮走了，孩子。”

他望着他父亲矮小的骨格向前倾着，顶着那暴风前进，他觉得他们两人之间论大小，论健壮，都没有多大分别。辨尼又回来了，湿淋淋的，透不过气来，葫芦瓢里的牛奶溅上一点点的雨水。

他说，“幸亏我昨天挑了水来。”

那一天从早到晚都是一样地风雨交作，那雨成大片地落下来，风吹着它，从屋檐下打进来，白克士忒妈妈用锅子与葫芦瓢接雨水。在下午五六点钟，辨尼又去给屈克西挤奶，喂恺撒，给他喝水，并且喂鸡；鸡都挤在一起，非常害怕，不能够在地下抓爬着捉虫吃。白克士忒妈妈逼着他马上换下他的湿衣裳。衣服在火炉边冒出热气来，烘干了，发出湿布的香甜的霉味。

晚饭不大丰富，一家很早就上床睡觉了。黑暗来得特别早，早得不成话，也无法知道钟点。在平常的日子大概是天明前一个钟头，乔弟醒来了。这世界是黑暗的，雨仍旧在下着，风仍旧在吹着。

辨尼说，“今天早上雨会停一停的。这是个连吹三天的东北风，没错，不过这场雨可下得真大。我要是看见出太阳可真高兴。”

太阳没有出来，早晨雨并没有停。在下午三四点钟，雨下得更大了。它哗哗地倒下来，就像是杜松溪与银谷溪与乔治湖与圣约翰河全都同时兜底倾泼在那矮树林上。风势并不比以前更猛烈，但是有时候突然来一阵狂风。而它永远没有完的时候，刮风，下雨，刮风，下雨，刮风，下雨。

辨尼在厨房里来回走着。他说，“我爹曾经说到一八五几年有一个暴风雨非常厉害，可是我估计着佛洛利达州的历史上从来没有过这样大的雨。”

一天天地过去了，毫无变化。在第五天上，辨尼与乔弟奔到豌豆田里去，扯下一些牛豌豆，够吃一两顿的。豆子都倒了。他们背对着雨与风，把整个的豆藤都拔出来。他们弯到熏房里去，拿出一块盐渍肉。豆荚外面已经霉了，但是里面的豌豆仍旧是坚实的，好的。晚餐又是一个盛筵。

第六天的早晨完全与其他的早晨一样。既然他们反正是要淋得稀湿的，辨尼与乔弟脱了衣服，只穿一条裤子，拿着口袋到田地里去。他们在那倾盆大雨中一直工作到正午，把那滑溜溜的豆荚从矮丛上扯下来。他们进来吃了一顿匆忙的饭，又出去了，也没有换衣服。他们把田地的大部份都走遍了。辨尼说干草是完全损失了，但是他们要尽他们的能力抢救豌豆。

第七天的早晨也可能就是第一天的早晨，早饭后，辨尼带乔弟到玉蜀黍田里去。玉蜀黍被暴风雨吹折了，茎被打倒在地下，但是玉蜀黍穗没有被损害。他们收集它们，把它们也带到厨房里，那温暖干燥的安全处所。

白克士忒妈妈说，“我还没有把豌豆烘干呢。这么些个东西叫我怎么样烘法呢？”

辨尼没有回答，他走到前面的一间房里，在壁炉里生起火来。乔弟出去再拿了些柴来。柴完全湿透了，但是那树脂丰富的木头被烘热了一会之后，就会燃烧起来。辨尼把玉蜀黍穗散布在地板上。

他向乔弟说，“这是你的事：不停地把它换来换去，让它都能够稍微得到点热气。”

白克士忒妈妈说，“甘蔗怎么样？”

“都吹折了，一片平地。”

“你估着山芋怎么了？”

他摇摇头。在下午五六点钟他到山芋田里去掘了些出来，够晚上吃的。山芋正在那里开始腐烂，有的削掉一些还可以吃。晚餐又仿佛很奢侈，因为有山芋。

辨尼说，“要是到了明天早上还是这样，我们不如丢开手，干脆躺下来死了吧。”

乔弟从来没有听见他父亲说过这样灰心的话，它使他混身冰凉。小旗渐渐表现出食量缺乏的影响了，他的肋骨与脊骨都可以看得见，他常常咪咪叫着。

在半夜里，乔弟醒了过来，仿佛听见他父亲在那里走动着。他似乎觉得雨势不那样猛烈了。他还没能够确定知道，就又睡熟了。他在第八天的早晨醒来。有一点异样，寂静无声，而不是喧嚣。雨停了，长风也静下来了。石榴花颜色的一种光，从那灰色的潮湿的空气中滤过。辨尼打开了所有的门窗，把门窗大敞着。

“外边那世界也没什么好，出去也没什么可看的，”他说，“可是我们全都出去吧，我们应当觉得感激，总算还有个世界在那里。”

两只狗在他旁边挤过去，并排跑了出去。辨尼微笑了。

“该死，简直像《圣经》上，从方舟里出去，”他说，“那些畜生一对一对的——奥莉，来跟我一块儿出去。”

乔弟跳来跳去，与那小鹿一同跳下台阶。

“我们是那两只鹿。”他喊着。

白克士忒妈妈向田野上望过去，又开始哭泣了。但是乔弟觉得那空气是凉爽，甜润，慈和的。那小鹿也和他有同样的感觉，在那院子的大门上一纵纵了过去，脚后跟迅速地一闪。这世界被洪水破坏了，但是它毕竟是——就像辨尼说的，他一直这样提醒他的妻——他们所有的唯一世界。

十三

接连两个星期，辨尼忙着救护农作物。山芋在那里腐烂着，如果不掘出来，就完全损失了。乔弟每天工作很长的时候，挖掘山芋。他必须要小心，把那只芋叉插进去相当深，不要太近芋床的中心。然后他小心地举起来，就可以叉住一大堆山芋，不会碰伤它们。山芋全都掘了出来之后，白克士忒妈妈把它们摊在后面走廊上，尽可能地晾干它们，贮藏起来。它们一个个都得要看过，要抛弃掉不止一半。把烂的一头切掉了，与那些没长好的小山芋放在一起，搁在一边喂猪。

牛豌豆干草是完全毁了。它已经差不多熟了，在水里泡了一星期，长了霉，一大片摊在地下，只有剥了壳的豌豆是他们抢救下来的唯一的一部份。在水灾的三星期之后，一连过好几个晴天，辨尼拿着他的镰刀到鲻鱼草原——他现在称那地方为鲻鱼草原——割了些沼地的草，把它晒干了收起来。

“在艰难的日子里，这也是好粮草。”他说。

十四

到了十一月里，白克士忒家的人知道今年冬天的野味是没有多少指望了，也可以揣测到那些肉食的野兽是怎样一个情形。鹿死掉许多，只剩下一小部份。从前有十来只成群地在开垦出的土地的边缘上觅食，现在只有一只孤独的公鹿或母鹿从篱笆上跳过去，到那牛豌豆田里寻找食物，而找不到；鹿变得大胆起来，把鼻子在那旧山芋床上拱着，找寻人家没有发现的小山芋。

一切可吃的野兽，鹿与火鸡，松鼠与鼩，都这样稀少，打一天的猎都可能一点收获也没有。那些不友善的野兽也损失惨重，起初辨尼以为这该是有益的，那知立刻就可以很明显地看出，那结果只是使那些剩下来的凶手更加饥饿，更加奋不顾身，因为它们自己的食物来源减少了。他开始为家里的几只阉猪着起慌来，白克士忒妈妈也同意了，认为最好把猪杀了，不要再等下去了。一共八只阉猪，都烧煮起来。那天的晚餐是一席盛筵，很久以后都觉得那顿饭实在奢侈。房屋背后的花园里不久就会有卷心菜了，那开垦出的土地上处处都会生出野芥菜。将要有掩肉，可以与它们配搭着做菜，也可以和剥了壳的风干牛豌豆一同烧煮。猪油渣可以够做好几个月的猪油渣面包。白克士忒家今年过冬可以对付过去了。熏房里装满了东西，野味即使缺少也不大严重了。

玉蜀黍没有多大损失，就连在那一直在田里淋雨的玉蜀黍穗也都无恙。乔弟每天费许多钟点在那石磨上磨玉蜀黍粉。推着那头顶上的杠杆转着圈子一个钟头一个钟点这样推下去，那是单调的，然而并不是不愉快的，乔弟把一只高高的树根拖上来，他背脊疲倦了的时候就坐在上面，休息休息，同时也换换花样。

他向他父亲说："我想心思差不多全是在这里想的。"

辨尼说，"我盼望你多用脑子，因为这次发大水，把你的一个老师也弄掉了。傅赖司忒家本来跟我商量好了，今年冬天我们两家合伙请一个老师来住在这里，教你和草翅膀。草翅膀死了的时候，我还盘算着是可以安上捕机捉些野兽，弄点现钱，独力聘请老师。

可是现在那些畜生这样少，皮子又这样坏，不行了。”

乔弟安慰地说，“那不要紧，我现在已经有很多的知识了。”

“小伙子，这正证明了你没有知识。我真不愿意让你长大成人而什么都不知道。你今年只好将就些，就靠我把我知道的一点东西教给你。”

这情形不但是他乐于接受的，简直太好了。辨尼会开始教他读书，或是做算术，然后他们两个连觉都没觉得，他已经会岔开来，讲起故事来了。乔弟继续磨玉蜀黍，心情很轻快。小旗走上来了，他停下来，让那小鹿舐那废渣洞口的粗粉。

小旗渐渐胆大起来了，有时候跑到那矮树林里，一去一两个钟头。没法把他关在棚屋里，他学会了踢倒那松松的板墙。白克士忒妈妈表示她相信（其实只是因为她希望这样）这小鹿渐渐野性发作了，总有一天会失踪的。乔弟现在甚至是听见这样的话都不发愁了。他知道那小鹿也和他一样感到心神不宁。小旗不过是感觉到他需要舒舒腿。到他四周的世界上去探险，他们完全互相了解。他也知道小旗漫游着走开去的时候，不过是绕着圈子，从来不走得太远，以至听不见乔弟叫他。

十五

第一次的浓霜是在十一月底。开垦出的土地北端的一棵高大的山胡桃树上的叶子变得像牛油一样黄。苏合香树是黄红相间的，房屋对面，路那边的橡树林红通通的，像露营的火光一样鲜明。日子一天天地来了，凉润而爽脆，烘暖了，使一切都愉快地慢下来，然后又冰一冰它。白克士忒家的人晚上坐在前面的一间房里，第一次生起壁炉来。

白克士忒妈妈说，“好像不能相信，又是烤火的时候了。”

乔弟肚子贴在地下，趴在那里，向火焰中瞪视着。是在这里面，他常常能够看见草翅膀的西班牙人。他瞪着眼睛，等着那火焰恰正移上一根叉开的木头，就可以毫不费事地想像一个骑在马上的人，披着一件红斗篷，戴着一个发亮的盔。那景象从来不能维持多久，因为那些柴骚动起来，那根木头跌落下去，于是那西班牙人又骑着马驰去了。

他问，“西班牙人从前是不是披着红斗篷？”

辨尼说，“我不知道，孩子。现在你该看出来一个老师多么有用处了。”

白克士忒妈妈惊奇地说，“他怎么会想起来的，问这些事情？”

他翻过身去侧身卧着，伸出一只手臂搭在小旗身上。那小鹿躺在那里睡熟了，腿压在肚子底下，像一只小牛一样，白尾巴在睡眠中一牵一牵地搐动着。小鹿晚上在他们吃过晚饭以后耽在房屋里面，白克士忒妈妈并不介意。甚至于他睡在乔弟的寝室里，她也眼开眼闭，因为至少那时候他不会闯祸。她仿佛认为他应该是在这里的，她对他抱着一种挑剔的不关心的态度，就像她对于那两条狗一样。他们在外面，睡在房屋下面。在苦寒的夜里辨尼把他们也领进来，这并不是必要的，而是因为他喜欢与别的生物分享他的舒适。

白克士忒妈妈说，“你丢一根柴在火上，我看不大清楚这条缝子。”

她把辨尼的一条冬天的裤子改小了给乔弟穿。

她说，“你要是又打算照你今年春天长得那样快，我就快要把你的裤子改小了给你爹穿了。”

乔弟笑出声来，辨尼假装生气了。然后他的眼睛在火光中闪烁着，他瘦削的肩膀颤动着，他也大笑起来了。白克士忒妈妈夷然地坐在摇椅上一摇一摇。她每次说个笑话，他们总是都非常高兴。她脾气好起来，家里完全两样了，就像是寒冷的夜间在壁炉里生上火一样。

辨尼说，“你晓得，我想今年冬天不会太冷。”

乔弟说，“我喜欢冷，可惜就是要送柴进来。”

“看上去仿佛今年冬天好过。我们总算还好，今年的收成和肉，比我早先打算的好得多。也许现在可以透过一口气来了。”

白克士忒妈妈说，“也该让我们透口气了。”

“是啊，老饿神今年在别处打主意。”

那天晚上，时间渐渐地过去，大家都没有再说话。没有声音，只有那壁炉里的火嗤嗤响着，辨尼吸着烟斗，喷烟的声音，拍和着白克士忒妈妈的摇椅在地板上“吱——拍，吱——拍”的响声。有一次有一个嘘嘘的巨声在房屋上面经过，像松林里骤然起了一阵风，野鸭在向南方飞去。乔弟抬起头来望着他父亲，辨尼将他的烟斗的管子向上指了指，点点头。乔弟是因为他太舒服了，懒得开口，不然他很想问它们是那一种野鸭，它们到那里去。如果他能够知道这些事情，像他父亲知道得一样清楚，他以为他不学算术与单字拼法也可以过得去了。他喜欢那本读本，它大部份都是讲故事，可没有辨尼的故事好——从来没有一个故事及得上辨尼的——然而无论如何，总是故事。

十六

麻鹬到南方来了，它们每年冬天从乔治亚州来。老的是白色的，有弯曲的长喙；小的，春天才孵出来的，是灰棕色。小麻鹬非常好吃，缺少新鲜肉的时候，或是白克士忒家的人吃厌了松鼠的时候，辨尼与乔弟骑着老恺撒到鲻鱼草原去，开枪打下半打来。白克士忒妈妈把它们像火鸡一样地烤出来，辨尼赌咒说味道比火鸡还要香些。

工作是轻松的，乔弟与小旗在一起消磨掉许多时间。那小鹿现在长得非常快，他的腿是细长的。乔弟有一天发现他的浅色斑点——鹿的幼年的标志——已经消失了。他立刻检验那光滑坚硬的头，看有没有长角的迹象。辨尼看见他在那里寻找着，忍不住要笑他。

“你当是真会有神佛显灵，孩子。他一直到夏天，头上都会是光秃秃的。他要到周岁的时候才有角。那时候那角是小的尖戳戳的。”

乔弟初次感觉到一种满足，他使他充满了一种温暖的懒洋洋的惊异之感。他差不多天天拿着他的枪与弹药袋，与小旗一同到树林里去。橡树的叶子不红了，而是一种腴美的棕色。天天早上有霜。

十七

到了正月底，天气又暖和起来了。在春天真正到来之前，也许还会有霜，或者甚至于结冰。但是这几天暖洋洋的天气是春天的前锋。有些田地种早收的东西，辨尼把这几块地先耕出来。他把柏克在他被响尾蛇咬了病倒的时候，替他开垦出的新地也翻了一翻，他决定了要试着种一点棉花，卖了拿点现钱。北面的高地附近的低地要种烟草。他把苗床预备好了，在房屋与葡萄棚之间。现在牲口只剩下一个老恺撒，一个屈克西，他决定少种牛豌豆，多出来的田地种玉蜀黍，不过总是不够。鸡不够吃的，阉猪也养不胖，白克士忒家他们自己的玉蜀黍粉在夏末秋初的时候就吃完了，都是因为玉蜀黍不够多。田地上没有一样东西比它更重要。乔弟帮他把一整个冬天积下来的肥料从畜舍里运出去，散布在那多沙的田亩上。他计划着到了三月初——春天的第一只怪鸱叫起来的时候——就要把地收拾好了，苗床都给预备好了，随时可以播种。

白克士忒妈妈苦苦抱怨着说她一直想要一个苗床种生姜，别人个个都有。河那边小铺的老板娘曾经答应她，随时她准备种的时候，可以给她姜根。辨尼与乔弟把那苗床预备好了。他们在房屋旁边掘下去四呎深，垫上丝杉的条板。他们从西南方搬运了些黏土来填进去。辨尼答应她，他第一次到河上去做交易的时候，就把姜根带回来。

十八

在二月里，辨尼有一个时期风湿病发作，瘸得很厉害。这病已经有好几年了，它在寒冷或是潮湿的天气里总是给他许多麻烦。他从来也不肯当心避免受寒，想干什么就干什么，觉得这件事是必须要做的，就去做，不管天气怎样，也不替自己省力。白克士忒妈妈说，幸而这不是农忙的季节，他赶着这时候病倒了也好。

他父亲闲着，乔弟就去做那些轻松的工作，而且不时地劈柴，不让它断档。他有一件事情鼓励他使他加紧工作，因为工作做完了以后，他就自由了，可以和小旗一同出去漫游。辨尼甚至于容许他把那支鸟枪带去。没有他父亲在一起，他若有所失，然而他很喜欢单独打猎。他和小旗自由自在地在一起。他们最喜欢到水潭那里去。有一天他去汲取供食的水，小旗和他一同去，他们无意中在那里发明一种游戏。那是一种疯狂的捉人游戏，在那大绿碗的峻峭的山坡上跑上跑下。小旗玩着这游戏是无敌的，因为在乔弟爬上巅顶一趟的时间内，他可以在一边上上下下六次。他发现了对方无法捉到他，就轮流地采取两种态度，或是故意捉弄人，使乔弟疲于奔命，或是使用一种诡计——这更使他感到满足，也更能博取对方的欢心——故意地让他自己被俘获。

在二月中旬的一个温暖的晴天，乔弟从水潭的洞底向上面望去。小旗高高地站在上面，成为一个黑色的剪影。他有那么一刹那的工夫觉得很惊异，以为那是另一只鹿。小旗这样大了——他没有看出他长得多么快。打了来作为食物的许多同岁的小鹿并不比他更大。他兴奋地回家去找辨尼。辨尼坐在那厨房的壁炉边，裹着棉被，虽然那天天气很暖和。

乔弟冲口而出地说，“爸，你估着小旗差不多是个周岁的鹿了吗？”

辨尼以一种嘲弄的神气望着他。

“我近来自己也这样想着。再过一个月，我想他就是个周岁的鹿了。”

“那时候他有些什么不同的地方？”

"唔，他会跑到树林里去耽着，去得更长久些。他会长大许多。他站在两样东西中间，就像一个人站在两州的分界上，他正在那里离开这个，变成那个。他后面是小鹿。他前面是公鹿。"

乔弟向空中瞪视着。"他会不会长角？"

"大概在七月前头看不见他长出角来。现在那些公鹿正在那里褪角。它们整个的春天都是头上光秃秃的。后来在夏天里那尖角就长出来了，到了配对的季节它们又有全副的角了。"

乔弟细心地检验小旗的头，他抚摸他额上坚硬的边缘。白克士忒妈妈走过，手里拿着一只锅。

"妈，小旗就快是只周岁的小鹿了。妈，他头上长出小角来不漂亮么？他的角一定漂亮的，你说是不是？"

"他就是戴着个皇冠我也不会觉得他漂亮。再长出天使的翅膀也没用。"

他没有坚持这一点。小旗现在反正再好些也是越来越丢脸了。他学会了从他颈项上套着的绳圈里溜出去。如把绳子抽紧了使他无法溜脱，他就用一只小牛用来反抗束缚的同样的策略，他用力挣着，直到他的眼睛突出来，呼吸也堵噎住了；要救他那条蛮横忤逆的命，就非放了他不可。而他自由的时候，就闹得天翻地覆。无法把他关在棚屋里。他会把它齐根铲了。他是野性的，卤莽的。只有当乔弟也在旁边，可以随时应付他的时候，他们才容许他到房屋里面来。小旗并且也不像从前他是个小鹿的时候，愿意睡很长的时间，现在他晚上越来越不安静了。白克士忒妈妈抱怨说，她曾经屡次听见他在乔弟的房间里或是前面的房间里轻轻地跳来跳去。乔弟造了一个很合理的谎话，说是屋顶的老鼠，但是他母亲很怀疑。也许小旗那天下午在树林里睡了一觉，因为这一天夜里他离开了他那青苔铺的床，推开了乔弟的寝室里那扇摇摇晃晃不牢固的门，在整个房屋里漫游着。乔弟被他母亲的一声刺耳的锐叫惊醒了。小旗把他潮湿的鼻子凑到她脸上去。将她从熟睡中惊醒了。乔弟趁她还没来得及大闹起来，赶紧把那小鹿从前门悄悄地送了出去。

“这下子可完了，”她大发脾气，“这东西白天晚上都不给我太平。现在不许他进屋了，随便什么时候都不许进来，再也不许进来了。”

辨尼起初一直置身在这论争之外。现在他在他床上开口说话了。

“你妈是对的，孩子。他长得太大了，太不安静了，不能耽在屋子里。”

乔弟回到床上去，躺在那里睡不着觉，想着小旗不知道冷不冷。他认为他母亲不讲理，不应当反对那清洁柔软的鼻子凑到她自己的鼻子上。他睡熟了，紧紧抓住他的枕头，假装那是小旗。

在早晨，辨尼觉得好些了，可以穿上衣服在田地四周一跷一拐地走着，撑着一根手杖。他四面都走遍了。他回到房里后面来，他的面色很严肃。他把乔弟叫到他身边来。小旗在那烟草苗床上来回践踏过。那些嫩苗几乎就可以种出去了，他把它们差不多毁坏了一半，剩下的只够种平常的那一块地，供给辨尼自用。不能照他计划的那样，卖了赚钱，卖给伏庐西亚的波耶司老板。

“我并不是想小旗是成心使坏，做下这桩事情，”他说，“他不过是来回跑着，这块地是一样东西，可以在上头跳——不过是这样。哪，你去在苗床上嫩秧中间，处处都竖起木桩来，苗床四周竖起木桩，不让他再踏坏剩下的这些。其实我早就该这样做的，可是我从来没想到他会到这块地方来顽皮。”

辨尼的明理与仁慈反而比他母亲的愤怒更使乔弟感到悒郁。他黯然地转过身去做那件工作。

辨尼说，“哪，既然这不过是凑巧出了这桩事情，我们就不要告诉你妈吧。刚赶着这时候给她知道，不大好。”

乔弟一面工作着，一面努力想着可有什么方法不让小旗闯祸。他那些捣乱的法子，乔弟大都认为只是伶俐可爱，但是这次破坏苗床是严重的。他十分觉得这样的事决不会再发生了。

十九

三月来了，具有一种凉爽而晴朗的华丽。黄色的茉莉花开得晚，盖满了篱笆，使田地上充满了它的芳香。桃树开了花，野梅花也开了。红鸟整天地歌唱，而它们晚上唱完了歌的时候，模仿鸟就继续唱下去。鸽子造了窠，彼此咕咕叫着，在垦地的沙上走来走去，像振动着的影子。

辨尼说，“像这样天气，我就是死了，也会坐起来留神看它的。”

夜里曾经下过一阵小雨，那雾濛濛的日出表示在天黑以前还要下一场雨。但是那早晨本身是亮莹莹的。

“对老玉米正合适，”辨尼说，“对棉花正合适，对烟草正合适。”

整整的一星期内不停地栽种。种了玉蜀黍与棉花之后，又种牛豌豆。种了牛豌豆之后又种山芋。房屋背后的菜园种下了洋葱与萝卜，因为那两天晚上是月黑夜，根类农作物必须在那种时候栽种。辨尼每天一早起身，做到很晚才歇，他毫不容情地奴役自己。

栽种这件事本身是做完了，但是他并不满足。他心里火烧火辣地急于要做春天的工作，因为天气的情形有利于这些工作，而这一年的生计完全倚赖目前的成绩。他一次又一次地从水潭那里挑着那两只沉重的桶，满装着水，来灌溉那烟草秧与菜园。

柏克·傅赖司忒在那新开垦的地里——现在种着棉花的地方——留下了一个树根，让它在地里烂掉，他讨厌它。他在四周挖掘着，砍着斩着，然后他把牵马车的链条钩在它上面，让老恺撒拉它。那老马拉着、挣着，两边的胁骨一起一伏，辨尼把一根绳子套在那树根上，向恺撒喝吆着，与他一同扯着。乔弟看见父亲的脸色变白了。辨尼伸手去抓着他的腰胯，身体往下一沉，跪到地下。乔弟向他奔去。

“不要紧的，我一会就好了——大概我使岔了劲了——”

他弯腰曲背，痛得直不起身子来。乔弟扶他坐到树根上。从那里他总算能够爬到恺撒背上。他向前俯伏着，把头搁在恺撒的颈项上，抓紧了马鬃。乔弟解下了那牵马车的链条，把马从田地里牵出去，穿过大门到院子里来。辨尼一动也不动，不像要下来。乔弟搬出一只椅子来给他站在上面，可以分两级走下来。辨尼溜到椅子上，然后到地上，爬进房屋。白克士忒妈妈正在厨房桌子跟前工作着，她回过头来，手里的锅哗喇一声响跌落地上。

“我早知道有这样一天的！你把自己搅得受了伤！你从来不知道歇手。”

他一步拖一步地走到床前，脸朝下向床上一倒。她跟了过来，帮他翻过身来，垫了个枕头在他头底下。她把他的鞋子扯下来，给他盖上一条薄棉被。他松快地伸直了两条腿，他闭上了眼睛。

“这真好——呵，奥莉，这真好——我一会就好了。我一定是使岔了劲了——”

辨尼没有痊愈。他躺在那里病着，很苦痛。白克士忒妈妈要乔弟骑马去请威尔逊医生，但是辨尼不许他去。

“我已经欠了他债了，”他说，“我马上就会好的。”

乔弟觉得不安。然而辨尼总是不断地遇到小小的意外——他总想用他那矮小壮健的身体做十个人的工作。没有一样东西能长期地伤害辨尼，就连一条响尾蛇也弄不死他，他安慰地想着。

辨尼病倒之后不久，乔弟进来报告说玉蜀黍长起来了。秧苗是完美的。

“那好极了！”

那枕头上的苍白的脸发出愉快的光辉。

“哪，我万一要是起不来，那就正要找你这样的一个人去把它耕出来。”他皱起了眉头。

“孩子，你也跟我知道得一样清楚，你无论如何不能让那小鹿跑到田地里去。”

“我一定不让他去，他一点也没有搅扰什么。”

“那很好，那好极了，可是你决不要让他去，要非常小心。”

夜里下了一场小雨。早晨乔弟到玉蜀黍田里去——是辨尼叫他去看那玉蜀黍经过这一场雨是不是长得高些了，有没有生出糖蛾的征象。他跳过木栏干，开始出发，穿过那田地。他已经走了好几码的路才想起来，他应当看见那玉蜀黍的淡绿色的秧苗。一根也没有，他感到困惑了。他再走得远些，看不见什么玉蜀黍。一直等到走到田地的尽头，才有那一根纤细的芽出现。他沿着那一排排畦往回走。小旗的尖锐的足迹很明显，他大清早去拔起那玉蜀黍，就跟用手拔的一样整洁。

乔弟害怕起来了。他在田地里逗留希望会有一个奇迹发生，他一转背，那玉蜀黍就又出现了。他拖着迟重的脚步回到房屋里去。辨尼叫他，他来到寝室里。

“喂！孩子，庄稼怎么样？”

“棉花长起来了。看样子很不错，是不是？”他的热心是假装出来的，“牛豌豆从地里钻出来了。”

“老玉米呢，乔弟？”

他的心跳动得像蜂雀的翅膀一样快。也咽了口唾沫，冒险纵身跳下去。

“不知道什么东西把它吃掉了一大半。”

辨尼沉默地躺在那里，他的沉默也是一个可怕的噩梦。最后他说话了。

“你看不出是什么东西干的事？”

他向他父亲望着。他的眼睛是绝望的，恳求着的。

辨尼说，“不要紧。我叫你妈去看，她看得出来。”

“不要叫妈去！”

“迟早要知道的。是小旗干的，是不是？”

乔弟的嘴唇颤抖着。

“我估着——是的，爸。”

辨尼怜悯地望着他。

“我很对不住你，孩子。我一大半也早已料想到他会这样的。你去玩一会。叫你妈到这儿来。”

“不要告诉她，爸。请你不要告诉她。”

“不能不让她知道，乔弟。哪，去吧。我打算尽我的能力帮你的忙。”

他跌跌撞撞走到厨房里。

“爸叫你，妈。”

他到房屋外面去，他唤着小旗，颤声地。那只鹿从橡树林中出来，来到他跟前。乔弟沿着那条路往下走，一只手臂搭在他背上。虽然他犯了罪，他只有更爱他。小旗把脚后跟踢得高高地，邀请他和他一同跳跃玩耍。他没有心踢玩，他缓缓地走着，一直走到水潭边，他像春天的花园一样可爱。山茱萸花还没有开完，它最后的白色的花朵，映衬在那淡淡的苏合香树与山胡桃树上。他甚至于都不想绕着它走一圈。他转过身来向房屋走去，进了屋。他母亲与父亲还在那里说话。辨尼叫他进来，站在床旁边。白克士忒妈妈的脸涨得红红的，她因为失败了，所以忿怒。她的嘴唇闭得紧紧的成为一条线。

辨尼安慰地说，“我们商量好了，乔弟。这桩事情是糟极了，可是我们来试着想想办法。我想你总是愿意特别辛苦地干活，把事情办好。”

“我什么事都肯做，爸。我去把小旗关起来，一直等粮食都收割了再放他出来。”

“我们那有一个地方关得住这个野东西。哪，你听我说。你现在去到粮草架上去拿老玉米，拣最好的穗子，你妈会帮你把它们剥出来。这以后你就去把它种下去，就像我们从前那样种法，就种在那第一批放下去的地方。像我一样地挖出一个个的洞，挖好了洞你再走回头，把种子丢进去，盖起来。”

“我知道怎样种。”

“等你做完了这个，大概要到明天早上，你把恺撒套在货车上，到那边那从前开垦出的一块地里——朝傅赖司忒家里走，在那条路转弯的地方。你把那儿那旧木栅拆下来，把木桩装在货车上。你得要走多少趟就走多少趟。把木桩堆在这里，顺着我们的栅栏一直堆到那边去。你最初装来的几车，你把它倒在那边，沿着玉蜀黍田的南边，沿着东边，靠近家里的院子。这以后你就造起栅栏来——先造那两边——看你有多少木桩，够造多高就造多高。我注意到你那小鹿总是从这一头跳过栅栏去。如果你能够在这儿拦住他，他也许暂时不会进去，一直等你整个地造好了。”

乔弟仿佛觉得他曾经被关在一只小黑盒子里，而现在那盖子掀开了，太阳与空气都进来了，从他身上照过吹过，他自由了。他吹口哨到粮草架那里去，选出那谷粒最大的玉蜀黍。他把它装在一只口袋里，拿到后门。他在台阶上坐下来，开始剥壳。他母亲来了，在他旁边坐下来。她的脸是一只严冷的面具。她拾起一堆玉米，就工作起来。

拖曳那些造栅栏的木桩，运上车去，再搬运下来，乔弟做梦也没想到要费那么长的时间。做到一半的时候，还仿佛是一个无穷无尽的任务，一个毫无希望的任务。在他开始造木栅之前，玉蜀黍已经要长出来了。每天早上他恐惧地寻觅那浅色的苗。每天早上他心里一松，发现它们还没有露面。他每天在天明前的黑暗中就起来了，一直要工作到落日。由于睡眠不足，他眼睛下面有黑圈。辨尼没有得闲替他剪头发，头发蓬松地挂下来，戳到眼睛里面。在晚饭后他的眼皮濛濛地阖下来，他母亲叫他去拿柴进来，他也并没有怨言，虽然她可以很容易地自己在白天把柴拿进来的。辨尼留神看着他，心里感到他痛苦比他腰胯间的脱肠还更痛得厉害。有一天晚上他把乔弟叫到床前。

“我看见你做工做得这样辛苦，我觉得很得意，孩子，可是就连那小鹿——虽然你这样看重他——你也不值得为他送了命。”

乔弟顽强地说，“我不会送命的。你摸摸我的筋，我现在渐渐地力气大得很了。”

辨尼摸了摸那瘦削坚硬的手臂。是真的，举起木桩，抛掷木桩，有规律的，沉重的。这使他的手臂与肩背上的肌肉发达起来了。

在第四天早晨他决定开始在小旗常玩的这一头筑起木栅来，那么如果他还没有做完，玉蜀黍就长出来了，小旗不会给他一个措手不及。他甚至于打算昼夜地把他的腿缚在一棵树上，让他去踢，让他去挣扎跳跶——如果必须的话——直等到木栅造好了为止。他发现那工作进行得很迅速，使他心里一松。在两天内，他把南面与东面的栅栏造到五呎高。白克士忒妈妈看见那不可能的事居然实现，她也心软下来了。在第六天的早晨，她说，“我今天没有事做，我来帮你把那栅栏再加高一呎。”

“呵，妈。你这好妈妈——”

“不用把我搂得死紧的，气都透不过来。从来没想到居然有这股子劲，能够像这样做工。”

她很容易就气喘起来，但是那工作本身，虽然辛苦，并不太重，因为现在那轻巧的木桩两头都有一双手托着。堆在角落里的木桩足够把那栅栏造得比六呎高出许多——辨尼说六呎就够高了，可以拦住那小鹿了。

那天晚上乔弟发现那玉蜀黍冲破了地面。在早晨他试着给小鹿套上一个足枷，他把两只后腿用绳子拴在一起，中间留下一呎的地位让他自由活动；小旗发狂似地弓着背飞纵起来，踢着，把自己投掷在地下。他跌倒了，双膝跪在地下，他疯狂地战斗着，如果不放了，显然他会折断一条腿。乔弟割断了绳子，放他走了。

他狂奔着到树林里去了，去了一整天没回来。乔弟猛烈地工作着，造那西边的栅栏，因为那小鹿自由地进攻，在南面东面受到阻碍的时候，这该是他最合逻辑的进攻线。白克士忒妈妈在下午帮了他两三个钟头的忙。他用完了他堆在西面北面的木桩。

连下了两场雨，玉蜀黍又长高了，有一吋多高了。在那天早上，乔弟正准备好了，要回到从前开垦出的那块地去，再搬运一些木桩来，他走到那新造的高木栅那里，爬到顶上去眺望那田地。他一眼看见小旗，在那里吃那北面高地附近的玉蜀黍。他跳了下来，叫他母亲。

"妈，你肯不肯去帮我运木桩？我非得赶快不可。小旗从北面的一头进来了。"

她匆匆地和他一同出来，爬上木栅，爬到可以向内张望的高度。

"什么北面的一头，"她说，"他就在这儿在最高的一个犄角，跳过了栅栏。"

他低下头去看她指着的那块地方。那尖锐的足迹向那栅栏走去，然后在栅栏那一边又出现了，在那玉蜀黍田里面。

"把这轮庄稼也吃了。"她说。

乔弟瞪着眼睛看去，那嫩苗又给连根拔出来了。一行行的畦都是光秃秃的，那小鹿的足迹在那一行行之间来往得很整齐。

"他没有走多远，妈。你看，那边玉蜀黍还在那里，他只吃了这边的一点点。"

"唔，可是谁又拦得住他随时回来吃完他？"

她把手一松，落到地下去，迟钝冷漠地走回房屋里去。

"这下子再也没的可说的了，"她说，"我从前压根就不该松口的，真是个傻子。"

乔弟紧紧偎在那栅栏上。他是麻木的，他无法感觉，也无法思想。小旗闻到了他的气味，举起他的头来，跳跃着向他跑过来。乔弟爬了下来，回到院子里。他不要看见他。他正站在那里，小旗一跳跳过了他辛苦造成的高栅栏，轻飘得像一只飞翔着的模仿鸟。乔弟转过身来背对着他，走进屋去。他走到他的房间里，倒在床上，把他的脸埋在枕头里。

他预料到他父亲会叫他。这一次辨尼与白克士忒妈妈谈话的时间并不长。他预料到有一件不祥的事情将要发生，它尾随在他后面已经有许多天了。但是他没有预料是这样一件不可能的事情。他没有预料到他父亲的话。

辨尼说，“乔弟，凡是能够做到的事全都做到了。我真觉得难受，我再也没法告诉你，我多么难受。可是我们不能让我们一年的收成都给毁了，我们不能够大家都挨饿。你把那小鹿带到树林里去，把他拴起来，开枪打死他。”

二十

乔弟顺着脚向西方走去，小鹿跟在他旁边。他把辨尼的鸟枪扛在他肩膀上，他的心跳着，停了，又跳起来。

他轻声说，“我不干，我就是不干。让他们打我，让他们杀了我，我不干。”

他在幻想中和他母亲与父亲谈话，他告诉他们俩他恨他们。他母亲愤怒地詈骂着，辨尼不作声。他在脑子里和他们战斗着，直到精疲力尽为止。他在那废弃了的开垦出的土地上停下来。还剩下一小截栅栏，是他还没有拆下来的。他倒在一棵古老的浆果树下的草丛中，久久地抽噎着。直到他抽噎不出为止。小旗用鼻子来推推他，他就抓紧了他。他躺在那里喘气。

他说，“我不干，我就是不干。”

他站起来的时候觉得眩晕，他倚在那浆果树粗糙的树干上，它正在开着花，蜜蜂在树上嗡嗡飞来飞去，香气甜甜地浮在春天的空气中。他自己觉得惭愧，因为他白费了时间在哭泣上。这不是哭的时候，他需要思想。他需要用脑子解决困难，就像辨尼遇到危险的时候一样。

他想到奥利佛·赫托。奥利佛一定肯帮助他的，但是奥利佛航海到中国去了。他想到傅赖司忒家的人。柏克会帮助他的，但是柏克又能怎样呢？突然有一种思想来到他脑子里，就像是尖利地刺了他一下。他觉得他能够忍受与小旗分离，如果他知道这小旗还活在这世界上某一个地方。他可以想着他，活泼泼的，顽皮的，把他那旗子似的尾巴竖得高高地，欢愉地。他要去找柏克，向他哀求。他要向柏克提起草翅膀，尽说草翅膀，说得柏克的喉咙哽咽住了。然后他要他用货车把小旗载到杰克生镇去，小旗将要被人带到一个宽阔的公园里，人们到那里去看各种野兽。他跳来跳去，有许多东西吃，有一只母鹿陪他，人人都赞美他。他——乔弟——将要自己种植农作物卖钱，他一年去看小旗一次。他要省下钱来，将来自己弄一个地方，然后他要把小旗买回来，于是他们住在一起。

兴奋的狂潮淹没了他全身。他转过身来，离开了那块开垦出的土地，沿着那条路走上去，到傅赖司忒家去，他的希望使他心神一爽。不久，当他摇摇摆摆走上了傅赖司忒家的那条常青橡树下的小径，他摇得精神完全恢复了。他跑到那房子那里，跑上台阶。他在那开着的门上敲了两下，然后走进去。房间里除了傅赖司忒老爹与妈妈之外没有别人，他们一动也不动坐在他们的椅子里。

他喘息着说，“你们好？柏克在那里？”

傅赖司忒老爹把那干枯的颈项上的头缓缓地转过来，像一只甲鱼一样。

“你好久没来了。”他说。

“柏克在那里，请你告诉我。”

“柏克？他们弟兄们统统骑着马到坎忒基去了，去买马卖马。”

“在农忙的时候？”

“农忙的时候也是做买卖的时候。他们宁可做买卖，不愿意耕田。他们想着他们做买卖赚的钱可以够我们买粮食的，”那老人吐了口痰，“大概是可以赚点钱。他们丢下些粮食，堆着些柴。我们什么都不缺，等到四月里他们总有一两个要回来的。”

“四月——”

他呆钝地转过身，要走出门去。

“来陪我们坐着，孩子。我替你做饭吃，葡萄干布丁，呃？你和草翅膀总爱吃我的葡萄干布丁。”

“我得要走了，”他说，“我谢谢你。”

他又转过身来。

他绝望地冲口而出地说，“你要是有一只小鹿吃掉了老玉米，你怎么着也拦不住它，你爸爸叫你去开枪打死它，你怎么办？”

他们呆呆地望着他，眼睛一眨一眨。傅赖司忒妈妈格格地笑了起来。

傅赖司忒老爹说，“那我就去开枪打死它。”

他知道他没有解释清楚。

他说，“譬如这是你心爱的小鹿，你爱它就像你们大家爱草翅膀一样。”

傅赖司忒老爹说，“爱和老玉米是两桩事，一点也不相干。你不能让一个东西吃掉田里的收成。除非你们家有像我们这样的儿子，有别的办法混饭吃。”

傅赖司忒妈妈说，“就是你去年夏天抱到这里来，叫草翅膀给它取名字的那只小鹿？”

“就是他，小旗，”他说，“你不能留下他吗？草翅膀一定会留下他的。”

“我们也没有再好些的办法养他，也跟你一样。他也不会耽在这里的，再也留他不住的。一只周岁的鹿，四哩地真不当回事了。”

他们也是一堵石墙。

他说，“好吧，再见。”就走了。

他要自己带着小旗走到杰克生镇去。他四面寻找一样东西来做一根绳套在他颈项上，可以牵着他。他用他的小刀费劲地切断一根葡萄藤。他把一截葡萄藤套在小旗的颈项上，向东北出发。小旗起初驯服地给牵着走，然后他对于这束缚渐渐不耐烦起来了，扯着挣着。

为了要情愿跟他走，他竭力逗哄着那周岁的鹿，这把他磨得精疲力尽。最后他放弃了，把那葡萄藤链条卸下来。然后小旗故意地呕人，反而甘心情愿地走着，从来不跑出他的视线外。在下午，乔弟发现自己非常疲乏，那疲乏是由于饥饿而产生的。他没吃早饭就离开了家，他那时候一心只想走。饥饿、悲苦，与那强烈的三月的太阳晒在他头上，使他昏昏地像吃了迷药一样，他倒下身睡着了。他醒来的时候，小旗不见了。他整个下午跟着他的足迹走，那足迹在矮树林中走出走进，然后回到那条路上，均匀地继续向家中走去。

没有别的办法，只有跟了去。他太疲倦，也不能再往下想了。他在天黑之后走到了白克士忒岛。厨房里点着一根蜡烛。两只狗到他跟前来了，他拍拍他们，使他们安静下来。他静悄悄地徐徐走近前去，向里面张望着，晚饭已经吃完了。他母亲坐在烛光中，缝着她那无穷无尽的一件件需要补缀的东西。他正在不能决定进去不进去，这时候小旗突然狂奔着穿过那院子。他看见他母亲抬起头来听着。

他匆匆地溜到熏房那边去，低声唤着小旗，那周岁的鹿到他跟前来了。他蹲伏在角落里。他母亲走到厨房门口，打开那扇门，一道光横躺在那沙上。门关上了，他等了很久，一直等厨房里的灯光熄灭了。他给她充份的时间上床睡觉，然后偷偷地走到熏房里面去，找到那剩下的熏熊肉。他割下来，又硬又干，但是他凑在上面咀嚼着。他渴想着那冷的熟食，那一定是搁在厨房的纱柜里，但是他不敢进去拿。他觉得自己像一个陌生人，一个贼。他抱了一大捆晒干的沼泽草，就在那畜舍里做了一个床铺。他在那里睡了一夜，小旗睡在他旁边，在那寒冷的三月的夜间，不大够暖和。

他在日出之后醒了，四肢僵硬，心里很悲苦。小旗不在那里了。他不情愿回去，但是没法不向房屋走去。在大门口他听见他母亲的声音，提高了喉咙愤怒地詈骂着，她发现了那支鸟枪——他昨天把它倚在那熏房的墙上，她发现了小旗。她也发现那小鹿已经充份利用了早晨的时间，不但吃了一大片玉蜀黍芽，而且把牛豌豆也吃了一大部份。他无法可施地走到她面前去，承受她的怒气。他低着头站在那里，让她骂。

她终于说，“你到爸那儿去。总算这一次他是站在我这一边。”

他走到寝室里面，他父亲的脸是眉蹙嘴歪的。

辨尼温柔地说，“你怎么没照我说的那么做？”

“爸，我实在不能够，我做不出来。”

辨尼把头向后一仰，靠在枕头上。

“你过来，到我跟前来，孩子，乔弟，你知道我尽了我最大的力量替你保存你那小鹿。”

“是的，爸。”

“你知道我们靠我们田里的收成过日子。”

“是的，爸。”

“你知道天底下再也没那么个办法可以拦住那野性的小鹿，不让他破坏。”

“是的，爸。”

“那么你为什么不做那非做不可的事？”

“我不能够。”

辨尼沉默地躺着。

“叫你妈到这儿来。你到房间去，把门关起来。”

“是的，爸。”

服从简单的命令，似乎使他的痛苦缓和了些。

“爸说到他那儿去。”

他走到他的房间里，关上了门。他坐在他床沿上，扭绞着他的手。他听见低低的语声，他听见脚步响，他听见一声枪响。他从房间里跑出去，跑到那敞开着的厨房门口。他母亲站在台阶上，那支鸟枪冒着烟，拿在她手里。小旗在栅栏旁边躺在地下跳滚。

她说，“我并没想让那畜生受苦。我打不准，你知道我不行。”

乔弟跑到小旗身边。那周岁的鹿把身体向上一抬，站在那三只好脚上，跌跌撞撞走了开去，就像那孩子本人也是他的敌人。他流着血，因为一只前腿被打断了。辨尼挣扎着下床，他在门口蹲了下去，跪在一条腿上，紧紧抓住了支撑身体。

他喊着，“我要是能够我就去干这桩事了，我实在站不起来——你去结果了他，乔弟。你非得把他弄死不可，不要让他再痛苦下去了。”

乔弟跑回来，把那支枪从他母亲手里夺过来。

他锐声叫着，“你们故意这样，你们一直恨他。”

他掉过来攻击他父亲。

“你对我说话不算话，是你叫她干这个的，我恨你。我盼望我这辈子再也不会看见你了。”

他追赶着小旗一面跑，一面呜噎。

辨尼喊着，“你搀着我，奥莉。我站不起来——”

小旗在痛苦与恐怖中用三只腿奔跑着，他两次跌倒在地下，乔弟赶上了他。

他锐声叫着，“是我！是我！小旗！”

小旗像打谷似地甩动他的腿，挣扎着站了起来，又跑开了。血不停地涓涓流出来。那周岁的鹿跑到那水潭边上。他摇晃了一会，然后倒了下去。他沿着那斜坡滚下去，乔弟跟在他后面跑来，小旗躺在池边。他张开水汪汪的大眼睛，转过眼来望着那孩子，带着一种目光钝滞的惊奇的神气。乔弟把枪口压在那光滑的颈项背后，扳了扳枪机。小旗颤抖了一会，然后就躺着不动了。

二十一

乔弟沿着那条到盖次炮台的路向北面走去。他的步伐是呆板的，就仿佛除了两条腿，没有一样东西是活的。他离开了那死的小鹿一看都没敢看他。什么都没有关系，要紧的是要离开这里；没有地方可去，这也没有关系。过了炮台他预备乘着渡船过河。他的计划现在清晰起来了，他是要到杰克生镇去。他是要航海去，像奥利佛·赫托一样。

到杰克生镇最好的办法是乘船。他最好立刻到河边去，他需要一只船。他记起一只没人要的独木舟，他和辨己曾经坐着它渡过盐泉溪。一想到他父亲，就有一把锋利的小刀刺破了他寒冷的麻木，然后那创口又冻结了起来。他预备在那小河上顺流而下，到乔治湖，然后向北面划到那大河里。

他在盐泉那里转了弯。他口渴，把脚踏在那浅水里走过去，俯身凑到那冒泡的泉水里喝着。鲻鱼在附近跳着，青色的蟹急急地横行着。在那泉水下面他找到了那独木舟。

他把它拉到岸上来，戽出船底的水。一直泡在水里，使它涨大了，船底不会漏水。船头上有些裂缝，漏进水来。他把他衬衫上的袖子撕下来，扯成一条条，填塞住那些裂缝。他走到一棵松树下，用他的小刀刮下树脂，把它从外面揉进去。

他把那独木舟推到溪里去，拾起那断了的桨，开始向下游划去。他不大会划，拙手笨脚的，潮流把他送到对岸又送回来，老是折来折去。

他到了小河尽头的时候，太阳已经快下山了。那小河流入大乔治湖的一个宽阔的湖湾。在南面，离这里不远，伸出一个砂嘴，是干燥的土地。他划到那陆地那里，跨上岸去，把那船拉上去。他在一棵常青橡树下坐了下来，倚在树干上，向那空旷的水面上瞪着眼望过去。他曾经希望他在小河的尽头也许会碰见一只大河的船。他看见一只向南方航行，但是它远在湖心。

太阳落到树梢下面去了。他死了心，不再希望天黑以前唤住任何船只。他收集青苔，给他自己在橡树下做了一只床铺，陆地与水中都注满了黑暗，一只猫头鹰在他近旁的丛林中叫着，他打寒战了。夜风骚动着，吹上来很寒冷，要是生个火就好了。辨尼即使没带他的火绒牛角筒也能够生火，像印第安人那样，但是他从来没学会这个。如果辨尼在这里，就会有熊熊的火，有温暖与食物与舒适。他并不害怕，他不过是觉得凄凉。他哭着哭着，终于睡熟了。

太阳照醒了他，在芦苇里咭咭呱呱叫着的红翅膀的黑鸟也吵醒了他。他站了起来，觉得软弱而眩晕。现在他得到了充份的休息之后，他知道他是饿了。一想到食物，简直痛苦得如同受酷刑。一阵阵的痉挛像许多火热的小刀戳在他肚子上。他开始有狂热的幻象，看到白克士忒家日常的伙食。他看见一片片火腿，热气腾腾的，棕色的，油滴滴地浸在原汁里，他嗅到那香味。他看见黄褐色的饼干，外皮黝暗的玉蜀黍面包，满满的一碗牛豌豆，里面浮着一方块一方块的白腌肉。他嗅到油煎松鼠，那气味那样明确，使他嘴里涌唾涎。他尝到屈克西的乳汁的温暖的泡沫。他可以和两只狗打架，争夺它们那一锅冷粗粉与肉汁。饥饿原来是这样的，当他母亲说“我们都要挨饿了”的时候，她就是这个意思。当时他听见这话，他笑了，因为他以为他知道饥饿是什么样的，而它微微带着一点愉快的性质。现在他知道那只是胃口好。而挨饿完全是另外一桩事，这东西是可怕的，它有一个大肚子包围着他，有利爪耙过来他心肝五脏。他努力抑制住一种新的恐慌。他再往前走，不久就会有一座小屋或是渔人的露营，他告诉他自己。他要老着脸讨饭，然后再继续前进。世上没有一个人会拒绝给另一个人食物。

他整天沿着湖岸向北方划去，在下午五六点的时候，他看见前面树丛里有一个小屋，他抱着很大的希望朝里划过去，划到它跟前，是一个空屋。他偷偷地在里面徘徊着，像一只饥饿的浣熊或是鼩。在一个灰尘满积的架子上有些洋铁罐，但都是空的。他在一只罐子里找到一些发霉的面粉,约有满满一杯。他把它加上水，搅和出来，吃了那粉糊。就连他饿得这样，也觉得它毫无滋味的，但是它使他肚子里的疼痛停止了。

第二天早晨，他找到一些去年的橡实，松鼠埋在地里的，他狼吞虎咽地吃了它们。他觉得昏昏欲睡，他几乎不能强迫自己拿起桨来。如果他不是顺着潮流走，他想他简直无法再向前进行了。他整个上午没有划多远。在下午，有三条船在河心经过。他站起来挥动双臂，大声喊叫着，他们不理会他的呼喊。当他们走远了，看不见了的时候，他虽然不愿意哭，一阵阵的啜泣撕毁了他。他决定离开河岸，划到河心去，拦住下一只船。风息了，水是平静的。水面上反映出的耀眼的日光烧炙着他的脸与颈项与裸露的手臂。那太阳是灼热的，他的头一阵阵震动着。他眼睛前面轮流地出现许多黑点子与一上一下跳动着的金色的球。一种稀薄的嗡嗡声在他耳朵里哀鸣着，那嗡嗡声突然断了。

他睁开眼睛的时候，只知道天黑了，他正被人抱起来。

一个男子的声音说，“把他放在那边的铺位上，他病了，把他的独木舟拴在后面。”

乔弟向上面望着。他躺在一个架床上，这一定是那邮船。一只灯在墙上闪烁着，一个男子俯身凑在他跟前。

“你怎么了，孩子？我们在黑暗里差一点把你撞翻了。”

他想回答，但是他的嘴唇肿着。

一个声音在上面喊着，“给他点东西吃，看怎么样。”

“你饿吧，孩子？”

他点点头，现在那船在移动着。舱中那男子在那船上烧饭的火炉前面叮当作响。乔弟看见一只厚厚的杯子伸到他面前来，他竖起头来，拼命地去抓住它。那杯子里装着冷汤，浓厚而油腻。喝了一两口，一点滋味也没有。然后他嘴里出了津液，把整个的心身都伸出手来要它，他贪馋地急急朝下咽，竟被一些小块的肉与洋山芋噎住了。

那男子好奇地问，“你有多久没有吃东西了？”

“我不知道。”

“嗨，船长，这孩子连他上次什么时候吃的东西都不知道。”

“多多地给他吃，可是慢慢地喂他。不要给他太多了，不然他要把我的舱位吐脏了。”

那杯子又回来了，还有饼干。他努力约制自己，但是那人一次次地喂他，有时候中间等得太长久了，他就颤抖起来。第三杯比第一杯不知好多少，然后一种懒洋洋的感觉爬到他身上来，他深深地呼吸着。那摇荡着的灯使他的眼睛跟着它来回动着，他闭上了眼睛。

那小汽船停了，使他醒了过来。他起初有一刹那以为他是在那独木舟里，跟着潮水漂流着。他站了起来，揉揉他的眼睛。他望望那船上烧饭的火炉，记起那汤与饼干，他肚子里的疼痛已经消失了。他爬下很少的几级楼梯，来到甲板上。天快亮了。他们正在把那只邮件袋卸到一个埠头上。他认得那是伏庐西亚城。那船长转过身来对着他。

“你差一点送了命，小伙子。你住在那里？”

“白克士忒岛。”

“从来没听见这条河里有个白克士忒岛。”

大副开口说话了。

“那不是一个真的岛，船长。是那矮树林里的一个地方。从这里沿着那条路上去大概有十五哩远。”

“那么你要在这里下船，孩子。你家里有人吗？”

乔弟点了点头。

“他们知道你在那里？”

他摇摇头。

“逃出来的，呃？我要是像你这么个瘦精精大眼睛的小混蛋，我就老实点蹲在家里。除了你家里的人，谁也不会管你的事的，像你这样小的一个孩子，连衬衫的底襟都不知道塞在裤子里面。把他抱下去搁在码头上。”

筋肉壮健的手臂把他举起来放下去。

“把他的独木舟解了缆。抓住它，孩子。我们走吧。”

汽笛鸣着，边轮搅动着。那邮船“啜啜啜”向上游开去，那潮流牵扯着那独木舟。他的手臂扳住它，觉得疲倦起来。那陌生人的脚步声沿着那条路上去，渐渐消失了。没有地方可去，只有白克士忒岛。

他并没有计划，就向西方走去，也没有别的方向可去。白克士忒岛像一个磁石似地吸引着他，除了那块开垦出的土地之外没有一件实在的东西。他继续向前跋涉着，他不知道敢不敢回家去。大概他们不会要他了，他给了他们许多麻烦。也许他要是走到厨房里去，他母亲会把他赶出去，像她把小旗赶走一样。他对于任何人都没有用处，他溜来溜去，玩耍，任性地大吃。他们一直容忍着他的莽撞与他的贪馋。而小旗将这一年的生计破坏了一大半。他们几乎一定是会觉得,他们没有他要安逸得多。他们不会欢迎他。

他在路上徘徊着，太阳很强烈。冬天已经过去了，他模糊地想着现在一定是四月了。春天已经接收了那矮树林，鸟都在矮树丛中配对，歌唱。快到晌午，他在大路与朝北的路的交叉点停下来休息。这里的低矮草木曝露在太阳的热力下。他的头开始痛起来，他站了起来，朝北向银谷走去。他告诉他自己并不打算回去。他只想到那泉水那里去，朝那四周的凉爽黑暗的崖岸之间走下去，在那流泉里躺一会。

往东面去，草木繁茂起来了，附近有水。他循着小路走下去，向银谷走去。他口渴得舌头仿佛黏在他上颚上。他跌跌撞撞从崖岸上走下去，倒在那阴凉浅水边，喝着水。那水在他嘴唇上鼻子上冒着泡。他一直喝得他肚子涨得多大的，他觉得难受，翻过身去朝天躺着，闭起眼睛来。他躺在那里，疲倦得昏昏沉沉的。他不能前进，也不能退后。有一样东西结束了，而并没有新的开始。

在下午四五点钟，他清醒过来了。他坐了起来。一朵早开的玉兰花，白蜡似的，正在他上面。

他想，“这是四月了。”

一个回忆激动了他。一年前他曾经到过这里来，那天天气温和柔媚；他曾经在那小河的水里泼泼溅溅地走过来，就像现在这样躺在羊齿草与野草丛中。曾经有一样东西非常精致可爱，他替自己做了一只小水车。他站起来走到那地方去，心跳得很快。他觉得如果他找到了它，同时也就会找到其他一切的消失了的东西。那小水车没有了，那洪水把它冲走了，把它的一切愉悦的旋转都冲走了。

他倔强地想，“我再来给自己做一个。”

他砍了小树枝来做柱子，热狂地削着。他从一片扇形棕榈叶上切下一条条来，制成他的浆片。他把几根直柱埋在溪底的泥里，让那浆片旋转起来。上去，翻过来，下来。上去，翻过来，下来。那小水车在旋转着了，银色的水一滴滴落下来。但是它不过是一条条的棕榈叶拂着水，那动作里面没有魔力，那小水车失去了它慰藉的力量。

他说，“小孩玩的洋娃娃——”

他一脚把它踢散了。那碎片浮在溪水上，顺流而下。他倒在地上。辛酸地啜泣着。无论在那里都得不到安慰。

有辨尼在那里，一阵思家的感觉冲洗着他全身；见不到他——这件事突然成为不可忍受的。他费力地爬起来，爬上岸去，开始沿着那条路向那块开垦出的土地跑去，一面跑一面哭。他父亲也许不在那里，他也许死了。收成给毁了，他儿子也走了，他也许在绝望中把东西装捆起来，搬走了，再也找不到他了。

他抽噎着，“爸——等我。”

乔弟离开家里还有半哩远，黑暗已经赶上了他。就连在黄昏中，地区的标志也仍然是熟悉的。那块开垦出的土地上高高的松林可以认得出来，比那一步步爬过来的黑夜更黑些。他开了大门，走进院子。他绕着房屋的一边走过去，来到厨房的阶前，跨上台阶。他赤着脚，静悄悄地徐徐走到窗前，向里面张望着。

壁炉里生着火，快熄灭了。辨尼伛偻着坐在炉边，裹在棉被里，一只手遮住他的眼睛。乔弟走到门口，卸下门闩，跨进门去。辨尼抬起头来。

“奥莉？”

“是我。”

辨尼回过头来向他惊奇地望着，他说，“乔弟？”

他到他父亲跟前来，站在他旁边。辨尼伸出手来握住他的手，把它翻过来，用两只手合在它上面缓缓地搓着。

“孩子——我差一点当你不回来了，你没事吧？”

他点点头。

“你没事——你没死，也没走，你没事。”他脸上充满了一种光辉，“谢天谢地。”

这使人不能相信，乔弟想，他要他。

他说，“我非回家不可。”

“当然你得要回来的。”

“我说那话是有口无心。说恨你——”

那光辉迸裂了成为那熟悉的微笑。

“当然你是有口无心。当我是一个小孩的时候，我说话也像一个小孩。那纱橱里有吃的东西，那边那只锅里也有，你饿吗？”

“我只吃过一次东西，昨天晚上。”

“只吃过一次？那现在你知道了。老饿神——”他的眼睛在火光中发亮，就像乔弟想像的一样，“老饿神——他的一张脸比老八字脚还要刁恶，是不是？”

“真可怕。”

“那儿有饼干，你打开那一罐蜜，葫芦瓢里应当有牛奶。”

乔弟在那些盘碟之间拙手笨脚地搜寻着。他站在那里吃，狼吞虎咽。他把手插到一盘烧熟的牛豌豆里，把豆子抄起来送到嘴里去。辨尼呆呆地望着他。

他说，“我觉得很难受，吃苦才学乖。”

“妈在那儿？”

“她赶着货车到傅赖司忒家去换点老玉米种子来，她想再来种点，她把鸡带了去跟他们换。她难受极了，觉得非常没面子，可是她不能不去。”

乔弟把那橱门关了起来。

辨尼说，“我很想知道你上那儿去的。”

“我到河上去的，我想去航海去。”

“唔。”

他裹在那条棉被里，看上去非常小，缩小了。

乔弟说，“你身体怎么样，爸？你好了些吗？”

辨尼望着壁炉里的余烬，望了许久。

他说，“不如告诉你实话吧。我不中用了，差不多都不值得费一颗子弹打死我。”

乔弟说，“等我把这儿的事做完了，你一定得让我去把老医生给你请来。”

辨尼仔细打量着他。

他说，“你这次回来两样了，你吃过苦头了，你现在不是只周岁的小鹿了。乔弟——”

“嗳，爸。”

“我要跟你谈谈，大家都是男子汉，有话可以直说。你想着我对你说话不算话，哪，有一桩事情是每一个人都应当知道的，也许你已经知道了。那并不光是我，并不光是你的小鹿非得给杀掉。孩子，生命往往说话不算话。”

乔弟望着他父亲，他点点头。

辨尼说，“你已经看见世界上的事情是怎样的。你已经知道人是下流、啬刻的。你已经看见老死神怎样玩手段，你也曾经跟老饿神在一起混过。人人都想要生命是个好东西，一个安逸的东西。它是好的，孩子，非常好，可是它不是安逸的。生命把一个人打倒在地下，他站了起来，它又把他打倒了。

“我曾经想要你觉得生命是安逸的，比我从前安逸些。一个人看见他的孩子们跟这世界对抗，真觉得心疼。我总想不要让你受伤，能保护你多久就保护你多久。我要你跟你那小鹿去玩，我知道你觉得冷清，有了他你觉得好得多。可是每一个人都是冷清的。叫他怎么着呢？他给打倒在地下的时候，叫他怎么着呢？哪，就拿它当作命里注定的一份儿，照样往前走。”

乔弟说，“我逃走了我真觉得难为情。”

辨尼坐直了身子。

他说，“你年纪差不多够大了，可以自己作主了。也说不定你会一心想去航海，像奥利佛·赫托一样。有些人仿佛天生是该在土地上的，也有人仿佛天生是该在海上的。不过你要是愿意住在这里种我这块地，我一定很得意。将来有一天我看见你叫人来掘一个井，让这儿的女人用不着到一个沁水的山坡上去洗衣裳，那我一定很得意。你愿意吗？”

“我愿意。”

“拉拉手。”

他闭起他的眼睛来。壁炉里的火已经烧成了一些红红的余烬。乔弟把它们养在灰里，那么早晨准定可以有火。

辨尼说，“我上床稍微要人搀着点.看样子你妈在那边过夜了。”

乔弟把他的肩膀托着他的身子，辨尼沉重地奇在上面。他一跷一拐地走到他床前，乔弟替他盖上了棉被。

“有你在家里，就像是有的吃有的喝一样。去睡去吧，好好休息休息，明天见。”

这话使他周身都暖透了。

“明天见，爸。”

他到他房间里去，关上了门。他脱下他破烂的衬衫与裤子，爬进那温暖的被窝。他奢侈地躺在那里，伸直了他的腿。他早晨一定要早起，挤牛奶，把柴拿进来，做田上的工作。当他在田上做工的时候，小旗不会在那里和他玩了。他父亲不会再担承较重的一部份工作了。这不要紧，他一个人也可以对付。

他发现他自己在留神听着没有某种声息。他是想听见那小旗的声音，绕着房屋跑着，或是在寝室的一角，在他那青苔的床铺上动弹着。他再也不会听见他的声音了。他想他母亲不知道有没有在小旗的尸身上盖上些泥土，不知道那些雕有没有把它吃得干干净净。小旗——他相信他再也不会爱任何东西，无论是男人是女人还是他自己的孩子，像他爱那小旗一样。他会寂寞一辈子，但是一个男子汉只拿它当作他应得的一份哀愁，继续前进。

在他的睡眠的开始，他喊了出来，“小旗？”

那不是他自己的声音在叫喊着，那是一个孩子的声音。在某一个地方，在那水潭再过去些，过了那棵玉兰树，在常青橡树下面，一个孩子与一只小鹿并排跑着，永远逝去了。

译后

有一种书，是我们少年时代爱读的作品，隔了许多年以后再拿起来看，仍旧很有兴味，而且有些地方从前没有注意到的，后来看到了会引起许多新的感触。看这样的书，几乎可以说是我们自己成熟与否的一个考验。这样的书不多，像这本《小鹿》就是一个例子。

《小鹿》是一九三九年获普立兹奖的小说。曾经摄成彩色影片，也非常成功。作者玛乔丽·劳林斯（Marjorie Rawlings）于一八九六年生于美国华盛顿，她所写的长篇小说总是以美国南部佛洛利达州偏僻的乡村为背景，地方色彩很浓厚，书中人物都是当地的贫民，她以一种诗意的伤感的笔调来表现他们，然而在悲哀中常常搀杂着幽默感，当代的批评家一致承认她的作品最精彩的时候确是不可及的，有风趣与温情，而又有男性的力，强烈的泥土气息。

谈到近人的作品，说“不朽”总仿佛还太早，然而《小鹿》在近代文学上的地位已经奠定了。《小鹿》里面出现的动物比人多——鹿、响尾蛇、八字脚的老熊、牛、马、猪——像一个动物园，但是里面的人物，尤其是那男孩子乔弟，是使人永远不能忘记的。

那孩子失去了他最心爱的东西，使他受到很深的刺激，然而他从此就坚强起来，长大成人了。我们仔细回味，就可以觉得这不止于是一个孩子的故事，任何人遇到挫折的时候，都能够从这里得到新的勇气。

这故事具有真正的悲剧的因素——无法避免，也不可挽回的。书中对于儿童心理有非常深入的描写，可以帮助做父母的人了解自己的子女。写父爱也发掘到人性的深处。

它是健康的，向上的，但也许它最动人的地方是与东方的心情特别接近的一种淡淡的哀愁。最后的两段更是充满了一种难堪的怅惘，我译到这里的时候，甚至于译完之后重抄一遍，抄到这里的时候，也都是像第一次读到一样地觉得非常感动，眼睛湿润起来。我相信许多读者一定也有同感。

张爱玲

* 根据美国 Marjorie K. Rawlings 著 *The Yearling*（一九三八）作者节本翻译。一九五三年九月由香港天风出版社出版，书名《小鹿》。一九六三年七月由香港今日世界社出版，书名改为《鹿苑长春》。一九八八年六月由台北台湾英文杂志社有限公司出版。

睡谷故事

〔美〕华盛顿 · 欧文 著
Washington Irving

赫德逊河东岸有许多宽阔的小港；内中有一个港口环抱着一个小镇，也可以说是一个乡间小码头。河道在这里突然放宽了，被古代荷兰航海家称为“大板湖”，他们航行到这里，总是谨慎地把船帆收短些，渡河的时候总祈求圣尼可拉保佑他们。这小镇，有人称它为格林斯堡，但是它比较通行比较正式的名字是“流连城”。听说这还是从前那时候，近乡的好主妇们给它取了的名字，因为她们的丈夫在赶集的日子总是在镇上的酒店里流连忘返。虽然有这一说，我并不敢保证确定如此，我不过白提这么一声，为了要这篇记载绝对精确可靠。离这座村子不远，也许有二哩之遥，有一个小山谷，其实也就是高山之间的一块盆地，这是全世界最幽静的境地之一。一条小河平滑地穿过这块盆地，流水的喃喃细语正够催人入睡；还有就除非偶尔听见一声鹌鹑叫，像吹哨子似的，或是一只啄木鸟喳喳作声啄着树干，此外几乎从来没有别的什么声响打破那一致性的平静。

我记得我小时候第一次猎松鼠，是在那山谷的一边的一个核桃树林里，高树参天，浓荫匝地。我在正午信步走入林中，那时候整个的自然界都特别安静，我吓了一跳。听见我自己的猎枪轰然吼了一声，打破了四周的安息日的寂静，愤怒的回声震荡不已，把那枪声延续下去。万一有一天我想退隐，想溜到那里去躲开这世界的烦恼，静静地在梦中度过残生，我不知道有比这小谷更好的地方了。

这地方是那样安闲得近于无精打彩，此地的居民是最初的荷兰籍移民的后裔，他们又具有一种特殊的性格，所以这幽僻的山谷一直有“瞌睡窝”之号，这里的田舍郎在附近一带被称为“瞌睡窝儿郎”。仿佛有一种沉沉的睡意笼罩在地面上，朦胧如梦，连大气里都充满了这种气质。有人说这地方在移民初期被一个德国北部的医生施魔法镇住了；又有人说在赫德逊发现这地域之前，有一个老印第安酋长，是他那一个部落的先知或是神巫，他总在这里举行会议。这地方确是仍旧被某种巫魔的法力所统治着。当地的人民精神上受了它的蛊惑，使他们永远怅惘若梦地走来走去，他们喜欢相信各种神奇的传说；他们时常灵魂出窍，时常看见幻景，又常常看见异象，听见空中的音乐与语声。整个这一个地带都有许多地方性的传说，有鬼的所在，以及神秘朦胧的迷信，这山谷里发现流星与彗星的次数，比国内任何地方都要多；噩梦的女妖，也最爱在这里兴风作浪。

然而在这被迷蛊的地区内，神通最广大的一个精灵却是一个骑在马上的无头鬼。它似乎是一切空中的鬼神的总司令。有人说它是一个德国赫斯骑兵，在革命战争期间一个无名的战役中被炮弹打掉了脑袋；所以从此以后，永远被乡下人看见他在幽暗的夜中匆匆掠过，仿佛御风而行。他出没的所在不仅限于这山谷内，有时候还伸展到附近的大路，尤其是离这里不远的一个教堂附近。

此地有些最可靠的历史学家——他们曾经谨慎地收集整理一切流传着的与这鬼有关的事实——他们坚持着说这骑兵的身体葬在教堂外的坟场里，所以他的鬼魂每夜从这里出发，驰骋到战场上去找他的头颅；有时候他像午夜的狂风一样，疾驰着经过瞌睡窝，那是因为他耽搁得太久，急于在天明前赶回坟场。

这流传已久的迷信，内容大致如此。它曾经供给许多材料，在这鬼影幢幢的地区制造出许多荒诞的故事；乡下人围炉夜话的时候，都称这鬼怪为“瞌睡窝的无头骑士”。

我曾经提起此地的居民常会见神见鬼，但是这并不限于这山谷的居民，任何人只要在这里住过一个时期，就会染上这种倾向——这确是很奇怪。他们进入这瞌睡沉沉的区域之前，不管怎样清醒，不久就必定会吸入空气中的魔魇影响，开始变得幻想丰富起来——做上许多梦，又看见鬼魂显形。

我对于这安静的一隅也是满口赞美，不遗余力，因为在这种隐僻的山谷里，人口、礼仪、习俗都是固定不移的——广大的纽约州里偶尔点缀着几个这一类的山谷，是荷兰人聚居之地——而同时在这营营扰扰的国土上，移民与进化的洪流在别处不断地引起各种变化；时代的潮流在它们旁边冲过，它们却视若无睹。它们像湍急的溪流边缘上的小小的死水潭；我们可以看见稻草与水泡安静地浮在那水面上，抛了锚，或是停在潭边的冒牌港口里，徐徐旋转着，潮水流经这里，也并不搅扰它们。我在瞌睡窝的睡昏昏的树荫里走过，虽然已经是多年前的事了，但是我疑心那里仍旧是那几棵树，那几家人家，在瞌睡窝的荫庇下度着单调慵懒的生活。

在这自然界里天生的僻壤中，在美国历史上的一个远古时期——那就是说，约在三十年前——曾经有一个可敬的人住在这里，名叫夷查博·克雷恩；他是为了教学，所以居留在瞌睡窝——照他自己来说，是“流连”在这里。他是康涅狄格人；那一州出了许多开垦先锋，献身国家，不但开拓森林，而且开启人们的性灵，每年大批遣出边地的伐木人与乡村教师。这人姓克雷恩，克雷恩的意义是“鹤”，他这人也的确是有点像一只鹤。他身材高，而非常瘦，狭窄的肩膀，长臂长腿，一双手吊在袖子外面一哩之遥，脚可以用来做铲子，全身骨骼都是极松弛地连在一起，吊儿郎当。他的头很小，头顶平坦，耳朵非常大，绿玻璃似的大眼睛，鹬鸟喙似的长鼻子，因此他的头像一只风信鸡，高栖在他细长的颈项上，仿佛在那里辨别风向。在刮大风的日子，你如果看见他大踏步在小山的侧面上走着，他的衣服被风吹得膨胀起来，在他周身上下飘舞着，你也许会把他当作旱魃下降世间，或是田野里逃出来的一个稻草人。

他的学校是一座低矮的房屋，只有一间大房间，粗陋地用木材筑成；窗户一部份装配着玻璃，一部份裱糊着习字簿的纸张，填补窟窿。空关着的时候，锁闭门窗的方法非常巧妙，把一根坚韧的树枝扭曲着拴在门钮上，再把几根木桩钉在百叶窗上：这样，如果来了贼，进来虽然非常容易，出去却有点感到为难，建筑师约斯·范·胡顿想出这主意，大概是袭用了捕鳝鱼笼子的妙处。这学校建筑在一个颇为荒凉的地方，但是风景怡人，正在一个树木浓密的小山脚下，附近有一个小河，校舍的一端生着一棵威猛的桦树。在一个睡昏昏的夏天的下午，你可以听见他的学生们的声音，低低地喃喃诵读着功课，像蜂巢里嗡嗡的鸣声：时而岔入教师的权威的声音，恐吓地，或是命令地，或是也许岔入那桦木棍子的可怖的响声，他在那里鞭策一个偷懒的学生，催促他走上繁花夹道的治学途径。说老实话，他是一个有良心的人，他永远记得那句至理名言：“不动棍子，宠坏孩子。”夷查博·克雷恩的学生确是没有被宠坏。

但是我并不要读者想像他是那种残酷的学校首长，乐于让他们治下的臣民受笞楚；恰巧相反，他惩治不法之徒，严明而并不严厉；减轻弱者的负担，加在强者身上。那种弱小的孩子，只消把棍子挥舞一下就会使他畏缩起来，那就宽大地放过他；但同时也不能循私枉法，就加倍处罚另一个坚强执拗的衣裾宽大的小荷兰顽童，这种孩子挨了桦木棒就愤懑起来，气鼓鼓地，变得固执而阴郁。这一切他统称为“向他们的父母尽责”，从来没有一次行刑后不告诉那孩子，“你将来一定会记得这件事，只要你活在世上一天，你就会感谢我。”那痛楚的顽童听到这话该觉得很安慰。

学校散课以后，他甚至于和大些的孩子作伴游玩；在休假的下午他伴送有些小些的孩子们回去，那些孩子们恰巧有美丽的姊姊，或者他们的母亲是好主妇，以善于烹饪驰名。他和他的学生们亲善，的确是于他有利。学校的进项很少，每天供给他吃面包都不大够，因为他食量奇大，虽然身材瘦长，却像一条蟒蛇一样伸缩自如，可以吞下极大的东西；为了贴补他的生活费，当地农民照这一带的乡风，凡是有孩子跟他念书的人家都轮流供给他的膳宿。他逐次在每家住一星期，在附近这地段不停地兜圈子，他现世的一切动产都包在一条布手帕里。

他这些东翁都是庄稼人，出不起钱的，他们不免认为教育费是一项严重的负担，认为教师不过是个懒汉，于是他想出许多方法来使他自己有用而又讨人欢喜。他有时候帮助农民做他们农场上较轻的工作；帮他们制干草，补篱笆，牵马去饮水，把牛从牧场上赶回来，劈柴，冬天用来生火。同时他把他在学校里的威仪与绝对的统治权都收了起来；学校是他的小帝国，但是出了校门，他变得出奇地温柔，善伺人意。他爱抚孩子们，尤其是那最幼的一个，因此母亲们都喜欢他：他像古时候那只勇敢的狮子，宽宏大量地让一只羔羊支配它，他会抱着个孩子在他一只膝盖上，用另一只脚推动一只摇篮，一摇摇好几个钟头。

除了他的种种天职之外，他还是这一个地段的歌唱教师，教授年青人唱圣诗的艺术，赚了不少雪亮的银币。每星期日率领着他选出的歌咏团，站在教堂的楼厢前面，那是他极感到沾沾自喜的一件事；在他自己看来，他完全把牧师的胜利抢了去了。他的喉咙也的确是远比任何别的做礼拜的人更为响澈云霄，至今仍旧有人听见那教堂里有一种奇异的颤抖的喉音，并且遇到一个寂静的星期日上午，连半哩外都听得见，简直在磨坊塘的对岸还听得见。人家说那怪声是从夷查博·克雷恩的鼻子里一脉相承，遗传下来的。于是那可敬的腐儒想出种种的小打算，凑合着度日——他那种巧思也就是普通所谓“不择手段”——日子倒也过得还不错。那些不明白脑力劳动的甘苦的人，都还以为他逍遥自在，生活得非常舒适。

在乡间的女人圈子里，大都认为一位教师是一个相当重要的人，她们把他当作一种有闲阶级的绅士型人物，他的鉴别力与才学远胜那些粗鄙的田郎，她们甚至于觉得他的学问仅比牧师稍逊一筹，所以他每次在一个农家出现，正值下午用点心的时候，座间总会起了一阵小小的骚动，还会添上一碟额外的蛋糕或是糖果，或者也许还会拿出一只银茶壶来，让它露一露脸，因此一切村姑见到我们这位文士，无不笑脸相迎，使他感到异样地快乐。星期日连做几次礼拜，中间休息的时候，他在教堂外的坟场上周旋于她们之间，多么出人头地！替她们采葡萄——附近的树上爬满了野葡萄藤，把墓碑上的一切铭志朗诵给她们听，逗她们笑；或是陪伴着整队的姑娘们，在附近的磨坊塘的岸上散步；而那些比较怕羞的乡下佬羞怯地踌躇不前，都妒忌他那超群的文雅与他优美的辞令。

因为他过着半流浪的生活，他也就是一种逐户换阅的新闻纸，把地方上的闲言闲语整批地从这家带到那家；所以他一出现，谁都表示欢迎，而且他被妇女们当作一个伟大的学者，十分敬重他，因为他曾经从头至尾看过好几本书，而且他熟读哥顿·马塞所著的《新英格兰巫术史》——他极坚定地强烈地信仰那本书。

事实是，他很有一点小聪明，而又脑筋简单，轻信人言，两种个性奇异地混合在一起。他对于怪力乱神的无餍的要求，与他吸收消化它的能力，都是同样地高人一等，而他住在这被迷蛊的地区，更加助长了他这两种机能。从来没有一个故事他认为太粗俗可怕，难以置信。他常常喜欢在下午放学后躺在浓密的三叶草丛中，在小河边——那小河嘤嘤哭泣着在他的学校旁边流过——他在那里研读老马塞的那些恐怖故事，直到暮色苍茫，使那印出的书页在他眼前变成一片昏雾，然后他穿过沼泽与溪流与可怕的树林，回到他暂时栖身的那一家农家；一路行来，在这魅人的黄昏里，自然界的每一种声音都使他的兴奋的幻想力颤动起来；山坡上的怪鸱的哀鸣，预知暴风雨的树蟾蜍，发出它不祥的叫声，尖叫的猫头鹰的凄凉的鸣声，或是树丛中忽然悉息率率响着，鸟雀从巢中惊飞出来，萤火虫在最黑暗的地方闪闪发光，最是奕奕有神，有时候有一只特别亮的流萤穿过他的前面途径，也把他吓一跳，如果恰巧有一只大傻瓜硬壳虫乱冲乱撞飞到他身上来，那可怜的教书匠简直要吓死了，以为他被一个女巫的信物打中了他，他在这种时候，要想淹没他那些恐怖的思想，或是想驱逐妖邪，唯一的办法就是唱出圣诗的曲调，瞌睡窝的善良的居民在晚间坐在门口，常常感到悚然，因为听见他那带鼻音的歌声，“甜蜜的音韵连锁着声声慢，”从远山上飘浮过来，或是沿着那黄昏的道路上飘来。

他这种恐怖性的愉悦还有另一种来源；和那些荷兰老妇人一同度过悠长的冬夜，那时候她们在火炉边纺织羊毛，壁炉前面列着一排苹果，烤得毕毕剥剥响；他听她们说那些神奇的故事，关于鬼魅妖魔，闹鬼的田野，闹鬼的小河，闹鬼的桥，闹鬼的房屋，尤其是关于那无头骑士——她们有时候称他为“瞌睡窝跑马的赫斯骑兵”。她们也同样地爱听他所说的巫术的轶事，以及康涅狄格州往年常有的可怕的预兆，空中的不祥的异象与声音；他又根据彗星与流星占断未来，把她们吓得半死，又告诉她们那件惊人的事实——这世界绝对是在旋转着，她们有一半的时候是倒竖着！

当时确是愉快的，安逸地蜷伏在炉边的角落里，轻声爆炸着的木柴燃起的火焰，把那整个的房间映成一片红光，当然没有鬼敢在这里露面，但是这愉快的代价很昂贵，得要以他归途上的恐怖作为代价。在雪夜的幽暗可怖的白光中，有多么可怕的形体与阴影拦着他的路！——远处的窗户的燃光穿过荒田射过来，他多么恋恋地望着那每一丝颤抖的光线！——他多少次被一棵盖满了雪的矮树吓一大跳，它像一个披着被单的鬼，拦住他的去路！——他多少次听见自己的脚步声踏在雪上那一层冰冻的硬壳上，吓得缩成一团，血液都凝冻起来，而且不敢回头看，怕他会看见一个什么怪物，紧跟在他后面走着！——他多少次被树间呼着的一阵狂风刮得六神无主，以为它是那“跑马的赫斯骑兵”夜间四出扫荡！

然而这一切只是夜间的恐怖，心中的幽灵，只在黑暗中行走，虽然他这一辈子也曾经看见过许多鬼怪，而且在他孤独的旅程中，也曾被魔鬼化身为各种形体缠绕过他，不只一次，然而一到白昼，这些凶邪就都消灭了，虽然世间有魔鬼作恶多端，他仍旧可能很愉快地度过这一生，要不是遇见了一个比任何鬼怪与天下一切女巫都更使人感到困惑的东西——女人。

每星期聚集一次跟他学习歌唱的学生中，有一个卡忒丽娜·范·泰瑟，一个殷实的荷兰农民的独养女儿。她是一个芳龄十八的少女，一朵花正开着，像一只鹧鸪一样丰满，像她父亲种出的桃子一样成熟，酥融，腮颊红艳，她远近驰名，不但是为了她的美丽，而且为了她可以承袭到巨大的遗产。然而她又还有点卖弄风情，就连她那一身打扮上也可以看得出来，她的衣服是古代与现代的时装熔为一炉，那最能衬托出她的美点。她戴着黄澄澄的纯金饰物，那是她的高祖母从萨尔丹姆带来的；她穿着古式的诱惑性的紧身肚兜；而同时又穿着一条挑拨性的短衬裙，炫示四乡最俏丽的一双脚与脚踝。

夷查博·克雷恩对女性一向心又软又痴，这样富于诱惑性的一块天鹅肉不久就被他看中了，这本来也是意中事；尤其是他到她家里去访问过她以后，更加着迷起来。那老头子鲍尔忒斯·范·泰瑟是一个最典型的兴旺的满足的慷慨的农人。他确是很少看到或是想到自己农场外的事；但是他在他的农场内，一切都是妥贴，快乐，情形良好。他对于他的财富很感满意，但是并不认为这是他值得自傲的；他以他丰饶富足的生活自夸，而并不讲究排场。他的堡垒位置在赫德逊河上，荷兰农民都喜欢窝藏在河边这种绿荫中的肥沃的角落里。一棵大榆树伸展着它宽阔的枝干，荫蔽着那房屋，在它脚下咕噜咕噜涌出一股泉水，再清再甜也没有，从一个木桶制成的小井里冒出来，然后那泉水悄悄地从草丛中闪闪发光溜过去，流入附近一条小河，那条河在赤杨与矮柳树丛中泡滚滚地流着。紧接着那庄屋就是一座巨大的谷仓，大得够做一个教堂；那谷仓里装满了农场上的宝藏，挤得每一个窗户与罅隙都仿佛要爆裂开来了；打麦的连耞从早忙到晚，在谷仓中发出震荡的回响，燕子吱吱喳喳在檐下掠过。一排排的鸽子在屋顶上晒太阳，有的抬起一只眼睛来仿佛在察看天色，有的把头藏在翅膀下面，或是埋在胸脯里，此外也有些在那里挺胸叠肚充胖子，咕咕叫着鞠着躬，在它们太太跟前转来转去。肥滑的痴重的猪只在安静的食料丰富的猪圈里咕哝着；时而有一队队的乳猪从猪圈里冲出来，仿佛要嗅一嗅外面的空气。一个邻近的池塘里浮着一队庄严的雪白的鹅，护送着大队的鸭子，整队的火鸡在农场里咯咯叫着到处跑，珠鸡烦躁地在农场中转来转去，发出它们悻悻的不满的叫声，像脾气坏的主妇们。壮丽的雄鸡在谷仓的门前来回踱着，他是一个典型丈夫，一个武士，一个高贵的绅士，他拍着他光亮的翅膀，傲然地满心欢喜地长啼着——也有时候用他的脚刨开土地，然后慷慨地把他永远吃不饱的妻子儿女唤过来，分享他发掘出来的美味。

那腐儒直咽唾沫，眼看着这些东西一到了冬天都是丰美的菜肴。在他那贪馋的心目中，每一只可供烧烤的猪跑来跑去，都是肚子里嵌着一只布丁，嘴里衔着一只苹果，一只只鸽子都被安置在一只舒适的酥饼里，睡得伏伏贴贴，盖着一层酥皮被单；鹅都在它们自己的汤汁里游泳着，鸭子都安逸地在盘子里成双做对，像亲热的夫妻一样，而且生活无忧，洋葱酱汁非常富裕，他一看见猪，就看见将来割下来的滑润的半边咸肉，腴美多汁的火腿；在他眼中没有一只火鸡不是精致地捆扎起来烧熟了，它的肫塞在翅膀底下，或者它还戴着一圈美味的香肠作为项圈，就连华美的公鸡也仰天躺着，作为席上的添菜，高举两只爪子，仿佛渴想进天堂，他活着的时候富于武士精神，是不屑于请求进天堂的。

欣喜欲狂的夷查博幻想着这一切，他又转动着他的大绿眼珠，望着范·泰瑟的温暖的家宅周围的肥沃的草原，丰沃的麦田，稞麦田，荞麦田，玉蜀黍田，结着沉重的红红的果子的果园；这时候他的一颗心渴慕着那行将继承这些土地的姑娘，越望下想，他的幻想越发扩大起来，土地随时可以换成现钱，再把那钱投资在无边的大块荒地上，在荒野中建造一座座卵石宫殿，不但如此，他的忙碌的幻想已经实现了他的希望，让他看见那花朵似的卡忒丽娜，带着一大家子的孩子，高踞在一辆货车的顶巅，车上装满了各种家用的废物，锅镬水壶都吊在下面，他又看见自己骑在一匹牝马上缓缓走着，后面跟着一匹小马，向肯塔基或是田纳西出发，或是天晓得什么地方。

他走进那座房屋的时候，他的心完全被征服了。这房子是那种宽阔的庄屋，屋脊高耸，但是屋顶低低地倾斜下来，那还是最初的荷兰移民遗传下来的风格；低低的突出的屋檐在前面造成一带走廊，天气坏的时候可以关起来，屋檐下挂着连枷，马具，各种农具，以及渔网，可以在附近的河里打渔。走廊两边筑着一条条的长凳，以备暑天使用；走廊的一端一只大纺车，另一端又有一只搅乳器，表示这重要的走廊可以派多少用场，满心惊奇的夷查博穿过走廊，走进大厅，那是这座宅第的中心，也是日常起居之所。这里有一排排华美的锡器，挂列在一只长柜上，看得他眼花撩乱。室隅站着硕大无朋的一口袋羊毛，随时可纺；另一个角落里又堆着许多夹麻的毛织物，刚织出来的，一只只玉蜀黍穗子，成串的风干苹果，风干桃子，像艳丽的彩纸条一样挂在墙上，夹衬着鲜明耀眼的红辣椒，有一扇门开着，可以让他窥见最精致的一间客室，里面的椅子腿上都生着爪子，还有那些深暗的桃花心木桌子，桌椅都亮晶晶的像镜子一样，许多熨斗，各有各的铲子与火钳，上面盖着一层芦笋梢子，但是依旧掩不住那些铁器的光辉，炉台上点缀着一些假橘子与贝壳；一串串五颜六色的鸟蛋挂在炉台上面；一只大鸵鸟蛋从屋顶正中挂下来，室隅的一只碗橱故意开着，炫示着里面的巨额的宝藏，古旧的银器与修补得很好的磁器。

夷查博一眼看见这些悦人的境界，从此就心猿意马起来，一心钻研的就是怎样使范·泰瑟的这位出类拔萃的千金爱上他。但是他干这件工作，实际上的困难很多，比古代的游侠所遇到的困难还要多，侠客除了和巨人妖人火龙之类的不堪一击的敌人战斗，此外很少有什么别的麻烦，他仅只须要通过层层的铁门，铜门，坚石的墙，走到堡垒的塔里——他的心上人禁闭在塔里；他完成这一切，就像一刀切到一只圣诞蛋糕的中心一样地容易；然后那位淑女当然答应嫁给他。而夷查博却须要赢得一个卖弄风情的村姑的芳心，她的心思曲曲折折千变万化，每每忽作奇想，而又反覆无常，永远造成新的困难与阻碍；他又还得要对付整批的可怕的敌人，这些人不比神话里面的怪物，乃是真正的血肉之躯，是那许多爱慕她的乡下人，他们围困着她的每一扇心扉。彼此警惕地愤怒地互相监视着，但是一有任何新的竞争者出现，大家立即联合起来为一个共同的目标而战斗。

在这些人之间，最可畏的是一个魁梧叫嚣的豪爽的汉子，名叫亚伯拉罕，或是根据荷兰文简称为伯朗姆·范·布伦忒；这人是四乡闻名的英雄，大家争说他的神力与勇敢，他阔肩膀，双料的筋骨，短短的黑色鬈发，一张平阔的脸，相貌倒并不讨厌，带着一种诙谑与倨傲混合在一起的神情。他因为躯干奇伟，膂力过人，得到了一个“伯朗姆·健骨”的绰号，大家都用这名字称呼他。他以骑术著名，因为他在马上像鞑靼人一样敏捷。他在赛马与斗鸡的时候永远占先；在农村生活里，体力优秀能够赢得崇高的地位，因此他是一切争论的评判人，他歪戴着帽子，宣判的时候那种神情与口吻都表示绝对不能再抗辩或是哀求。他随时准备着打一架或是找乐子，但是若论他的本心，却是恶作剧的成份居多，而并没有多少歹意；他虽然粗鲁得盛气凌人，心底里很有一点诙谐的和蔼可亲的气质。他有三四个愉快的友伴，他们把他当作一个模范人物看待，他率领他们南征北讨，周围若干哩内每次发生械斗或是取乐的事，总有他们在场。天气冷的时候，他与众不同，戴着一顶皮帽子，帽顶缀着一只狐狸尾巴，洋洋自得；在乡间任何集会里，人们远远瞭见他帽子上那一簇著名的翎毛在一队疾驰的人马之间甩来甩去，大家都站在一边，提防要出乱子。有时候大家听见他那一群人在午夜飞奔着掠过那些庄屋，大叫小叫，像一队哥萨克骑兵；老妇人们从睡梦中惊醒，凝神听了一会。等那一阵急遽的蹄声得得过去了，方才喊出声来，“嗳，又是伯朗姆·健骨他们那一帮人！”邻人对他的态度是畏惧与钦佩友善兼而有之；如果附近出了什么胡闹的恶作剧事件，或是粗野的争吵，他们总是摇摇头，说他们可以担保伯朗姆·健骨是幕后人。

这野性难驯的英雄久已拣中了花朵似的卡忒丽娜作为他的粗鲁的求爱对象；虽然他的谈恋爱有点像一只熊的温存抚爱，但是大家背后窃窃私议，说她并没有绝对叫他死了这条心。他的进攻确是一种信号，使敌对的候选人知难而退，如果他们不想阻挠一只狮子的恋爱，触怒了狮子；甚至于大家只要在星期日晚上看见他的马拴在范·泰瑟的马桩上，那是一个确切的标志，表示马主人是在里面求爱——用土话来说，是在献勤儿——别的求婚者就都绝望地走开了，转移作战阵地。

这就是夷查博·克雷恩须要对付的情场劲敌；即使是一个比他强壮的人，一定也会临阵退缩，一个比他聪明的人一定会绝望了。然而他的天性里幸而有一种柔韧与百折不挠的混合质；他的外貌与精神都像一只韧木手杖——柔软但是坚韧；他能屈能伸，从来不折断；他在最微小的压力下就屈服了，但是压力一挪开——他猛然一掣，又直竖了起来，依旧昂然自得。

与他的情敌公开作战是疯狂的；因为那人是绝对不肯在恋爱上受挫折的，正如那暴烈的恋人艾契里斯，那古希腊英雄。因此夷查博用一种安静的方式进攻，温柔地曲意奉承，他利用歌唱教师的身份作为掩蔽，时常到那庄屋里去，其实他并不必怕她父母多管闲事，横加阻挠——一般父母往往是恋人的途径中的障碍。鲍尔忒·范·泰瑟是一个随和的宽大的人；爱他的女儿更甚于他的烟斗，而他又是个有理性的人，一个极好的父亲，所以他一切都让她自作主张。他那善于持家的矮小的妻子也够忙的，只顾得操持家务，经管饲养鸡鸭，因为她曾经说过一句至理名言：鸭子与鹅是愚蠢的东西，非得照管它们不可，但是女孩子们能够照应她们自己。于是一方面那主妇在屋子里忙到东忙到西，或是在走廊的一端纺羊毛，那老实人鲍尔忒就在另一端坐着吸他晚上的一袋烟，看着谷仓的尖顶上那一个木制小兵的战绩，那小木人手执双刀，极勇敢地在那里与风搏斗。同时夷查博就在那里向他们女儿求爱，在大榆树下的泉水边，或是在黄昏中散步，那黄昏时刻是有利于恋人的口才的。

我承认我不知道怎样求取与赢得女人的心。在我看来，女人的心永远是谜一样的令人惊叹的东西，有的心仿佛只有一个弱点，也可以说是一扇门，通到内心；而又有些心有一千条路，可以用一千种不同的方法攻下它。占领前一种，是一个伟大的技巧上的胜利，但是如果能守住后一种，那更能证明这人的将才，因为他必须在每一扇门窗后面作战，保卫他的堡垒。因此，一个人能够赢得一千个普通的心，他应当稍稍有点声望，但是一个人能够绝对占领一个卖弄风情的女人的心，那他真是一个英雄。那可敬畏的伯朗姆·健骨确实是并没有做到这一点；而且自从夷查博·克雷恩开始进攻，他显然减低了兴趣；在星期日晚间，人们不再看见他的马拴在马桩上，他与瞌睡窝的教师之间渐渐结下了不共戴天之仇。

伯朗姆的天性里多少会有一些粗鲁的骑士风，他很愿意将这件事发展到公开战斗，依照那些思想极简单而扼要的古代游侠的方式，以单人的比武解决这问题，看他们谁有权利向这位淑女求婚，但是夷查博知道他的敌人的体力远在他之上，知道得太清楚了，自然不肯走进校场和他比武；他曾经听见伯朗姆·健骨向别人夸下大口，说他要“把那教师四马攒蹄捆起来，把他搁在他自己学校里的书架上”；他十分留心，不给他一个机会，这种倔强的和平主义非常惹人生气；伯朗姆没有办法，只好把他性格中的村野的谐谑成份发挥出来，以粗鄙的恶作剧戏弄他的情敌，于是健骨与他那一帮骑快马的党羽将夷查博作为他们迫害的对象，种种迫害的方式想入非非。他们骚扰他那迄今都很平静的领土；堵塞他的烟囱，薰跑了他的唱诗班；夜间冲入校舍，不管它怎样固若金汤，用树枝闩着门，木桩顶着窗户，进去了就把一切东西都掀翻在地；使那可怜的教师开始想着这地段的一切女巫都在他那里聚会，但是更使他着恼的是伯朗姆的利用一切机会当着他的爱人取笑他，伯朗姆有一只恶狗，他教会它带着最滑稽的神气哀号，当众介绍它是夷查博的同行，可以教他唱圣诗。

事情就这样继续下去，过了若干时日，他并没有切实影响到这两敌对势力的地位的优劣。在一个晴朗的秋天的下午，夷查博悄然若有所思，他正在他那张高脚凳上高坐堂皇，他通常总是坐在这里监视着他那小小的艺文的国土。他手里拿着一只戒尺，那是代表他的无上权威的王杖；代表正义的桦木棒横架在三只钉上，在宝座后面，使为非作歹的人永远胆战心惊，而他面前的书桌上又搁着各种走私输入的物件与违禁的器械，在懒惰的顽童身上抄出来的；例如咬剩下一半的苹果，气枪，地黄牛之类的玩具，苍蝇笼，与整队的猖獗的纸制小斗鸡，看这些情形，一定最近曾经施行过可怕的刑罚，因为他的学生们全都忙碌专心一致读书，或是狡猾地在书本后面窃窃私语，一只眼睛望着师长；整个的教室是在一种嗡嗡响着的寂静下。一个黑人突然出现，打断了这静默，这人穿着一身粗麻布衣袴，戴着个圆顶的破帽子，像麦居礼神的帽子一样，骑着一匹毛发毵毵野性半驯的小马，他用一根绳子勒着马，代替缰绳。他蹄声得得骑到校门前，邀请夷查博参加今天晚上在范·泰瑟老爷宅里举行的一个作乐的集会，又叫做“打麦耍子”；他带着庄严的神气，极力采用优美的辞句——黑人被派出去当这种小差使，往往喜欢咬文嚼字——把口信带到之后，就冲过小河，大家看见他奔窜着驰上瞌睡窝的斜坡，俨然是负着重要而又紧急的使命。

那下午的安静的教室里现在乱成一片，人声嗡嗡，教师催促学生们快点做完功课，一口气读下去，并不为了一点细故就停顿下来，伶俐的学生逃掉一半，也并不受责罚，迟钝的时而在屁股上挨一棍子，催他们快些，或是帮助他们读出一个艰深的字眼。书本随手乱抛，并不放在书架上，墨水瓶也倒翻了，板凳也推倒了，全校学生在平日下课时间前一小时就放了学，像大队的小鬼一样冲了出去，在绿色的草坪上尖声叫嚣着，因为提早获释，感到喜悦。

雅好修饰的夷查博现在至少多费了半小时装扮他自己，刷了刷他最好的一套铁青色的衣服——也就是他唯一的一套——使它焕然一新，然后对着校舍里挂着的一小块破镜子整容。他要在他的爱人面前以真正的骑士风格出现，所以他向他住的这家人家借了一匹马——他住在一个脾气暴躁的老荷兰农民家里，这人名叫汉斯·范·李帕——于是他英武地骑在马上出发，像一个侠士出游，寻找冒险的经验。但是我想，我本着真正的传奇故事的精神，应当描写一下我的英雄与他的坐骑的状貌与配备。他跨下的这头畜生是一只病废的犁田的马，他活到这年纪，几乎什么都不剩下了，就光剩下他的恶毒。他瘦脊而毛发蓬松，颈项像牝羊，头像一只钉锤；他那锈涩的马鬃与马尾都虬结成一片，毛上绊着些有刺的果子，打了许多结。一只眼睛已经没有瞳人了，狠狠地瞪着，鬼气森森；但是另一只眼睛却还有一个真正的恶魔的妖光。但是他当年想必一定是热情的，勇敢的，不然他怎么会得到“火药”这名字——除非名字完全不足信。事实是，他曾经是他主人最心爱的一匹马，那脾气暴躁的范·李帕是一个喜欢骑快马的人，大约这畜生经过他的陶融，也吸收了些他这种气魄；因为他虽然这样老迈龙钟，当地任何小牝马都没有他会捣蛋。

夷查博骑这样的马恰配身份。他的鞍蹬太短，把他的膝盖高高地拉了上去，几乎与鞍头齐平；他的尖锐的两肘像螳螂似地戳出来；他把鞭子垂直线地握在手里，像国王手里的宝杖似的，他的马缓缓地一路行来，他两只手臂一动一动，颇有点像鼓翼，一顶小呢帽压在他鼻子的上端，因为他那窄窄的一条额角只能称为“鼻子的上端”；他的黑色的大衣的底幅几乎飘到马尾上，这就是夷查博与他的坐骑蹒跚走出范·李帕家大门的时候的姿态，简直是青天白日少见的活鬼现形。

我曾经说过这是一个晴和的秋日，天色清朗平静，大自然穿上了它那华丽的金色制服，那光泽是永远使人联想到丰收的。树林已经穿上它们严肃的棕色黄色的衣裳，而有些较娇嫩的树已经被霜染成橙黄，紫色，与赤红。飞翔的雁行开始在高空中出现；人们可以听到山毛榉与胡桃树林中发出松鼠的吠声，附近割过了麦只剩下麦根的田野里，时而发出鹌鹑的忧伤的呼啸。

小鸟们在那里享用它们临别的盛宴，它们在极度的狂欢中吱吱喳喳嬉戏地从一棵灌木飞到另一棵灌木上，又从一棵树飞到另一棵树上反覆无常。由于四周的食物既丰富又花样繁多，其中有那老实的雄知更鸟，少年猎人最爱打这种鸟，它的鸣声响亮而含有一种怨怼的意味；还有那吱吱叫着的山鸟，成群飞着像一片片的黑云；还有那金色翅膀的啄木鸟，头上一丛深红色翎毛，宽阔的黑色护喉甲，华美的羽毛，还有那西洋杉鸟，翅膀梢子是红色的，尾巴梢子是黄色的，头上一簇羽毛像一个小便帽，还有那蓝色的坚鸟，那喧嚣花花公子，穿着他那明快的淡蓝色外衣与白色衬衣，尖声叫着，喋喋不休，连连点头，摇摇摆摆鞠着躬，假装和树林中每一个歌唱家都十分亲睦。

夷查博一面缓缓前进，他那双眼睛向来是时刻留心一切食物丰富的象征，放眼望去，欢悦的秋天充满了各种宝藏，使他非常愉快，前后左右他都看见大量的苹果，有的沉甸甸地丰饶地挂在树上；有的已经采了下来装在篮子里，大筐里，预备运到市场上去卖；有的堆成一大堆一大堆，预备榨苹果酒。再往前面走，他看见整大片的玉蜀黍田，在叶子的掩蔽下露出金色的珍珠米穗子，无异于允许他将来可以吃到蛋糕与特快布丁，黄黄的南瓜，仰天躺在玉蜀黍下面，它们美丽的圆滚滚的肚子晒在太阳里——眼见得可以吃到最精美的南瓜酥饼；他随即又经过那芳香的荞麦田，嗅到蜂窠的气息，他看到这些东西，心头就暗暗浮起一种温柔的期望，想到精致的煎饼，抹上许多牛油，再由卡忒丽娜·范·泰瑟的有酒涡的小手加上蜂蜜或是糖浆。

于是他一面望梅止渴，画饼充饥，一面沿着山坡前进，从这一带山岭上望出去，可以看到伟大的赫德逊河上一部份最好的风景画面，大板湖宽阔的水面躺在那里一动也不动，像玻璃一样，除了偶尔有几处在那里轻柔地波动着，拉长了远山的蓝色倒影。寥寥几朵琥珀的云在天空中浮着，没有一点风丝吹动它们。地平线是一种精致的金色，渐渐化为一种纯洁的苹果绿，然后再变成天宇正中的深蓝。沿河有几个悬崖，一线斜阳还逗留在那树木茂密的崖巅，使崖身石壁的暗灰色与紫色更为深沉。一只单桅船在远处流连着，随着晚潮徐徐顺流而下，船帆毫无用处，挨着桅竿拖垂着；天空亮莹莹地倒映在静止的水中，那只船就像是悬挂在半空中一样。

已经快到晚上了，夷查博方才抵达范·泰瑟先生的堡垒，他发现那里挤满了四乡最优秀最出众的仕女。年老的农人——他们自成一个种族，一律是干瘦的，脸像皮革，穿着自织的粗呢外衣与袴子，蓝色袜子，硕大无朋的鞋子，华美的锡扣子。他们的敏捷憔悴矮小的太太们，戴着密密打着皱顶的帽子，腰部束得细长，而袍身很短，里面穿着自织粗呢的衬裙，外面吊着剪刀，针垫，与鲜艳的花布口袋。丰腴的姑娘们，几乎与她们的母亲一样地古色古香，除了偶尔有一顶草帽，一根精致的缎带，或是也许一件白色衣服，露出一些受过都市文明薰染的迹象。儿子们穿着短的方形下摆的大衣，下面钉着一行行庞大惊人的黄铜钮子，他们的头发大都是依照当时的习尚打着辫子；要是他们能够得到一张鳝鱼皮来束住头发，那更是非打辫子不可，因为在这一带地方大家都认为鳝鱼皮有滋养头发的功用。

然而伯朗姆·健骨是这一个场面上最出色的人物，他骑着他最心爱的一匹马“大无畏”，这畜生也和他自己一样，充满了勇气与淘气劲儿，除了他谁也管束不住它，事实是，他是出了名的喜欢劣马，要那马专爱使坏，使那骑它的人永远冒着生命的危险，因为他认为一匹驯良的经过充份训练的马配不上一个好男儿。

本书主角走进范·泰瑟宅第里庄严的客室的时候，他狂喜的眼光中骤然看到的那迷人的世界，我很乐意多费一点篇幅描写它。我不是指那些姑娘们的美貌，那成群结队的丰腴的姑娘们，妖艳地炫示她们红红白白的脸庞；我所要描写的是一桌地道的荷兰乡下茶点，在一年中最丰裕的秋季。那样一碟碟堆得老高的蛋糕，各种各样，几乎无法形容，只有经验丰富的荷兰主妇们才晓得是什么！这里有那种结实的油煎小甜饼，较柔软的油饼，迸脆的酥松的煎饼；甜蛋糕与油松饼，姜汁饼与蜂蜜饼，与世界上所有一切的糕饼。然后又有苹果酥饼，桃子酥饼，南瓜酥饼，还有一片片的火腿与熏牛肉；而且还有一碟碟的美味的腌渍梅子，桃子，梨，海棠果，至于炙鲱鱼，烤鸡，那更不用提了，再加上一碗碗的牛奶与奶油，全都乱七八糟搁在一起，也就有点像我们刚才报出它们的名字一样地杂乱无章。而又有那母性的茶壶在这一切之间冒出一阵阵的热气——天哪，我说的实在太不成话！我如果要讨论这一席盛筵，必须要用上很大的篇幅与许多时间，才对得住它，而我太性急了，要想把我这故事继续说下去。幸而夷查博·克雷恩不像他的作传者一样匆忙，他饱尝每一样美味，决不辜负它。

他是一个和善的家伙，很容易心满意足感恩戴德，他肚子里装满佳肴，他的心就跟着膨胀起来；他一吃了东西就高兴起来，像有些人喝了酒一样。同时他一面吃着，忍不住把他的大眼睛向席上四面观看，格格地笑着，心里想他可能有一天成为这里的主人，操纵这奢华富丽得几乎不能想像的场面。到了那时候，他想，他立刻脱离那老古董学校；将汉斯·范·李帕与其他所有的吝啬的东翁们都嗤之以鼻，任何流浪的迂儒胆敢称他一声同志，都要被他一脚踢出门口！

鲍尔忒斯·范·泰瑟那老头子在他的宾客之间转来转去，由于满足与愉快，他的一张脸涨得多大，滚圆的，欢悦的，像秋收的时候的月亮。他的殷勤招待是要言不烦的，仅只限于握一握手，拍拍肩膀，大笑一声，然后迫切地邀请一句，“尽量吃吧，自己动手。”

现在那大厅里乐声起了，号召大家去跳舞。奏乐的是一个灰白头发的老黑人，他充任这一个地段的流动乐队，已经不止五十年了。他的乐器与他自己一样破旧不堪。他一大半的时候只在两三根弦子上刮来刮去，乐弓每动一动，他就跟着点一点头；腰弯得几乎要叩下头去，每次应当有一对新的舞侣加入的时候，他就蹬着脚。

夷查博以他的舞艺自豪，也就像他以他的歌喉同样地自负。他四肢百骸没有一个是闲着的，你看见他那吊儿郎当的骨骼充分活动着，在屋子里噶嗒噶嗒跳过来跳过去，你准会以为他是痉挛病神现身说法。所有的黑人都崇拜他；农场上与近段的黑人不分老幼大小，都聚集了起来，站在每一个门口与窗口，造成一个亮晶晶的黑脸的金字塔，愉悦地凝视着这一幕，转动着他们的白眼球，露出一排排牙齿笑着，咧大了嘴。这专管杖责顽童的打手，他怎能不欢蹦乱跳，喜孜孜？他的心上人是他的舞伴，他向她含情脉脉地做媚眼，她总报之以愉悦的微笑；而伯朗姆·健骨受到爱情与妒忌的痛苦的打击，郁郁地独自坐在一个角落里。

这一支舞跳完了之后，夷查博被一群比较经验足，见识高的人们吸引了去，他们和范·泰瑟老汉一同坐在走廊的一端吸烟，闲谈着往事，把当年战争的故事拉长了讲着。

这地段在我所说的这时候，是那种幸运的地方，有许多史迹与伟人。在战争期间，英国与美国的战线就离这里不远；所以这里曾经被兵士劫掠，并且挤满了难民与牧人，发生了许多边疆上的英勇事迹。距今刚巧隔了够长的时间，可以容许每一个说故事的人用一点漂亮的虚构的情节把他的故事渲染了一下，并且把他自己说成每一件伟大事迹的主角。

其中有杜芙·马特林的故事，那人是一个大个子青胡须的荷兰人，他在一堵齐胸的土墙后面开炮——发出九磅重子弹的一尊旧铁炮；要不是他这尊炮开到第六响就炸了，他几乎俘获了一艘英国巡洋舰。又有一个轶名的老绅士——因为这位荷兰老爷太阔了，不便轻易提名道姓——他舞剑的防御工夫实在高明；在白色平原上那一役里，他用一把小剑格开一粒火枪子弹，他甚至于绝对感觉到它绕着剑锋呼呼飞过，撞到剑柄上飞了开去：为了证明这一点，他随时都可以把那把剑拿出来给人看，剑柄有点弯曲。另外还有几个人，都是在战场上同样地伟大，没有一个不是深信他是有相当的功绩的，使这场战争能够胜利结束。

但是比起后来说的那些鬼故事，这一切都不算什么。这一带地方最富于这一类的传说的宝藏。这种安静的久已殖民的穷乡僻壤，最有利于乡土故事与迷信的滋长；而在我国大部份的乡间，所谓居民也就是大批的流动的群众，这种乡土性的传说往往被他们践踏的稀烂。而且在我国其他的村庄里，那些鬼往往觉得扫兴得很，因为他们死后还没有来得及小睡片刻，在他们的坟墓里翻一个身，他们在世的朋友们倒已经全都离开了这一带地方；所以他们夜间出去巡行的时候，连一个可拜访的熟人也没有剩下。这也许是一个原因，为什么我们很少听见说闹鬼，除了在那些建立已久的荷兰集团里。

神怪故事在这一带地方所以流行的近因，无疑地是因为邻近瞌睡窝，那妖祟的地区吹来的风都是传染性的；它喷出一种梦幻的气氛，把整个的地段都传染上了。那天范·泰瑟家里也来了几个瞌睡窝的人，他们照常以他们荒诞神奇的传说飨客。他们说了许多凄惨的故事，说有人看到听到附近那棵大树旁边有送丧的行列，哀悼的哭喊与悲啼，那不幸的安德雷少校就是在这棵树下被执的。也有人提起那白衣妇人，她在乌鸦崖的幽谷中作祟，在冬天晚上大风雪将临之前常常有人听见她在锐叫，因为她是在大雪中死在那里的。然而这些故事主要都是说的瞌睡窝最偏爱的鬼魂，无头骑士，最近有好几次有人听见他在这地带巡行；有人说他每夜把他的马系在教堂前坟场上的丛墓间。

这教堂因为地段僻静，苦恼的亡魂似乎都喜欢到那里去作祟，教堂站在一座小山上，四面围着刺槐树与高大的榆树，它清肃的白粉墙从树丛里放出淡雅的光辉，象征着基督教的纯洁，虽然深自韬晦，也还是发出光来。在教堂下面，山坡渐渐低下去，下面是一片银色的水，四面围绕着一圈高大的树，从树丛中可以窥见赫德逊河边的青山。你看到教堂前面的草坪，阳光似乎在那里睡得那样安适，你一定会以为至少亡人可以安静地休息着。在教堂的另一边展开一个广阔的树木浓密的幽谷，沿着这山谷有一条湍急的大溪，在破碎的岩石与倒下来的树根之间奔流着。这溪流有一段水深色黑，离教堂不远，前人在这里搭了个木桥；通到那座桥的一条路，与那座桥自身，都是在树木的浓荫下，就连在白昼也是阴暗的；而在夜里是黑得可怕，这是无头骑士最爱去的地方之一；也就是人们遇见他次数最多的地方。有一个故事关于老勃鲁额，这人是离经悖道，最不信鬼的，据说他遇见那骑士打劫了瞌睡窝回来，他被迫骑到马上去坐在他后面；他们在灌木与丛林上面跑马，跑过小山与沼泽，一直跑到那座桥上；一到了那里，那骑士突然变成了骷髅，把老勃鲁额掀翻到小河里，然后他跳到树梢上，一声雷响，遁走了。

伯朗姆·健骨随即说出一个还更神奇数倍的冒险经验，与这故事可以分庭抗礼。他认为那“跑马的赫斯骑兵”虽然是个著名的骑师，其实不过尔尔。他断言有一个夜晚他从附近的辛辛村回家，被这午夜的骑士追了上来；他提议和他赛马，赌一碗五味酒；应当是他赢的，因为“大无畏”把那匹妖马打得一败涂地，但是他们正跑到那教堂前的桥边，那赫斯骑兵逃走了，在火光一闪中消失了。

人们用一种瞌睡朦胧的低低的声调叙述这些故事——在黑暗中说话总是用这种声音——听者的面部不过偶然被一只烟斗一闪耀，无心中照亮了，所有这些故事深深沁入夷查博的心灵。他也还报他们，整大段地引用他那无价之宝的《新英格兰巫术史》，再加上许多他原籍康涅狄格州发生的神奇的事迹，与他晚上走过瞌睡窝看见的可怕的景象。

那狂欢的集会渐渐散了，老农们把他们自己家里的人集中在他们的货车上；已经去了有一会了，还可以听见那些车辆辚辚地在谷中的道路上驰过，然后越过远处的小山。有些姑娘们高坐在女鞍上，在她们最中意的情郎背后，她们轻快的笑声与蹄声得得混合在一起，在那沉寂的树林中引起了回声，那声音越来越轻微，终于渐渐归于死寂——刚才那喧哗嬉戏的场所完全寂静了下来，人都走了。只有夷查博还逗留在后面，依照乡间的恋人的习俗，与那位千金小姐单独相对谈心，他深信他现在已经走上了成功的大路，这一次会谈的经过我不敢乱说，因为我实在是不知道。但是我恐怕一定是出了点什么岔子，因为他确是没耽搁多久，就冲了出来，神情凄惨，似乎身价一落千丈。——啊，这些女人！这些女人！那女孩子是不是又在那里玩手段，捉弄人？——她鼓励这可怜的迂儒向她进攻，是不是完全虚情假意，借此牢笼他的情敌？——只有天晓得，我可不知道！——我这样说该够了：夷查博是悄悄地溜了出来，那神气就像一个偷鸡贼，而不像一个偷香窃玉的人。他目不斜视，刚才他所垂涎的农村的财富也不加以注意了，毕直走到马厩里，狠狠踢打了几下，毫不客气地唤醒了他的马，那老马正在那舒适的寓所里酣睡，梦见谷子与雀麦堆积如山，整个的山谷长满了牛草与三叶草。

这正是夜间鬼魅最活跃的时候；夷查博心情沉重而沮丧，走上了归途，沿着流连城上耸起的高山前进，这也就是他今天下午那样愉快地走的那条路。现在这时刻和他自己的心境一样地惨戚。远远地在他脚下，大板湖展开它的苍茫而不清晰的荒凉水面，偶尔可以看见一两只安静地停泊在河岸单桅船的高桅竿，在午夜的死寂中，他甚至于可以听见赫德逊河对岸的守门犬的吠声；但是那吠声是那样渺茫轻微，仅只让他知道他们中间隔着多么远的距离——他和那狗，人类的忠实伴侣。时而也有一只公鸡偶尔被惊醒了，发出它那拖长的啼声，遥远，遥远地，在山间的一个什么农家——但是这鸡啼在他耳中听来是像一个幻梦的声音。他附近没有一点生命的迹象，但是偶然有一只蟋蟀忧郁地吱吱叫着，或是也许有一只大蛙在附近的沼泽里咯咯地带着鼻音叫着，仿佛睡得不舒服，突然在床上翻了个身。

他今天下午听到的一切鬼怪的故事现在都一涌而上，出现在他的记忆中。夜色越来越黑暗了；星群似乎更深地陷入天空中，时而被流云遮住了，看不见它们。他从来没有觉得那么寂寞凄凉。而且他就快要到那曾经作过许多鬼故事的背景的地方。在路径中央矗立着一棵极大的郁金香树，那棵树像一个巨人似的高高站立在近段一切树木之上，成为一种地形的标志。它的树枝虬曲清奇，做普通的树干都够粗的，扭曲着几乎垂到地上，然后又升入空中。这棵树与那不幸的安德雷的悲剧有关，他是在这棵树旁边被俘的；大家都叫它安德雷少校的树。老百姓用一种尊敬与迷信混合的眼光看待它，一半是因为同情那使它因此得名的苦命人，一半也是因为人家说的那些涉及它的故事，说到种种异象与可怖的悲悼的声音。

夷查博渐渐走近那棵可怕的树，他就开始吹起口哨来；他以为有人吹起口哨作答——那不过是一阵狂风，锐厉地在枯枝间扫过。他再走近些的时候，他以为他看见一个什么白色的东西，挂在树间——他站住了脚，也停止吹口哨；但是再仔细一看，他看出那是树上被闪电灼伤了的一块地方，那白色的木头裸露在外面，他突然听见一声长吁——他的牙齿震震作声，他的膝盖在马鞍上撞打着：这不过是一根巨大的树枝磨擦着另一根，同时被风吹得摇摇摆摆。他平安地走过这棵树，但是前面又还有新的危险。

距这棵树约有二百码之遥，一条小河穿过这条路，流入一个低湿的多树的幽谷，人称威利泽。寥寥几根粗糙的木材并排搭在这条溪上，作为桥梁。在小河流入丛林的那一边，路旁生着好些棵橡树与栗树，树上密密编织着野葡萄藤，撒下一层黑洞洞的阴影，走过这座桥是最严厉的考验。那不幸的安德雷就是在这里被俘的，奇兵突出袭击他的那些乡勇就埋伏在这些栗树与葡萄藤的掩蔽下。从此大家就认为这条溪有鬼，学童如果在天黑以后不得不独自过桥，都感到恐惧。

他向那条溪走去的时候，他的心开始砰砰跳着，然而他下了最大的决心，在他的马的肋骨上连踢了十来下，企图快捷地冲过桥去；但是那乖戾的老畜生不往前走，倒反而横行，把它的身体的侧面撞到栏杆上。这一耽搁，夷查博更感到恐怖了，他把另一面的缰绳一扯，用另一只脚结结实实踢着：一点用处也没有；他的马确是惊跳了起来，但是它仅只冲到路那边去，冲入棘丛中与矮赤杨的丛林中。那教师现在把鞭子与脚跟都加在那老马“火药”的饿瘪了的肋骨上，那匹马冲上前去，鼻子里吸溜溜响着，又喷着气，但是刚到桥边就站住了，停得那样突兀，几乎把骑它的人从它头上抛出去，摊手摊脚跌倒在地。正在这时候，桥边有一种泼泼溅溅的脚步声，被夷查博敏感的耳朵听见了。在树林的深暗的阴影中，在小河边缘上，他看见一个庞然巨物，奇形怪状，黑色的，高大的。它一动也不动，但是在那阴影中它仿佛曲着身子，像一个硕大无朋的怪物，准备着奋身跳到行人身上。

那惊恐的迂儒吓得一根根头发直竖起来。怎么办呢？转过身来飞奔，现在已经太迟了；而且如果这是个鬼魅或是妖魔，它们能够御风而行，逃又有什么用？因此他鼓起一种表面上的勇气，吃吃艾艾质问着，“你是谁？”他没有得到回答。他用更激动的声音再把他的问句重复了一遍。仍旧没有回答。他再鞭打那个倔强的“火药”，然后他闭起了眼睛，不由自主地热烈地唱起一段圣诗的曲调。正在这时候，那黑沉沉的令人吃惊的东西移动了过来，高一脚低一脚连走了几步，再一蹦，立刻就站在路径正中。虽然夜色阴黑而凄凉，现在可以约略看出那不可知的东西的式样。他仿佛是一个长大的人，骑在一匹健硕的黑马上。他并不像是要搅扰别人，也没有作亲善的表示，只是遥遥地在路那边与老“火药”并排缓缓走着，在老“火药”那只瞎眼那边。那老马现在已经定下神来，不害怕了，也不执拗了。

夷查博不喜欢这奇异的午夜的同伴，而且他又想起伯朗姆·健骨那次遇到那“跑马的赫斯骑兵”的惊险的经过。他催马疾行，希望把他丢在后面，然而那陌生人也催马疾行，和他一般快慢。夷查博勒住了马，放慢了脚步，以为他可以落在后面，但是那个怪物也慢了下来。他的心开始在腔子里沉了下去；他想再唱他的圣诗曲但是他的干燥的舌头黏在上颚上，他一节诗都唱不出来。他这固执的同伴的阴郁执着的沉默中含有某种东西，一种神秘可怖的东西，究竟是什么，不久就有了可怕的解释。前面地势高了起来，上坡的时候，他那旅伴的身形映在天空上，像巨人一样地高大，包在一件斗篷里；夷查博恐怖到极点，发现他没有头！但是他的恐怕更增强了——他看见那只头，应当扛在两肩上的，却是带在身边，搁在鞍头上；他的恐怖高涨起来，变成了一股子决死的勇气；他拳脚交加，雨点似地落在“火药”身上，希望突然往前一冲，撇下他这同伴——但是那鬼开始与他一同飞跃前进。于是他们历尽艰难向前奔驰；每一次蹦跳，石头都纷纷飞了起来，爆出了火星。夷查博急于要逃走，把他瘦长的身体伸到马头前面去，他那单薄的衣服便在风中飘舞着。

他们现在已经到了折入瞌睡窝的那条路；但是“火药”仿佛魔鬼附身，不顺着这条路走，反而朝相反的方向转了个弯，躁急地向左方冲下山去。这条路穿过一片低凹的沙地，有四分之一哩长的一段路是在树荫里，走完这条路，就要过那座桥——鬼怪故事里著名的那座桥——一过了桥，就是那碧绿的小山，山上站着那白粉墙的教堂。

到现在为止，这匹马是受了惊的，骑它的人虽然不善驰骋，在奔逃中显然占了这点便宜；但是他正跑过了兰片盆地，马鞍上的肚带松了下来，他觉得它从他身下溜了下去，他揪住了鞍头，想抓紧了它，但是没有用；马鞍落到地下去了，他听见它被那追赶他的人践踏在马蹄下，这时候他只来得及抱住老“火药”的脖子，救了他自己一命，在这一刹那间，他脑子里掠过一种恐怖的思想，怕汉斯·范·李帕大发雷霆——因为这是他最讲究的一副马鞍，只限星期日使用的；但是现在这时候也不容他去为这种琐事感到恐怖；那妖魔紧跟在他屁股后面；（咳，他的骑术又太坏！）他要坐牢了不跌下去，已经够他忙的；有时候溜到这一边，有时候又溜到那一边，有时候在那马的高耸的脊梁骨上颠簸着，颠得那样厉害，他简直害怕，怕要把他劈成两半！

现在这树林现出一个缺口，他高兴起来，希望那教堂前的桥就快到了。见到一颗银色的星在河面上的摇摇的倒影，他知道他没有猜错，他看见教堂的墙在前面树丛里隐隐发光。他记得那与伯朗姆·健骨赛马的鬼是在什么地方隐去的。“只要我能够跑到那座桥上，”夷查博想，“我就安全了。”正在这时候，他听见那匹黑马紧跟在他后面喘息着喷气；他甚至于仿佛以为他可以感觉到那滚热的鼻息。他再痉挛地在老“火药”肋骨上踢一脚，那老马就跳到桥上去；他轰雷似地驰过那有回声的桥板；他安抵对岸，现在夷查博回过头去看了一眼，看那追赶他的人是否按照老例消失在一阵火花与硫磺屑里。正当这时候，他看见那妖魔在马蹬上站了起来，正在那里把他那颗头向他抛来，夷查博要想躲过那可怕的飞弹，但是来不及了。它打中他的脑壳，訇然一声巨响——他头朝下跌倒在尘埃里，而“火药”，黑马，与那妖魔骑士，都在他旁边驰过，如同一阵旋风。

第二天早上有人发现那老马，没有马鞍，马勒踏在他脚底下，庄重地在他主人的大门前吃草。吃早饭的时候，夷查博没有出现——晚餐的时候到了，但是仍旧没有夷查博。孩子们聚集在学校里，闲暇地在小河两岸散步，但是没有教师。汉斯·范·李帕现在开始有点不安起来，替那可怜的夷查博的命运担忧，他替自己的马鞍担忧。于是着手查究，经过辛勤的调查，他们发现了一些线索。在通到教堂的那条路上有一段地方，他们发现那马鞍被践踏在泥土中，一条条马蹄的迹子深深印在路上，显然是跑得飞快，那蹄痕直通到桥上；在桥那边，在河身宽阔河水深而黑的一段，他们在岸上发现了那不幸的夷查博的帽子，紧挨着它旁边有一只砸得稀烂的南瓜。

他们在小河里搜寻着，但是找不到那教师的尸身。汉斯·范·李帕负责处置他的遗产，检查了他那只包袱，那里面包含着他现世的一切动产。那就是两件半衬衫，两条领带；一两双毛线袜；一条敝旧的厚绒布套袴；一只生锈的剃刀；一本圣诗曲谱，一页页的纸角都卷了起来像狗耳朵；还有一只断了的音律管。至于学校里的书与家具，那是属于公家的，除了那本哥顿·马塞所著的《巫术史》，一本《新英格兰历书》，还有一本详梦与算命的书；在最后这本书里，夹着一张字纸，里面潦潦草草写了些字，又经过涂改，是他要想抄录一些诗句颂扬范·泰瑟的千金，几次尝试都没有抄成。这些神妙的书籍与诗意的涂鸦都被汉斯·范·李帕扔到火里烧了；从此以后他决定再也不送他的孩子们进学校。他说从来没听见谁从这种读书写字上得到什么好处。这教师如果有钱的话——他一两天前刚领到四分之一的年薪——他在他失踪的时候一定是带在身边。

这神秘的事件在下一个星期日在教堂里引起了许多推测，许多人围成一个小圈，凝视着，议论着，在教堂外的坟场上，在桥上，在发现帽子与南瓜的地方。勃鲁额的故事，健骨的故事，与整套的别的故事，全都一一被追忆了起来：他们孜孜不倦地把这些故事统统考虑过了，再与目前这案件的种种征象加以比较之后，他们摇摇头，下了结论，说夷查博是被那“跑马的赫斯骑兵”掳了去了。他既然是一个独身汉，又不欠谁的钱，谁也不去为他操心。学校迁移到谷中另一个地段，另一个迂儒代替他执掌大权。

几年以后，一个老农到纽约去了一趟——这篇遇鬼的冒险故事就是从那里听来的。——他倒的确是带了消息回来，说夷查博·克雷恩还活在世上；说他离开了这一带地方，一半是因为怕那妖魔与汉斯·范·李帕，一半也是因为他突然被那位千金加以斥逐，受了侮辱；他搬到这国土上一个遥远的地方；一面办学校，一面学法律，做了律师，然后变成政客，竞选，在报纸上写作，最后在一个最高罚款额十镑的“绅士法庭”做法官。伯朗姆·健骨在他的情敌失踪不久，就和那花朵似的卡忒丽娜结了婚。也有人注意到他每逢人家说起夷查博的故事，一提起那只南瓜，他总纵声大笑；所以有人怀疑他有点知道这件事的底细，不过不肯说。

然而那些村妪——她们是最善于判断这些事的人——她们至今坚持着说夷查博是被鬼神摄去的；在这一带地方，冬夜围炉的时候，这是大家最爱说的故事。那座桥更加成了迷信的敬畏的对象；也许就为了这原因，近年来改筑了那条路，使它顺着磨坊塘边上通到教堂。那座校舍荒废了下来，不久就朽烂了，据说那屋子有鬼，那不幸的迂儒的鬼；犁田的孩子在寂静的夏日黄昏闲荡着走回家去，往往觉得仿佛远远地听见他的声音，唱着一个忧郁的圣诗曲调，在瞌睡窝里一个平静的寂寞的所在。

后记

前面这篇故事是我在古城曼赫图的市自治机关会议上听来的，与会的有许多最智慧最显赫的市民。我几乎将原来的语句一字无讹地照录了下来。说故事的人是一个愉快的衣服敝旧的绅士风的老家伙，穿着黑白芝麻点衣服，脸色于幽默中带着悲哀；我非常疑心他是个穷汉——他那样努力地以风趣的言谈娱人。他的故事说完了之后，许多人都大笑，加以赞美，尤其是有两三个副市议员，这两个人一大半的时候都在打盹。然而有一个高身材的干瘪的老绅士，双眉突出，始终带着严肃的稍有点严厉的脸色；时而抱着胳膊，低着头，向地板上望着，仿佛将一个疑团在心里转来转去。他是那种谨慎小心的人，从来不笑，除非理由充足——必定要公理与法律都站在他们那一边。在座诸人笑声渐敛，又恢复了沉默之后，他把一只手臂撑在他椅子的肘弯上，另一只手臂撑在腰际，微微地但是极圣明地把头颠动了一下，皱起了眉毛，质问这故事的意义何在，它要想证明些什么。

那说故事的人说得口干，刚举起一杯酒来送到唇边，他停了一停，以一种极谦卑的神情望着那发问的人：他徐徐放下了那杯酒，搁在桌上，一面说这故事的命意是以逻辑来证明下列诸点：

“人生没有一种局面是完全不愉快的，有害无利的——只要我们将笑话当作笑话看待，不要太认真。

“因此，一个人跟妖魅骑兵去赛马，大概是会吃苦的。

“因此，一个乡村教师被一个荷兰阔小姐拒婚，也就是初步的成功，此后准保一帆风顺，成为国家栋梁之臣。”

经过这一番解释之后，那老绅士把眉毛皱得更紧了十倍，这三段论法推断使他非常感到困惑；这时候——我觉得——那穿着黑白芝麻点衣服的人望着他的神气是一种胜利的睥睨。他终于开口说，话虽如此，他仍旧认为这故事有一点夸张——有一两点他感到怀疑。

“老实说，先生，”那说故事的人回答，“若是论起这件事来，我自己连一半都不相信。”

* 根据美国Washington Irving著*The Legend of Sleepy Hollow*（一八二〇）翻译。收入一九五四年今日世界社出版张爱玲等译《无头骑士：华盛顿·欧文小说选》，篇名《无头骑士》。收入一九六二年今日世界社出版张爱玲等译《欧文小说选》，篇名《无头骑士》。收入一九六七年一月今日世界社出版方馨张爱玲合译《睡谷故事·李伯大梦》，篇名改为《睡谷故事》。

图书在版编目（CIP）数据

老人与海 /（美）海明威等著；张爱玲译．—北京：北京十月文艺出版社，2020.8（2025.12 重印）
（张爱玲全集）
ISBN 978-7-5302-1942-3

Ⅰ．①老…　Ⅱ．①海…②张…　Ⅲ．①长篇小说—美国—现代　Ⅳ．①I712.45

中国版本图书馆 CIP 数据核字（2019）第 093872 号

老人与海
LAOREN YU HAI
[美] 海明威等 著
张爱玲 译

出　版　北京出版集团公司
　　　　北京十月文艺出版社
地　址　北京北三环中路 6 号
邮　编　100120
网　址　www.bph.com.cn
发　行　新经典发行有限公司
　　　　电话 (010)68423599
经　销　新华书店
印　刷　北京中科印刷有限公司
版　次　2020 年 8 月第 1 版
印　次　2025 年 12 月第 9 次印刷
开　本　850 毫米 ×1168 毫米　1/32
印　张　7.75
字　数　168 千字
书　号　ISBN 978-7-5302-1942-3
定　价　39.00 元
质量监督电话　010-58572393
如有印装质量问题，由本社负责调换。